Heinz-Peter Baecker

Der Mann meiner M

PV

PANDION

Gartenstraße 10, 55469 Simmern, Telefon (06761) 7142

info@pandion-verlag.de, www.pandion-verlag.de

Titelfoto: © MVC GmbH

Druck/Weiterverarbeitung:
AALEXX Druck GmbH, 30938 Großburgwedel
Printed in Germany

ISBN 3-934524-41-9

1.

Mit quietschenden Reifen bog Ralf von der Landstraße ab in Richtung Nörtershausen. Wieder trat er das Gaspedal voll durch. Der BMW in Blaumetallic geriet ins Schlingern, Ralf konnte ihn gerade noch abfangen, bevor er den unbefestigten Seitenstreifen erreichte. Gott sei Dank war die lange Gerade in den kleinen Hunsrückort hinein frei. Ralf wischte sich den Schweiß von der Stirn und warf einen Blick auf seine Rolex. Was, wenn er zu spät kam?

Kurz hinter dem Ortseingang bremste er scharf ab. Mit immer noch gut siebzig flog er in die Rechtskurve, mit fünfzig bog er nach wenigen Metern schlingernd links ab. Die Sonne blendete auf der leicht abschüssigen Straße, überdies brannten Schweißtropfen in seinen Augen. Fast wäre der BMW in einen der Vorgärten geraten. An der nächsten Kreuzung ging es nach rechts ab: „Auf dem Bungert". Verbissen jonglierte Ralf an den parkenden Fahrzeugen seiner Nachbarn vorbei und brachte den Wagen schließlich vor seinem Haus zum Stehen. Die Fassade wirkte schmuck wie immer, nichts Auffälliges.

Mit wenigen Schritten erreichte Ralf die massive, dunkle Haustür. Seine Hand zitterte, als sie den Schlüssel ins Schloss steckte.

„Jeannette?", rief er laut in den Flur hinein. Seine Stimme klang krächzend. Er räusperte sich. „Tanja!"

Stille. Er reckte den Kopf über das Geländer zum ersten Stock hinauf. Auch von dort nicht das geringste Geräusch. Er hastete weiter, stieß die angelehnte Küchentür auf, warf einen Blick hinein. Niemand. Nur die Tür des Kühlschranks stand offen. Was hatte das zu bedeuten?

Er drehte sich um und stürzte auf die Wohnzimmertür zu. Bei dem Versuch, sie zu öffnen, prallte er mit Stirn und Schulter gegen die Türfüllung. Verflucht! Irgendetwas blockierte die Tür. Ralf rieb sich die schmerzende Schulter, dann stemmte er sich mit aller Kraft gegen die Tür. Als sie nachgab schob sich irgendetwas drinnen zur Seite. Im Sonnenschein, der durch das große Terrassenfenster ins Zimmer fiel, schimmerte eine dunkelrote Blutspur auf dem hellbraunen Parkettboden.

Ralf wollte aufschreien, aber seine Stimme versagte.

„Mein Gott!", flüsterte er nur.

Eine riesige Blutlache umgab den leblosen Körper vor ihm. Die Augen waren weit aufgerissen und starrten ihm entgegen, als wollten sie ihn um Hilfe anflehen. Aber es waren die gebrochenen Augen einer Toten. Ralf sank auf die Knie, mitten in die schmierige Blutlache. Er strich der Toten mit zitternder Hand eine Haarlocke aus der Stirn und drückte ihr mit seinen blutig gewordenen Fingern vorsichtig die Augenlider zu. Dann beugte er sich tief über sie und drückte ihr einen Kuss auf die noch nicht ganz kalten, leicht geöffneten Lippen. Tränen rannen über seine Wangen und bohrten tropfend Löcher in die zähe Blutlache auf dem Boden. Er schloss die Augen und bekreuzigte sich.

Später konnte er keine Auskunft geben, ob es Minuten oder Stunden waren, die er da kniete. Alle Spannung fiel von ihm ab, er spürte keinen Schmerz, keine Tränen mehr. Immer tiefer glitt er in einen Zustand jenseits von Raum und Zeit, als wäre er selbst gestorben. Und in diesem merkwürdig entrückten Zustand sah er auf einmal Szenen aus den letzten Wochen vor sich ablaufen, mit vollkommener Klarheit, so als geschähen sie eben jetzt ...

*

„Papa, wann gehen wir denn endlich?!"

„Gleich, mein Schatz, sobald Mama fertig ist!"

Ralf warf einen Blick durch den Türspalt ins Schlafzimmer. Da stand Jeannette in Slip und BH vor dem Spiegel und hielt sich prüfend mal das eine, mal ein anderes Sommerkleid vor die schlanke Figur.

„Das kann noch dauern", brummte er und eilte zu seinem Arbeitszimmer, bevor seine Fünfjährige weiter quengeln und der mopsige Dackel Kaspar schwanzwedelnd an seinen Hosenbeinen hochspringen konnte.

Rasch schloss er die Tür hinter sich. Er wollte nur noch schnell seine Mails abrufen, dann konnte der obligatorische Sonntagsspaziergang beginnen.

Während der Computer mit leisem Surren hochfuhr, verweilte Ralf kurz am Fenster und genoss die klare Sicht hinüber in die Eifel. Das Maifeld schien greifbar nahe, obwohl sich dazwischen das Moseltal schlängelte. Nun wohnte er schon über fünfundzwanzig Jahre hier im Hunsrück. Mit leisem Erstaunen wurde ihm bewusst, dass diese weite Landschaft mit ihren kernigen Bewohnern die einzige Region war, in der er, der unstete Journalist, sich je wirklich zu Hause gefühlt hatte.

Er wandte sich ab und ließ sich am Computer nieder. Mit geübtem Auge überflog er die Liste der eingegangenen Mails: zwei Mitteilungen von Zeitungsredaktionen, für die er als freier Journalist arbeitete, drei weitere Eingänge, die nach lästiger SPAM aussahen, eine Meldung von einem Freund aus Hamburg, und schließlich eine letzte, die seriös aussah, deren Absendername ihm aber nichts sagte. Als Betreff war nur „Anfrage" angegeben. Ralf löschte die offensichtlichen SPAM-Mails, die übrigen Eingänge öffnete er nacheinander. Gott sei Dank keine Inhalte, die seine gute Sonntagslaune verderben konnten. Die Redaktionen bestätigten den Empfang seiner verschickten Texte, sein alter Freund aus Hamburg, seit ewigen Zeiten Fotograf beim Stern, kündigte seinen lang erwarteten Besuch für den kommenden Monat an. Blieb noch diese „Anfrage". Stirnrunzelnd überflog er den Text:

Sehr geehrter Herr Siebert,
durch Zufall habe ich Ihre Homepage entdeckt und gesehen, dass Sie in Nörtershausen „Auf dem Bungert" wohnen. Vielleicht können Sie mir helfen. Ich habe durch die Trennung meiner Eltern keinen Kontakt mehr zu meiner Mutter. Aber ich glaube, dass sie in der Nähe von Boppard wohnt, und zwar in einer Straße, die „Auf dem Bungert" heißt.

Ich habe bisher keine genaue Anschrift von ihr herausfinden können, auch nicht ihre Telefonnummer. Deshalb bitte ich Sie um Hilfe!!! Können Sie feststellen, ob meine Mutter in Nörtershausen lebt? Und können Sie für mich ihre genaue Anschrift herausfinden? Meine Mutter heißt Susanne Mahler und wohnt wahrscheinlich mit einem Mann zusammen. Seinen Namen kenne ich aber nicht. Sie würden mir sehr helfen, denn ich weiß fast nichts von meiner Mutter. Ich war noch sehr klein, als sie uns verlassen hat.
Tausend Dank für Ihre Mühe!!!
Tanja Mahler

Ralf speicherte die Mail ab und las sie noch einmal genau durch. Vor seinen Augen tauchte verschwommen das Bild eines kleinen Mädchens auf, das voller Hoffnung auf eine Antwort von ihm wartete. Susanne Mahler? Der Name sagte ihm nichts. Zumindest in seiner unmittelbaren Nachbarschaft schien sie nicht zu wohnen. Aber er kannte auch nicht alle Nachbarn. Er war beruflich sehr engagiert – zu sehr, wie Jeannette ihm oft vorwarf.

Seufzend fuhr er den Computer herunter. Wieder dachte er an das wartende Mädchen, diese – wie hieß sie doch? Tanja, Tanja Mahler. Vielleicht konnte er am nächsten Morgen auf die Suche nach Tanjas Mutter gehen. Jetzt war keine Zeit, der Sonntag gehörte seiner Familie.

Tatsächlich standen Frau, Tochter und Hund bereits ausgehbereit unten im Eingang und warteten auf ihn.

„Und? Wohin geht's heute?“, fragte er vergnügt in die Runde.

Jedes Familienmitglied durfte abwechselnd das Ziel des Sonntagsausflugs bestimmen. An diesem Sonntag war Mareike an der Reihe.

„Geheimnis“, lachte die Kleine verschmitzt. „Ich sag es dir erst unterwegs, Papa!“

„Das klingt ja spannend!“ Ralf zwinkerte ihr zu. Ihm war klar, dass es irgendwohin gehen würde, wo es entweder große Eisbecher oder Kuchen mit reichlich Schlagsahne gab.

An diesem ungewöhnlich heißen Frühlingssonntag war Eis angesagt. Nach einem ausgiebigen Spaziergang am Koblenzer Mosel- und Rheinufer landeten die drei im Eiscafé Wingen am Rand der Altstadt.

„Mareike! Dat dau dich hei mo widder bligge lässt!“

Leo Wingen strahlte über das ganze runde Gesicht, als er Mareike mit ihren Eltern eintreten sah. Für seine Körperfülle erstaunlich flink eilte er den dreien entgegen, nahm Mareike an der Hand und geleitete sie ins Innere seines Cafés. Galant rückte er ihr einen Stuhl zurecht und beugte sich zu ihr hinunter.

„Wat dau willst, dat weiß ich och schon, awer hat dat Frollein heut villeicht en annere Wunsch?“

Mareike schüttelte übermütig den Kopf und schaute Leo Wingen nur mit leuchtenden Augen an.

„Dau has die selve wunnerhübsche Aue wie dein Modder“, schwärmte er. „Do kammer sich richtich drinn spiejele un verknalle.“

Er richtete sich wieder auf und schaute Jeannette an, die geschmeichelt lachte und einen Eiskaffee bestellte.

„Un wat krischt die schreiwende Zunft?“, wandte er sich an Ralf.

„Dieses Joghurteis mit Kirschen, ich kann mir den Namen nicht merken.“ Ralf wischte sich ein paar Schweißperlen von der Stirn. „Heiß heute!“

„Dat nenne mer Tauwedder für Dicke!“, kommentierte der füllige Wingen lachend und wischte sich im Gehen ebenfalls mit einem Tuch über das hochrote Gesicht.

Mareike verfolgte aufmerksam, wie er hinter der Theke begann, eine große Glasschale mit Eis und Früchten zu füllen und zum Schluss mit Smarties und einem papierenen Clown zu schmücken. Während Ralf seine hübsche, dunkellockige Tochter betrachtete, musste er wieder an die Mail dieser unbekannten Tanja denken. Wie alt mochte sie sein? Vielleicht doppelt so alt wie Mareike oder auch schon ein wenig älter. Wenn ihre Eltern bereits seit einigen Jahren getrennt lebten und sie ihre Mutter offenbar nie richtig kennen gelernt hatte, musste sie bei der Trennung noch relativ jung gewesen sein. Vielleicht sollte er sich doch gleich nach der Rückkehr vom Spaziergang auf die Suche nach dieser Frau machen. Sicher saß das Mädchen schon den ganzen Tag ungeduldig vor dem Computer und wartete auf seine Antwort.

„Träumst du?“ Jeannettes Stimme riss ihn aus seinen Gedanken.

Ralf schreckte hoch. Leo Wingen hielt ihm offenbar schon eine ganze Weile den bestellten Schwarzwaldbecher entgegen. Rasch nahm Ralf den Becher und murmelte eine Entschuldigung.

„Sagt dir der Name Susanne Mahler etwas?“, fragte er Jeannette wie nebenbei.

„Mahler?“ Sie ließ den Strohhalm ihres Eiskaffees los und blickte ihren Mann irritiert an. „Wie kommst du gerade auf den Namen Susanne Mahler? Wer soll das denn sein?“

Ralf berichtete ihr kurz von der Mail.

„Hast du nicht schon genug um die Ohren?“, ereiferte sie sich. „Reichen dir deine Arbeit und deine Familie nicht? Musst du dich jetzt auch noch um anderer Leute Kinder und deren Probleme kümmern?“

Ralf schaute sie verwundert an. Sie war ja richtig empört, um nicht zu sagen wütend. Und das nur wegen dieser an sich unbedeutenden Mail?

„Noch habe ich ja gar nichts unternommen“, versuchte er sie zu beruhigen.

Zu allem Übel piepste in diesem Moment sein Handy. Ein Kollege von der FAZ war am anderen Ende. Es sei noch Platz in der Montagsausgabe – ob er noch rechtzeitig zum Andruck irgendetwas für den Wirtschaftsteil schreiben könne?

„Nein, ich habe heute leider keine Zeit", beendete Ralf mit einem Blick auf Jeannette das Gespräch.

Doch seine Frau hatte sich unterdessen dem Hund zugewandt und offenbar gar nicht mitbekommen, dass er gerade ihretwegen einen Auftrag hatte sausen lassen. Nun sah sie ihn fragend an.

„Wegen dieses Mädchens werde ich mich nicht groß engagieren", beteuerte Ralf, um das Thema zu beenden. „Am besten, ich frage morgen Früh einfach den Postboten. Er müsste es eigentlich wissen ..."

„Das wirst du nicht tun!" Die dunklen Augen in Jeannettes schmalem Gesicht sprühten Funken. „Stell dir bloß mal vor, das alles ist eine gefährliche Finte mit bösen Folgen! Kannst du dir als seriöser Journalist so was leisten? Erst vor kurzem hast du doch diesen Artikel geschrieben, auf welche Tricks Nutten im Internet kommen, um Kontakte mit Männern zu knüpfen, die sie dann über teure Internet- oder Telefonverbindungen abzocken! Ich könnte mir sehr gut vorstellen, dass sich hinter dieser Nachricht auch so ein Flittchen verbirgt, und ausgerechnet du fällst drauf rein! Vielleicht sogar Rache auf deinen Artikel hin!"

„Du hast Recht." Er legte versöhnlich seine Hand auf ihren Arm. „Ich werde am besten gar nicht antworten."

„Das ist sicher das Beste!", bestätigte Jeannette mit einem nervösen Zucken um die Nasenflügel.

Trotzdem unterlag Ralf am Abend seiner journalistischen Neugier. Er warf heimlich einen Blick ins örtliche Telefonbuch, konnte aber keinen Eintrag mit dem Namen Mahler finden. Allerdings bestand ja die Möglichkeit, dass nur der Lebensgefährte dieser Frau unter seinem Namen eingetragen war. Das erschien ihm sogar recht wahrscheinlich ...

Am nächsten Morgen sah Ralf vom Arbeitszimmer aus, wie sich der Postbote langsam die Straße hinunterarbeitete. Jeannette war noch nicht vom Einkaufen zurück und sie hatte Mareike mitgenommen. So würde die Kleine nicht petzen können!

Geschwind lief er hinunter auf die Straße und winkte dem Postboten entgegen.

„Sie haben es aber heute eilig!" Der Postbote lachte gutmütig und begann sofort in seinem Briefbündel zu suchen.

„Lassen Sie mal, ich habe nur eine kurze Frage!" Ralf machte eine Geste zu den umliegenden Häusern. „Kennen Sie eine Frau Mahler? Susanne Mahler?"

„Hier in Nörters?“

„Hier ‚Auf dem Bungert‘“, bestätigte Ralf.

Der Mann schüttelte den Kopf. „Solange ich hier die Post austrage, hat es so einen Namen nicht gegeben. Aber ich kann auch mal meine Kollegin fragen …“

„Nein danke, das reicht schon!“

Wieder zurück in seinem Arbeitszimmer suchte Ralf im Internet nach Straßen mit der Bezeichnung „Bungert“. Bei der Telekom fand er gleich eine umfangreiche Liste. Rasch rief er die Mail von Tanja auf und klickte auf „Antworten“. Während er immer wieder nach unten lauschte, ob Jeannette und die Kleine zurückkämen, begann er zu tippen:

`Liebe Tanja,`
`ich habe deine Nachricht erhalten. Leider kann ich dir nicht weiterhelfen. Hier in unserer Straße gibt es keine Frau mit dem Namen deiner Mutter. Vielleicht ist sie inzwischen auch wieder umgezogen. Versuche es doch einfach bei der Gemeindeverwaltung von Nörtershausen. Außerdem gibt es diese Straße mit dem Namen „Bungert“ über achtzig Mal in Deutschland, sogar in Boppard selbst.`

Rasch suchte er die Adressen und Telefonnummern der Verwaltungen beider Orte heraus und fügte sie seiner Mail bei. Seine innere Anspannung löste sich allmählich. Wenn Jeannette jetzt vom Einkauf zurückkehrte, würden zwei Mausklicks genügen, die Mail zu verschicken und anschließend im Speicher zu löschen.

`Ich wünsche dir, dass du deine Mutter doch noch findest!`, setzte er abschließend hinzu.

Vielleicht machte er dem jungen Mädchen schon allein damit eine Freude, dass er überhaupt antwortete, auch wenn er nicht konkret helfen konnte.

Zufrieden widmete er sich wieder seiner eigentlichen Arbeit, einer geschichtlichen Betrachtung zur bevorstehenden Feier „50 Jahre Flughafen und 10 Jahre Zivilflughafen Hahn“ für den Trierischen Volksfreund. Angesichts des seit dem Irak-Krieg gespannten Verhältnisses zwischen Deutschland und Amerika war dieser Artikel kein einfaches Unterfangen. Und bis zum frühen Nachmittag musste der Text in der Redaktion sein. Versprochen war versprochen.

Er hatte den Artikel fast zu Ende gebracht, als Jeannette unten vorfuhr.

„Papa“, krähte Mareikes aufgeregte Stimme schon von der Treppe aus, „weißt du, was passiert ist?“

Eilig tippte er die letzten Sätze, während seine Tochter atemlos ins Zimmer gestürmt kam.

„Na, wo brennt's?“, lachte er, wandte sich um und hob die Kleine mit Schwung auf seine Knie.

„Stell dir vor, Kaspar ist auf die Straße gelaufen! Beinahe hätte Mami ihn überfahren!“

Verdammt! Ralfs Gedanken begannen Purzelbäume zu schlagen. Offenbar hatte der blöde Köter die Gunst der Stunde genutzt und sich aus dem Haus geschlichen, während er mit dem Briefträger geredet hatte. Jetzt musste er sich schnell eine Erklärung einfallen lassen!

„Dann wird er wahrscheinlich hinter euch hergelaufen sein, als ihr zum Einkaufen gefahren seid“, meinte er mit gespielter Gelassenheit.

Mareike schüttelte energisch ihre dunkle Lockenpracht. „Das kann nicht sein! Ich habe ihm noch bevor wir weggefahren sind einen Hundekeks gegeben. Da lag er ganz ruhig hier oben in seinem Körbchen!“

Jeannette tauchte in der offenen Tür auf. „Du musst ihn rausgelassen haben!“, stieß sie Ralf aufgebracht entgegen.

„Ich?“ Er lehnte sich demonstrativ in seinem Sessel zurück. „Ich habe die ganze Zeit hier oben am Computer gearbeitet und den Raum nicht verlassen.“

„Dann erklär mir bitte, wieso der Hund draußen war und mir vors Auto gerannt ist?“

Ihre Nasenflügel flatterten nervös. Er kannte diese Momente, wenn sie irgendetwas zu wittern glaubte, was ihr missfiel. Da gab es nur eines: Durchhalten und die Ruhe bewahren. Gewiss, er verabscheute Lügen und Heimlichkeiten. Aber sollte er etwa zugeben, dass er zum Briefträger hinausgegangen war? Was dann folgen würde, ließ sich an fünf Fingern ausrechnen. Jeannette konnte sich ungemein in etwas hineinsteigern.

Um Zeit zu gewinnen, schob er Mareike sanft von seinen Knien und drehte sich wieder zu seinem Computer hin. Im gleichen Moment zuckte er zusammen. „Sie haben eine Mail!“, stand groß und unübersehbar auf dem Monitor. Seine Hand zitterte ein wenig, als er den Computer rasch herunterfuhr.

„Ich weiß nicht, was du willst!“, behauptete er fest. „Ich habe den Hund auf jeden Fall nicht vor die Tür gelassen!“

Jeannette drehte sich auf dem Absatz um und verließ ohne ein weiteres Wort den Raum. Mareike hingegen blieb hinter ihm stehen. Offenbar wartete sie auf eine Erklärung. Ralf wandte sich zu ihr um und strich ihr über das wuschelige Haar.

„Kaspar wird heimlich hinter euch hergeschlichen sein, ohne dass Mami es bemerkt hat. Vielleicht habt ihr ja auch die Terrassentür offen gelassen“, versuchte er sie zu überzeugen.

„Er hätte überfahren werden können!“ Mareike stand der Schrecken noch im Gesicht. „Und du hast gar nichts gemerkt!“

„Wie sollte ich auch? Ich wusste doch nicht, dass er draußen war, sonst hätte ich ihn selbstverständlich hereingeholt.“

Er nahm seine Tochter tröstend in den Arm und drückte ihr einen Kuss auf die Stirn. Dabei überlegte er, womit er sie ablenken konnte, um den Computer nochmals ungestört einschalten zu können.

„Weißt du was? Ich habe einen Riesenhunger!“, meinte er mit einem Blick auf seine Armbanduhr. „Hilf der Mami doch ein bisschen beim Kochen, damit es schneller geht. Ich arbeite derweil noch ein wenig und komme runter, wenn ihr mich ruft.“

Mareike vergaß sofort ihre Aufregung. Begeistert nickte sie und machte sich auf den Weg nach unten. Ralf wartete, bis ihre Schritte auf der Treppe verklungen waren, bevor er wieder den Computer einschaltete. Es dauerte ihm viel zu lange, bis er endlich die Mail abrufen und öffnen konnte.

Lieber Herr Siebert,
vielen Dank, dass Sie sich gemeldet haben. Schön, dass es noch so nette Menschen gibt wie Sie. Ist Boppard weit von Ihrem Ort entfernt? Können Sie vielleicht auch dort einmal nach meiner Mutter fragen? Bitte, bitte, helfen Sie mir!!!
Tanja

Ralf schloss für einen Moment die Augen, um sich zu sammeln. Er konnte sich gut in das Kind hineinversetzen. Andererseits hatte er wirklich sehr viel zu tun und in den letzten Wochen und Monaten zu wenig Zeit für seine Familie gehabt. Trotzdem ... die zehn Kilometer nach Boppard waren keine Weltreise, und er konnte die Fahrt durchaus mit etwas Beruflichem verbinden, ohne dass Jeannette es merken würde.

Er öffnete die Augen und lauschte nach unten. Aus der Küche drangen die Stimmen von Mareike und ihrer Mutter. Rasch begann er zu antworten.

```
Liebe Tanja,
ich kann dir nichts versprechen. Aber ich werde in
den nächsten Tagen nach Boppard fahren und mich
auch dort nach deiner Mutter erkundigen. Bitte
gedulde dich bis dahin, ich melde mich auf jeden
Fall wieder.
Ralf
```

Nachdem die Mail versandt und der Text gelöscht war, schaltete er den Computer ab. Die mutterlose Kleine tat ihm einfach Leid, und es war ein gutes Gefühl, sein Möglichstes für sie getan zu haben.

War es eine Laune des Schicksals oder eine wohlmeinende Fügung, dass nach dem Mittagessen ein Anruf vom Südwestrundfunk aus Koblenz kam? Jeannette nahm den Anruf entgegen.

„Der SWR fragt, ob du wegen eines Hörfunkfeatures vorbeischauen kannst."

Er übernahm den Hörer und erkannte sofort die Stimme von Barbara Harnischfeger, der SWR-Studioleiterin. Er vereinbarte mit ihr, am nächsten Tag gegen zehn Uhr vorbeizukommen. Das machte sich wirklich ausgezeichnet! So konnte er auf dem Rückweg über Boppard fahren, um dort Erkundigungen über Frau Mahler einzuholen. Und das, ohne Jeannette etwas vorlügen zu müssen!

„Jeannette, was ist los? Du hast doch etwas!?"

„Was soll ich haben? Ich bin einfach müde." Sie rückte ihr Kopfkissen zurecht und drehte sich zur anderen Seite um, als hätte sie gar nicht bemerkt, dass er sie in den Arm nehmen wollte.

Ralf seufzte. Solche Reaktionen hatte er schon oft erlebt, wenn seine Frau etwas durchsetzen wollte. Zwar bot sie ihm nie einen Ansatz, sich mit ihr auseinander zu setzen, und bestritt auch jedes Mal, beleidigt oder verärgert zu sein. Trotzdem war ihr Verhalten eindeutig abweisend, so lange, bis sie erreicht hatte, was sie wollte. Aber was genau wollte sie in diesem Fall?

Er rückte erneut näher an ihren verführerisch duftenden Körper und strich ihr zärtlich über die Schulter. Seine Hand glitt über ihren Rücken und landete schließlich unter ihrer Pyjamajacke. Er spürte ihre warme, seidige Haut und umfasste ihre Taille. Statt einer erneuten Abwehr verspürte er plötzlich auch ihre tastende Hand unter der Decke. Als er langsam begann, einen Knopf ihrer Pyjamajacke nach dem anderen zu öffnen und sie es willig geschehen ließ, verschwanden die Fragen nach ihrer Missstimmung aus seinem Kopf und verloren sich im wohligen Einklang ihrer Gefühle.

Die Besprechung beim SWR in Koblenz verlief noch schneller, als Ralf gehofft hatte. So gewann er ausreichend Zeit, um sich auf dem Rückweg in Boppard über Susanne Mahler zu informieren.

Zwei freundliche Damen beim Meldeamt der Stadtverwaltung waren sofort bereit, ihm zu helfen. Doch sowohl im Computer als auch in älteren Akten blieb die Suche ergebnislos. Man empfahl ihm beim Standesamt nachzufragen, denn es war nicht auszuschließen, dass Susanne Mahler ihren Lebensgefährten zwischenzeitlich geheiratet hatte. Doch auch dieser Besuch endete ergebnislos, was Ralf nicht überraschte, denn Tanja hatte nur von Trennung, nicht von Scheidung ihrer Eltern geschrieben. Susanne Mahler war und blieb eine Unbekannte. Trotzdem reizte es ihn, die Straße „Im Bungert“ in Boppard abzufahren.

Als er anschließend die Serpentinen in den Hunsrück hinauffuhr, dachte er darüber nach, wie enttäuscht Tanja über das ergebnislose Herumfragen sein würde. Die Kleine hatte bestimmt sehr viel Hoffnung darein gesetzt, endlich Kontakt zu einem Menschen gefunden zu haben, der vermutlich in räumlicher Nähe ihrer Mutter wohnte. Ralf überlegte sich ein paar tröstende Worte, die er ihr mailen würde. Vielleicht konnte ihr ein Hinweis auf das Internet weiterhelfen? Oder eine jener Redaktionen privater Fernsehanstalten, die es sich zur Aufgabe gemacht hatten, in ebenso rührseligen wie quotenträchtigen Sendungen Menschen zusammenzuführen, die sich aus den Augen verloren hatten? Tanja schien ein sehr aufgewecktes Mädchen zu sein. Sie würde sicher einen Weg finden, wenn man ihr nur die Möglichkeiten aufzeigte.

Zu Hause blickte er kurz in die Küche, um sich zu überzeugen, dass Frau und Tochter mit Kochen abgelenkt waren. Er warf beiden einen flüchtigen Kuss zu.

„Muss mir oben noch etwas notieren, bin gleich wieder da!"

Je schneller die Mail verschickt war, desto eher würde das Problem Tanja beendet sein. Ein Ohr zur Tür gerichtet, tippte er hastig das Ergebnis seiner Bopparder Recherchen und seine Empfehlungen an Tanja in den Computer, sandte die Mail ab und löschte den Text wieder vorsorglich.

Dann lehnte er sich zufrieden in seinem Sessel zurück und blickte aus dem Fenster. Er musste sich in nächster Zeit mehr seiner Familie widmen, das sah er ein. Vielleicht sollten sie, bevor Mareike eingeschult wurde, noch einen längeren gemeinsamen Urlaub machen? Jeannette hatte ihrer Tochter schon lange einen Besuch in ihrer früheren Heimat, der Provence, versprochen. Aber im letzten Moment war immer etwas dazwischen gekommen. Vielleicht empfand Jeannette einen solchen Urlaub auch als eine zu große psychische Belastung? Ihre Eltern waren, kurz nachdem er Jeannette kennen gelernt hatte, dort mit dem Auto tödlich verunglückt. Der Unfall hatte Jeannette stark verändert. Er hatte sie als einen fröhlichen und unbeschwerten Menschen kennen gelernt. Seit dem Unfall jedoch war sie oft unbeherrscht und launisch. Auch in ihrem Gesichtsausdruck hatte der Unfall negative Spuren hinterlassen.

Da Jeannette keine Verwandten hatte, die man in der Provence hätte besuchen können, und ihr die Rückkehr an den Unfallort verständlicherweise schwer fiel, hatte es bisher keinen Anlass gegeben, dorthin zu fahren. Stattdessen hatten sie Mareike öfter bei seinen Eltern in Abentheuer, einem kleinen Dorf bei Birkenfeld, untergebracht und waren nach Jamaika, Australien und Japan geflogen. Jeannette liebte weite Reisen und schöne Hotels. Und er wollte ihr gern diese Wünsche erfüllen, nicht zuletzt, um ihr zu helfen, das Unfalltrauma zu überwinden.

Von unten drang ein köstlicher Bratenduft in sein Arbeitszimmer. Er schaltete den Computer aus und beschloss, die beiden gleich nach dem Essen mit seiner Urlaubsidee zu überraschen.

„Hurra!", jubelte Mareike, und auch Jeannette strahlte, als Ralf ihnen seinen Plan eröffnete.

„Hast du auch schon einen konkreten Zeitpunkt ins Auge gefasst?", erkundigte sie sich vorsichtig.

Grundsätzlich sah sie ein, dass es richtig und wichtig war, wenn ihr Mann sich beruflich engagierte. Das brachte Geld, manchmal sogar viel Geld. Schon vor langer Zeit hatten sie beschlossen, dass Mareike später mal ein Internat besuchen und Ralf sich dann weitgehend aus dem Beruf zurückziehen sollte. Sie beide würden noch viel mehr schöne Reisen machen, etwas von der Welt sehen und erleben – all das, wovon Jeannette schon als Kind geträumt hatte. Vom ersten Tag an dem sie Ralf gegenüberstand war sie sicher gewesen, dass Ralf der Mann war, der ihre Träume verwirklichen und ihr das Leben bieten konnte, das sie sich immer vorgestellt hatte.

Ralf hatte tatsächlich seinen Kalender aus der Jackentasche gezogen und blätterte darin.

„In dieser Woche mache ich noch den ‚Limes auf dem Weg zum Weltkulturerbe' fertig, dann das Exposé für das SWR-Feature ... Aber in der übernächsten Woche könnten wir für acht oder sogar zehn Tage verreisen."

Jeannette schob sich freudestrahlend auf seinen Schoß, legte ihre Arme um seinen Hals und gab ihm einen zärtlichen Kuss.

„Das ist endlich mal ein Wort! Hoffentlich kommt nichts dazwischen."

„Jeder Auftrag, der mich davon abhalten könnte, wird abgelehnt!" Ralf zwinkerte ihr und seiner Tochter vergnügt zu. „Großes Ehrenwort!"

Jeannette kuschelte sich an die Schulter ihres Mannes. „Ach, das hast du schon soo oft gesagt, und dann kam der nächste grooße Auftrag, den du nicht ablehnen konntest. Du hast einfach ein zu weiches Herz."

„Aber der Papa hat es uns jetzt versprochen", schaltete sich Mareike lautstark ein. „Und was man versprochen hat, muss man auch halten. Sagt die Oma immer!"

Sie hüpfte von ihrem Stuhl und stürmte aus dem Zimmer.

„Ich packe schon mal meine Spielsachen zusammen", rief sie, während sie die Treppe hinauftrampelte, „dann muss der Papa sein Versprechen halten!"

Ralf streichelte lächelnd eine Falte auf der Stirn seiner Frau glatt.

„Du wirst sehen, es wird ein wunderschöner Urlaub! Ich bin gespannt auf Gordes und die Gegend, wo du gelebt hast, Mademoiselle Palladu."

2.

Als Ralf seinen Computer einschaltete, um weiter an dem begonnenen Zeitungsartikel zu arbeiten, stach ihm als Erstes der Hinweis auf neue Mails ins Auge. Vorsichtshalber stand er leise auf und öffnete die Zimmertür einen Spalt. Er wollte rechtzeitig hören, wenn jemand die Treppe emporkam.

Neben ein paar beruflichen Mails befand sich tatsächlich auch wieder eine von Tanja auf dem Server.

Lieber Ralf,
ich darf dich doch so nennen? Du kommst mir vor wie ein guter Freund oder ein großer Bruder. Den habe ich mir immer gewünscht. Deine letzte Mail hat mich ganz traurig gemacht. Ich habe gedacht, dass ich endlich mit deiner Hilfe meine Mutter finde. Aber ich gebe nicht auf. Du hast mir geschrieben, dass es viele Bungert-Straßen in eurer Gegend gibt. Ich möchte dich am nächsten Wochenende besuchen und mit dir gemeinsam auf die Suche gehen. Kann ich bei dir übernachten? Ich warte sehnlichst auf deine Antwort.
Deine Tanja

Ralf war beim Lesen blass geworden. Das wurde ja immer schöner! Was bildete sich diese Göre eigentlich ein? Wie kam er dazu, sich zum Lakaien eines kleinen Mädchens zu machen, das seit Jahren offenbar ergebnislos auf der Suche nach seiner Mutter war? Was war eigentlich mit ihrem Vater? Warum half er ihr nicht bei der Suche? Oder wusste er gar nichts davon?

Nun musste er sich ganz schnell etwas einfallen lassen. Oder sollte er einfach gar nicht mehr reagieren, so wie Jeannette es ihm empfohlen hatte? Aber was war, wenn dieses Mädchen wirklich am Wochenende vor der Haustür stand?

Nachdem seine Entrüstung sich etwas gelegt hatte, sagte er sich, dass Tanja wohl kaum von Boppard, Koblenz oder einem anderen Bahnhof aus mit einer der wenigen Busverbindungen an Wochenenden in den Hunsrück vordringen, geschweige denn mit einem teuren Taxi nach Nörtershausen kommen würde. Also konnte er es durchaus riskieren, die Mails einfach nicht mehr zu beantworten.

Er löschte die letzte und versuchte sich wieder auf seinen Artikel über den Limes zu konzentrieren. Doch kaum hatte er die ersten Zeilen geschrieben, als ihm der Bildschirm blinkend eine neue Mail ankündigte. Von Tanja würde sie diesmal wohl nicht stammen, da war er sicher. Das Mädchen konnte schließlich nicht den ganzen Tag ununterbrochen am Computer sitzen. Er unterbrach seine Arbeit, öffnete die Mail und begann leise vor sich hin zu fluchen.

Lieber Ralf,
ich habe über das Internet gleich einen Zug gebucht. Er kommt am Samstag um 11.10 Uhr in Koblenz an. Offenbar ist es sehr schwierig, von Koblenz nach Nörtershausen zu kommen. Holst du mich bitte in Koblenz am Bahnhof ab?
In ewiger Dankbarkeit
Deine Tanja

Dieses kleine Biest! Ralf schlug so fest mit der Faust auf den Schreibtisch, dass seine Handkante schmerzte. Im gleichen Moment hörte er Schritte auf der Treppe. So schnell er konnte, wechselte er in die Textdatei und tat, als sei er in seine handschriftlichen Notizen neben dem Keyboard vertieft.

„Lass dich nicht stören“, hörte er Jeannettes leise Stimme. „Ich wollte nur sehen, ob du am Computer arbeitest, sonst hätte ich nachgeschaut, wo wir in der Provence ein nettes Hotel buchen können.“

„Bitte, Liebes, lass uns das heute Abend machen. Ich muss mich jetzt auf meinen Artikel konzentrieren.“

Er drehte sich nicht um, merkte aber, wie Jeannette ihm einen Kuss in den Nacken drückte und der Duft ihres aufregenden – und, wie er wusste, aufregend teuren – Parfüms ihn umhüllte.

„Bin schon wieder weg", hauchte sie und verschwand auf Zehenspitzen.

Ralf wartete, bis er unten das Schließen der Wohnzimmertür vernahm. Dann rief er erneut die Mail auf und löschte sie. Verflucht noch mal, was sollte er nur machen? War seine Entscheidung, nicht zu reagieren, richtig gewesen? Aber die Woche hatte ja erst angefangen, bis Samstag blieb ihm noch genügend Zeit, es sich anders zu überlegen. Er musste nur aufpassen, dass Jeannette nicht zwischendurch an den Computer ging und möglicherweise eine weitere Mail von Tanja vorfand.

Er versuchte sich wieder auf seine Arbeit zu konzentrieren, doch seine Gedanken wanderten immer wieder zu dieser Tanja. Warum erzählte er Jeannette eigentlich nichts von diesen Mails? Hier handelte es sich nicht um eine Sexfinte, da war er sich ganz sicher. Er musste seiner Frau auch nicht sagen, dass er bereits mehrfach darauf reagiert hatte. Er würde einfach so tun, als fühlte er sich von diesem Mädchen belästigt, was inzwischen sogar irgendwie der Wahrheit entsprach.

Als feststand, dass er keinen vernünftigen Gedanken fassen konnte, bevor die Sache bereinigt war, und er überdies durch ein Telefonat mit einem Redakteur der Rhein-Zeitung in seiner Arbeit gestört worden war, ging er hinunter ins Wohnzimmer. Jeannette blätterte in den Hochglanzseiten eines Modejournals.

„Dieses Mädchen vom Sonntag … du erinnerst dich?", begann er zögernd. „Sie hat mir wieder eine Mail geschrieben."

„Tanja?" Jeannette warf das Modejournal auf den Couchtisch und sprang auf. „Sag bloß, das Ganze geht weiter! Hast du mir nicht versprochen …"

Ralf schaute seine Frau erstaunt an. Er hatte sich schon oft über ihr hervorragendes Gedächtnis gewundert und sie deshalb einmal im Spaß mit einem Elefanten verglichen.

„Und, was will sie immer noch?"

„Zu uns kommen, damit sie hier nach ihrer Mutter suchen kann", antwortete Ralf aufgebracht. Seine Gefühlsregung war echt.

„Waas?? Hast du etwa …?" Jeannettes Nasenflügel meldeten bebend Alarm.

„Natürlich nicht!", unterbrach er sie hastig. „Das heißt, am Montag hatte sie schon noch mal gemailt und mich an ihr Hilfeersuchen erinnert. Aber ich habe nicht darauf geantwortet. Und jetzt mailt sie einfach, sie kommt."

Jeannette wandte sich wortlos ab, trat ans Fenster und starrte mit krampfhaft geballten Fäusten in den Garten und in die Weite, die sich hinter ihrem Grundstück auftat.

Ralf beobachtete sie. So aufgebracht hatte er sie noch nie erlebt. Ihr ganzer Körper schien zu beben. Doch plötzlich holte sie tief Luft und drehte sich zu ihm um.

„Ralf, ich habe instinktiv ein ungutes Gefühl bei der Sache. Ich will nicht, dass du da in etwas hineingerätst", presste sie hervor. „Du hast einen guten Ruf zu verlieren. Wer weiß, was dahinter steckt? Sonst bist du doch viel vorsichtiger. Ich flehe dich an …" Sie machte ein paar Schritte auf ihn zu. „Du beabsichtigst doch nicht, darauf zu reagieren?"

„Und wenn sie am Wochenende tatsächlich hier vor der Haustür steht?"

Jeannette setzte eine eisige Miene auf und verschränkte die Arme vor ihrer Brust. „Dann machen wir nicht auf, rufen die Polizei … oder Fuß um Hilfe. So einfach ist das!"

„Aber man kann das Kind doch nicht einfach …"

„Kind?! Woher weißt du eigentlich, dass diese Tanja ein Kind ist?"

Ralf rechnete ihr vor, was er von Tanja wusste. „Demnach müsste sie zwischen zehn und dreizehn sein. Aber was spielt das schon für eine Rolle?"

„Eben! Was spielt diese Tanja für eine Rolle und was geht sie uns an?", bestätigte Jeannette grimmig. „Mail ihr klipp und klar zurück, dass du keine Zeit und kein Interesse hast, ihr zu helfen, und dass sie dich gefälligst in Ruhe lassen soll. Schreib ihr, dass du dich von ihr belästigt fühlst und Strafanzeige erstatten wirst, wenn sie nicht sofort mit diesen Mails aufhört oder gar hierher kommt. Das wäre glatter Hausfriedensbruch! Das musst du ihr klar machen!"

Eine beklemmende Pause entstand.

„Das mit der Strafanzeige ist aber nicht dein Ernst?", wollte Ralf schließlich wissen.

„Doch, das meine ich sogar todernst. Wer so dreist auftritt, dem muss man genauso begegnen! Wenn du es nicht tust, dann tue ich es!", antwortete Jeannette scharf.

„Gut, dann werde ich ihr das mailen."

Ralf verließ den Raum und stapfte verdrossen die Treppen hinauf ins Arbeitszimmer. Er fühlte sich plötzlich unwohl in seiner Haut. Sollte er wirklich einem so jungen Mädchen mit rechtlichen Schritten drohen? Für sie würde eine Welt zusammenbrechen. Einen „großen Bruder" sah sie in ihm ... Und Jeannette – zwar hatte er ihre Eifersucht und ihren schon fast krankhaften Drang nach einem ungestörten Familienleben bereits oft genug zu spüren bekommen. Aber nie hatte sie so aggressiv reagiert wie jetzt. Verstehe einer die Frauen!

Von Hause aus war Ralf anerzogen worden, dass Zuverlässigkeit und Pünktlichkeit die wichtigsten Eigenschaften sind, die ein Mensch im Beruf besitzen sollte. Wenn er als Journalist von einer Redaktion einen Auftrag erhielt, war es für ihn selbstverständlich, dass dieser so gut, so gründlich und so schnell wie möglich erledigt wurde. Hinzu kam eine ebenfalls anerzogene, übertriebene Hilfsbereitschaft, die es ihm fast unmöglich machte Nein zu sagen. Eigene Interessen spielten eine untergeordnete Rolle, wenn eine Bitte an ihn gerichtet wurde.

So saß er wenig später, von Gewissensbissen geplagt, vor seinem Computer und formulierte die Mail an Tanja. Er musste nun den Spagat fertig bringen, einerseits Tanja nicht zu enttäuschen und ihr irgendwie zu helfen, andererseits aber auch Jeannettes berechtigte Erwartungen bezüglich des Familienlebens zu erfüllen.

Jeannette wusste, dass er für seinen Limes-Artikel noch einige Personen und Orte auf der anderen Rheinseite aufsuchen musste. Es gab also theoretisch die Möglichkeit, Tanja am Bahnhof abzuholen, sie für eine Nacht irgendwo unterzubringen und für ein paar Stunden mit ihr ein paar Orte abzufahren, in denen es eine Straße mit „Bungert“ gab. Vielleicht konnte er sie auch einfach bei Freunden in Alken an der Mosel einquartieren. Zerwas' vermieteten ein Zimmer, und er könnte sie bitten, Tanja am Sonntag zurück zum Bahnhof nach Koblenz zu fahren. So würde er nicht häufiger als sonst beruflich unterwegs sein. Außerdem sah Jeannette jetzt, wo ein gemeinsamer Urlaub geplant war, sicherlich großzügiger über seine beruflich bedingte Abwesenheit hinweg. Sie durfte nur nichts von Tanjas Besuch erfahren!

Wieder schlich er zur Tür und öffnete sie, bevor er mit dem Schreiben begann:

Liebe Tanja,
obwohl ich sehr wenig Zeit habe, möchte ich dir gern ein letztes Mal helfen. Ich werde versuchen, am Samstag in Koblenz am Bahnhof zu sein und mit dir an diesem Tag ein paar Orte aufzusuchen.

Viel Zeit werde ich aber nicht haben. Eine Übernachtung bei mir ist nicht möglich, da wir räumlich sehr beengt sind und unsere Tochter krank im Bett liegt ...

Er hielt inne. Hatte er es wirklich nötig, Mareike erkranken zu lassen, nur um eine Ausrede zu haben? Nein, er würde einfach schreiben, dass eine Übernachtung bei ihnen nicht möglich war.

Ich werde dir eine Übernachtungsmöglichkeit bei Freunden besorgen, da ein Übernachten bei mir nicht möglich ist.

Von der Treppe her hörte er Schritte. Rasch wechselte er ins Word-Programm und tippte ein paar belanglose Sätze in das begonnene Manuskript.

„Papa, wie lange dauert es noch, bis wir verreisen?“, wollte Mareike wissen.

Ralf versuchte sich zu beherrschen. Wie oft hatte er seine Tochter schon gebeten, ihn nicht bei der Arbeit zu stören? Er drehte sich trotzdem lächelnd um und hielt ihr die ausgestreckten Hände mit gespreizten Fingern entgegen.

„So oft musst du noch schlafen, mein Schatz. Kannst du dir das merken?“

Als Bestätigung streckte ihm Mareike ihre Hände ebenfalls mit gespreizten Fingern entgegen.

„Das dauert aber noch lange!“, stellte sie enttäuscht fest.

„Zehn Mal – das ist nicht mehr lang“, widersprach Ralf. „Denk dran, was Oma immer sagt: Die Vorfreude ist die schönste Freude! Und jetzt lass mich bitte allein, ich muss arbeiten, sonst wird das mit dem Urlaub vielleicht doch nichts.“

Mareike zog eine Grimasse und rannte aus dem Zimmer. Nachdem sie mit Gepolter unten angekommen war, hörte Ralf, wie sie ihrer Mutter lautstark erzählte, dass es noch ganze zehn Mal dauern würde, bis sie in Urlaub fahren würden. Rasch setzte er seine Mail fort.

Egal, ob dein Besuch hier erfolgreich verläuft oder nicht, sollst du jetzt schon wissen, dass ich dir danach nicht mehr helfen kann. Zum einen liegt

```
es an meinem Beruf, zum anderen fahre ich mit meiner Familie in Urlaub.
Ralf
```

Er verschickte die Mail, löschte alles und wählte die Nummer von Zerwas'. Er hatte Glück, Renate war selbst am Telefon. Sie freute sich riesig über den Anruf, da man selten miteinander telefonierte und sich auch seit längerem nicht mehr gesehen hatte.

„Ich habe ein kleines Problem", begann er. „Ich bekomme Besuch von einem jungen Mädchen, das ich selbst nicht kenne. Ich weiß nur, dass sie so etwa zwölf Jahre sein muss. Hast du für sie von Samstag auf Sonntag das Zimmer frei?"

„Ei, sicher das", war Renates spontane Antwort. „Aber warum lässt du sie nicht bei euch schlafen?"

Diese völlig logische Frage einer sparsamen Hausfrau und Mutter hatte er in der Eile nicht bedacht. Er zögerte.

„Das erkläre ich dir später, aber Jeannette darf nichts davon erfahren."

Er merkte deutlich, wie auch Renate zögerte. Sie war zwar länger mit ihm als mit Jeannette befreundet, aber jetzt eben mit ihnen beiden. Und sie war ein geradliniger Mensch, der nichts von Heimlichkeiten hielt.

„Du ziehst mich da aber nicht in etwas hinein?", wollte sie wissen.

„Nein, das ist eine ganz harmlose Sache. Aber es gibt einen empfindlichen Punkt bei Jeannette, der nichts mit der Kleinen zu tun hat ... Wie gesagt, davon später mehr. Also, geht das in Ordnung oder nicht?"

Renate sagte ihm die Übernachtung zu, ließ aber nochmals anklingen, dass sie darüber nicht sehr glücklich sei und bald die Erklärung erwartete. Aufatmend hängte Ralf ein. Wenn alles gut ging, war nach dem Wochenende die missliche Situation überstanden.

In der Nacht zum Samstag wälzte sich Ralf im Bett hin und her und konnte nicht einschlafen. Der Gedanke, dass er sich am nächsten Tag gegen den Willen von Jeannette und zudem hinter ihrem Rücken mit Tanja auf die Suche nach deren Mutter begeben würde, ließ ihm keine Ruhe. Die Liste mit den Orten in der näheren Umgebung, die im Straßenverzeichnis das Wort „Bungert" führten, war glücklicherweise kleiner ausgefallen, als er befürchtet hatte. Er würde kaum länger als bis in die späteren Nachmittagsstunden hinein mit dem Mädchen unterwegs sein. Den Rest des Tages würde er sie Renate und Günter überlassen, die an den Umgang mit Kindern gewöhnt waren, weil sie selbst zwei hatten.

Schon früh stand er auf, duschte kalt, um die Müdigkeit zu vertreiben, und deckte den Frühstückstisch. Dann lockte er Kaspar aus seinem Körbchen, um mit ihm Gassi zu gehen.

Das Gras war feucht und das Leder seiner Schuhe begann die Tautropfen aufzusaugen. Er registrierte es nicht, sonst hätte er den trockeneren Sandweg entlang der letzten Häuserreihe am Ortsrand gewählt. Wieder hing er seinen Gedanken nach, bis ihm Emmy Priebe, die blonde Nachbarin, mit ihrem Golden Retriever über den Weg lief. Beide Hunde tobten eine Weile ausgelassen miteinander, während Frauchen und Herrchen halb verschlafen und im Morgenwind leicht fröstelnd das neckische Spiel beobachteten. Nach einer Weile verlor Kaspar die Lust. Ralf winkte der Nachbarin freundlich zu, setzte seinen Weg fort und stieg am Ende der Wiese den Hang ins Dorf hinauf, das samstags um diese Zeit noch im tiefen Schlaf lag.

Jeannette war inzwischen aufgestanden. Im dunkelroten Seidennegligee stand sie in der Küche und bereitete Kaffee zu. Erstaunt schaute sie ihm entgegen, als er eintrat.

„So früh schon unterwegs?“

„Ich muss doch heute wegen der Limes-Geschichte rüber in den Westerwald fahren und recherchieren.“ Er versuchte einen genervten Eindruck zu machen. „Wäre lieber mal ein Wochenende zu Hause geblieben!“

Sie nahm ihn in die Arme und drückte ihm einen zärtlichen Kuss auf den Mund.

„In einer Woche ist alles vorbei, dann machen wir so richtig Urlaub. Ich freue mich schon sehr darauf, und Mareike auch.“

Wie aufs Stichwort meldete sich das Kind von oben mit einem lauten Juchzer.

„Lass uns schnell frühstücken“, trieb Jeannette ihren Mann an und schenkte ihm Kaffee ein. „Umso früher bist du wieder zurück.“

Leider nicht, dachte Ralf. Er war an die Ankunft von Tanjas Zug gebunden. Es machte keinen Sinn, zu früh das Haus zu verlassen. Aber das würde er schon irgendwie hinbiegen.

Pünktlich kurz nach elf betrat Ralf den Koblenzer Bahnhof. Der einzige Zug, der um 11.10 Uhr dort eintraf, war ein Intercity aus dem Süden. Wo wohnte diese Tanja eigentlich?

Ralf stieg zu dem laut Fahrplan angegebenen Bahnsteig hinauf und wartete nervös auf die Ankunft des Zuges. Er hatte zehn Minuten Verspätung, wie die Anzeigetafel verkündete. Würden sie sich finden? Sie hatten ganz vergessen, ein Erkennungszeichen zu vereinbaren! Aber sicherlich würde die Kleine auf dem Bahnsteig warten, bis die übrigen Reisenden sich entfernt hatten und nur sie beide übrig blieben. Das Kind schien ja nicht auf den Kopf gefallen zu sein.

Endlich wurde über Lautsprecher die Einfahrt des Intercitys angekündigt. Ralf platzierte sich so, dass er die beiden Abgänge zur Unterführung überblicken konnte. Hier mussten alle Reisende vorbeikommen, um den Bahnsteig zu verlassen.

An diesem Samstag stiegen Gott sei Dank nicht allzu viele Fahrgäste aus und ein, sodass das Geschehen überschaubar blieb. Doch so sehr Ralf auch seinen Hals reckte, er konnte nirgends ein Mädchen entdecken, das seinen Vorstellungen von Tanja entsprach.

Nachdem der Zug den Bahnhof wieder verlassen und sich fast alle Reisenden entfernt hatten, blieb Ralf ratlos stehen. Also war Tanja doch nicht gekommen? Dann hätte sie ihm wenigstens eine Mail schicken können! Oder war er wirklich einer Nutte aufgesessen, die ihr Spielchen mit ihm trieb, wie Jeannette vermutet hatte? Er warf noch einen letzten Blick über den Bahnsteig. Tatsächlich, Tanja hatte ihn aufsitzen lassen.

Verärgert drehte er sich zu den Treppen um und machte sich auf den Weg zu seinem Wagen, den er auf der Bahnhofsrückseite geparkt hatte.

„Bist du Ralf?“

Er blieb wie angewurzelt stehen. Die Stimme kam von dicht hinter ihm. Er drehte sich neugierig um und stand vor einer jungen Frau, die er auf Anfang zwanzig schätzte. Sie war fast so groß wie er, mit langen rotbraunen Haaren und einem feingeschnittenen schmalen Gesicht. Ihr schlanker Körper wurde durch einen dunkelblauen Hosenanzug aus leichtem Stoff noch betont.

„Tanja?“, fragte Ralf ungläubig.

Sie stellte Reisetasche und Kosmetikkoffer ab und umarmte ihn so stürmisch, dass er das Gleichgewicht verlor und eilig nach dem Geländer greifen musste.

„Danke, dass du gekommen bist!“ Sie drückte ihm einen Kuss auf die Wange.

Er wusste nicht, wie ihm geschah und wie er sich verhalten sollte. Plötzlich war alles ganz anders!

„Ich …“, begann er verwirrt und schob die junge Frau unbewusst von sich weg. „Ich dachte, Sie seien … viel jünger!“

„Wollen wir nicht bei dem vertrauteren Du bleiben? Oder bist du sehr konservativ?“ Tanja strahlte ihn an und griff nach seinen beiden Händen. „Ich möchte dir vor allem zuerst einmal danken, dass du mir deine Hilfe angeboten hast. Oder hättest du mir nicht geantwortet, wenn du gewusst hättest, wie ich aussehe und wie alt ich bin?“

„Ich weiß nicht“, gestand Ralf wahrheitsgemäß.

Sie lächelte und lächelte. Ihre lebhaften Augen leuchteten dabei wie die eines Kindes, dem man ein lange ersehntes Geschenk überreicht hat. Das Geschenk schien in diesem Fall Ralf zu heißen.

„Lass mich ehrlich sein. Ich habe dir bewusst nicht geschrieben, wie alt ich bin, und auch kein Foto gemailt. Ich wollte nicht, dass du Falsches von mir denkst. Man hört so viel von Internet-Flirts und teuren Sex-Fallen …“ Tanjas Gesicht wurde ernster, ohne dass sich das Lächeln um ihre Augen verlor. „Ich möchte wirklich nur meine Mutter finden.“

Ralf war nicht in der Lage einen klaren Gedanken zu fassen. Abwesend machte er einen Schritt zur Seite und ergriff die Reisetasche und den Kosmetikkoffer. Tanja lächelte schon wieder und schien sich über seine Verwirrung zu amüsieren.

„Wohin fahren wir?“, fragte sie unternehmungslustig.

Ralf gab sich innerlich einen Ruck und deutete mit dem Kopf zu dem Abgang vom Bahnsteig hin.

„Ich werde Sie …“

„Dich!“

Er schluckte. „Wir fahren an die Mosel nach Alken, zu Freunden, die ein Gästezimmer haben. Dort können wir die Sachen abstellen, und dann sollten wir uns gleich auf die Suche machen, denn ich habe sehr wenig Zeit. Aber das habe ich – habe ich ja bereits gemailt.“

Irgendwie gelang es ihm nicht, Tanja zu duzen, so wie er es in den Mails getan hatte. Da war er ja von ganz anderen Voraussetzungen ausgegangen. Plötzlich war er sich gar nicht mehr sicher, ob er sie in den Mails wirklich geduzt hatte. Schade, dass sie alle gelöscht waren.

Wie selbstverständlich hängte sich Tanja bei ihm ein und plapperte munter drauflos.

„Ich hätte dir natürlich viel mehr von mir schreiben können. Aber ich wusste ja auch nichts von dir – außer, dass du der Erste warst, der mir seine Hilfe anbot."

„Du hast also schon mehrere Leute um Hilfe gebeten?"

„So wie du fragst, hört sich das fürchterlich negativ und übertrieben an. Aber in zwei Fällen hat man mir tatsächlich geantwortet. Immerhin bin ich schon seit einigen Jahren auf der Suche nach meiner Mutter. Um genau zu sein, seit meiner Volljährigkeit. Vorher hatte es mir mein Vater verboten, und ich bin ein folgsames Mädchen – gewesen."

Sie lachte, und es war ein natürliches Lachen, nichts Aufgesetztes, wie Ralf insgeheim feststellte. Diese Direktheit schien ihr Naturell zu sein. Es wirkte zwar aufdringlich auf ihn, war aber in einer gewissen Weise angenehm ehrlich.

„War der Vater streng?", erkundigte sich Ralf, ohne ihr seinen Blick zuzuwenden.

„Oh, er ist es auch heute noch. Nur heute bin ich erwachsen und kann tun, was ich will. Nicht, dass du glaubst, jetzt lasse ich die Sau raus!" Sie kicherte wie ein Teenager über ihren Kraftausdruck. „Nein, mein Vater weiß, dass ich meine Mutter suche, und er weiß auch, dass ich heute nach Koblenz gefahren bin, um sie hier zu finden", fügte sie ernster hinzu.

„Dann könnte er Ihnen doch bei der Suche helfen!"

Tanja blieb stehen und schaute ihn mit ihren rehbraunen Augen fast flehend an.

„Fällt dir das Du so schwer?"

Er schaute verlegen an der jungen Frau vorbei, spürte aber ihre schlanke Hand an seinem Kinn, die versuchte, seinen Kopf so zu drehen, dass er sie ansehen musste. Als sich ihre Blicke trafen, versuchte er ein Lächeln.

„Also gut, kann dein Vater dir denn nicht bei der Suche helfen?"

Tanja küsste ihn wieder flüchtig auf die Wange und setzte an seinem Arm den eingeschlagenen Weg fort.

„Mein Vater ist seit einem Schlaganfall querschnittgelähmt und sitzt im Rollstuhl. Deshalb wohne ich auch noch bei ihm und pflege ihn, so gut ich kann."

Ralf wusste nicht, was er dazu sagen sollte. Er war froh, dass sie in diesem Moment seinen Wagen erreichten. Wortlos verstaute er Reisetasche und Kosmetikkoffer im Kofferraum und hielt Tanja die Wagentür auf. Sie bedankte sich mit einem Lächeln und einem anerkennenden Augenaufschlag.

Ralf ging zögernd um seinen Wagen herum und wählte dabei bewusst den längeren Weg, um Zeit zu gewinnen. Was sollte er machen? Er konnte schlecht mit dieser attraktiven jungen Frau zu Renate und Günter fahren. Was würden sie von ihm denken? Diese Tanja hatte ihn in eine unmögliche Situation gebracht! Warum hatte er nicht auf Jeannettes Warnung gehört?

Er stieg in seinen Wagen und betrachtete Tanja nachdenklich, die ihn immer noch unentwegt anlächelte. Sie hatte ein hübsches Gesicht und eine makellose Haut. Nichts an ihr wirkte gekünstelt. Warum fühlte er sich nur so unwohl in seiner Haut? Eigentlich war es doch egal, ob er einer Zwölfjährigen seine Hilfe anbot oder einer …

„Wie alt bist du eigentlich?“

Ralf war über seine direkte Frage selbst überrascht. Doch für Tanja schien sie das Selbstverständlichste der Welt zu sein.

„Vierundzwanzig. Und du?“

„Ich werde in zwei Monaten sechsundvierzig“, antwortete er automatisch und ärgerte sich im gleichen Moment, dass er dem Verlauf dieser Begegnung keinen Einhalt gebot.

„Dann könntest du tatsächlich mein Vater sein“, amüsierte sie sich. „Aber mein Papa wird bald schon sechzig.“

Ralf hatte immer noch nicht den Motor angelassen. Wohin sollte er nur mit Tanja fahren? Das Beste wäre, überlegte er, sie einfach in einem Hotel abzusetzen. Sie war alt und erwachsen genug, auf eigene Faust die Suche nach ihrer Mutter durchzuführen. Es würde ausreichen, ihr die Liste der Orte zwischen Rhein und Mosel zu geben.

„Wie alt ist deine Mutter heute?“, kam es ihm in den Sinn.

„Vierundvierzig.“

„Wie Jeannette“, murmelte Ralf.

„Jeannette?“

Ralf beobachtete Tanjas Gesicht genau, während er antwortete.

„Meine Frau!“

Kein Erstaunen, kein Zucken, keine Enttäuschung. Diese Mitteilung schien für die junge Frau völlig bedeutungslos zu sein. Vielleicht machte er sich doch zu viele Gedanken um alles, und die ganze Geschichte war völlig harmlos.

Er startete den Motor.

„Ich habe es mir anders überlegt. Ich werde dich hier in Koblenz in ein Hotel fahren. Unsere Freunde in Alken könnten in Anbetracht deines Alters die Sache falsch verstehen und anderes dahinter vermuten."

Eine warme Hand legte sich behutsam auf seine Schulter.

„Bitte, Ralf, ich möchte dir keine Unannehmlichkeiten bereiten. Fast bereue ich es schon, dass ich gekommen bin. Aber vielleicht habe ich ja Gelegenheit, dir ein bisschen mehr von mir und meinen Eltern zu erzählen. Vielleicht wirst du mich dann verstehen."

Ralf warf einen Blick in den Seitenspiegel und gab Gas. Er hoffte, dass sich auf der Fahrt ein unverfängliches Gespräch entwickeln würde.

„Woher kommst du eigentlich?", wechselte er das Thema.

„Geboren bin ich in einem bayerischen Kaff namens Adlkofen, das liegt unweit von Landshut. Als ich zwei Jahre alt war, sind meine Eltern nach München gezogen."

„Du sprichst aber keinen bayerischen Dialekt!"

„Kein Wunder, mein Vater ist irgendwo in der Nähe von Hannover geboren und meine Mutter stammt aus dem Badischen. Zu Hause wurde immer nur Hochdeutsch gesprochen und auch darauf geachtet, dass ich nicht in Dialekt verfiel, als ich in die Schule kam. A wengs ko i scho!"

Sie lachte über ihre Kostprobe.

Ralf wunderte sich mehr und mehr über ihre Unbefangenheit. Sie vermittelte ein Gefühl von Offenheit und Ehrlichkeit, das gefiel ihm sehr. Beim Abbiegen nach rechts trafen sich ihre Blicke. Tanjas Augen erinnerten ihn an die wunderschönen Augen seiner Frau, die ihn damals, als er ihr zum ersten Mal begegnet war, sofort in den Bann gezogen hatten. Leider hatten sie nach dem tragischen Unfall ihrer Eltern an Glanz und Ausstrahlung verloren.

Enttäuscht stellte Tanja ihre Reisetasche und den Kosmetikkoffer ab, warf ihr Jackett mit Schwung aufs Bett und trat ans Fenster. Vom Hotelzimmer des Mercure aus konnte sie auf die Rheinbrücke und die Festung Ehrenbreitstein blicken.

Sie hatte sich Ralf ganz anders vorgestellt. Er schien eher schüchtern und unbeholfen zu sein. Natürlich hatte er sie für viel jünger gehalten, das war auch nicht unbeabsichtigt von ihr gewesen. Die Bereitschaft, Kindern zu helfen, war nun mal von Natur aus größer. Allerdings verlief trotzdem vieles anders, als sie es sich vorgestellt hatte. Ralf schien wirklich wenig Zeit zu haben und beruflich sehr engagiert zu sein. Oder lag es an etwas anderem? So wie sie ihn jetzt einschätzte, musste sie davon ausgehen, dass er seiner Frau von dem Kontakt zu ihr erzählt hatte. Wie hatte sie reagiert?

Tanja begann die Reisetasche auszupacken, trug ihren Kosmetikkoffer ins Badezimmer und ließ sich dann rückwärts aufs Bett fallen. Ralf hatte sie bis zur Rezeption begleitet, hatte gewartet, bis sie die Anmeldung ausgefüllt hatte, wobei er sichtlich nervös geworden war, als sie angab, den Abreisetermin noch nicht zu wissen. Dann hatte er sie noch zum Aufzug begleitet und sich mit der Zusicherung verabschiedet, sie gegen vierzehn Uhr wieder abzuholen, um ihr bei der Suche nach ihrer Mutter zu helfen.

Was machte er in der Zwischenzeit? Darüber hatte er sich nicht geäußert, oder doch? Er hatte etwas von suchen oder besuchen gemurmelt. Schade, dass sie nicht nachgefragt hatte.

Sie warf einen Blick auf ihre Armbanduhr, richtete sich auf und suchte im Jackett nach ihrem Handy.

„Hallo Charly! – Ja, ich bin gut angekommen. Wie geht es dir? Kommst du klar?"

Sie wusste, ihr Vater würde niemals zugeben, dass er Probleme hatte, um ihr kein schlechtes Gewissen zu bereiten, wenn sie ihn mal für ein paar Tage alleine ließ.

„War der Sozialdienst pünktlich? Und hat dir Franziska das Essen schon warm gemacht?"

Wenn sie verreiste, kochte sie für ein, zwei Tage das Essen vor und stellte es in den Kühlschrank. Ihr Vater hatte zwar im Laufe der Jahre gelernt, recht geschickt mit seinem Rollstuhl umzugehen, aber um das vorbereitete Essen warm zu machen, kam Franziska, eine befreundete Nachbarin, zu ihm herüber. War Tanja länger als zwei Tage von zu Hause weg, gab es danach meist nur noch Sachen aus dem Tiefkühlfach oder Dosen. Denn auch Franziska war nicht mehr die Jüngste. Doch dank ihrer Hilfe war es Tanja möglich, immer wieder mal wenigstens für ein paar Tage zu verreisen.

„Ich werde dich heute Abend noch mal anrufen", versprach sie, hauchte zum Abschied einen Kuss ins Handy und ließ sich in die Kissen fallen.

Ihre Gedanken wanderten zurück in die Zeit, als ihre Mutter sie und ihren Vater eines Tages Hals über Kopf verlassen hatte. Bis dahin hatte sie immer geglaubt, dass ihre Eltern untrennbar zusammengehörten.

Erst später, als sie sich um die Gesundheit ihres Vaters Sorgen machte und wegen seiner Lähmung wenig vor die Tür kam, war ihr vieles bewusst geworden. Zum Beispiel, dass es eigentlich mehr ihr Vater war, der sich um sie gekümmert hatte ...

Charly, wie sie ihn von klein auf nennen durfte, war Vertreter gewesen und viel unterwegs. Aber er rief täglich mindestens zwei Mal an und bemühte sich, abends so oft wie möglich und an den Wochenenden immer zu Hause bei seiner Familie zu sein. In seinem Beruf war er wenig erfolgreich, einige Male sogar arbeitslos. Ihre Mutter hingegen führte teilweise ein von der Familie unabhängiges Leben. Das wurde noch deutlicher, als ihre Eltern nach München zogen. Ihr Vater nannte seine Frau oft „Schwabinchen“, weil sie Abende lang mit einer Freundin durch Schwabing zog, dem Vergnügungsviertel von München. Tanja konnte sich nicht erinnern, dass Charly jemals mitgegangen war. Zu zweit fehlte es wahrscheinlich auch an Geld. Trotz alledem hatte sie als Kind immer das Gefühl gehabt, dass die Ehe ihrer Eltern funktionierte. Streit hatte es selten gegeben. Erst später erfuhr sie, dass der Freiheitsdrang seiner sechzehn Jahre jüngeren Frau ihrem Vater oft schwer zu schaffen gemacht hatte. Aber er liebte seine Frau und ließ sie gewähren. Umso unverständlicher war es für sie, dass ihre Mutter eines Tages, als sie wieder einmal von einem Wochenendurlaub zurückkam, statt die Koffer auszupacken, begann weitere Koffer zu packen. Die Trennung von der Familie vollzog sich radikal und innerhalb weniger Stunden. Tanja hatte die schrecklichen Bilder wieder deutlich vor Augen.

Charly muss wie so oft auf Tour und Tanja bleibt allein in der Wohnung. Sie ist daran gewöhnt, oft tagelang auf sich selbst gestellt zu sein, wenn Mama auf Reisen und Charly im Außendienst ist. Eine Frau aus der Nachbarschaft schaut dann ab und zu nach ihr, macht ihr etwas zu essen oder holt sie für ein paar Stunden zu sich rüber.

Tanja weiß, dass Mama heute kommt. Sie hat ihr Kommen tags zuvor angekündigt, als sie Charly am Telefon den Tod ihrer Freundin mitgeteilt hat.

Das Geräusch eines Schlüssels, der ins Türschloss gesteckt wird, unterbricht die Stille in der Vierzimmerwohnung. Tanja springt freudig auf und lässt Katinka, ihre Puppe, auf dem Wohnzimmertisch zurück.

„Mama!“, ruft sie und will ihrer Mutter um den Hals fallen.

Doch Mama schiebt sie unerwartet schroff beiseite. Sie trägt eine große Sonnenbrille und ein Kopftuch, eng um den Kopf geschlungen.

„Bist du verletzt?“, fragt Tanja erschrocken und will ihre Mutter umarmen.

„Jetzt nicht“, wehrt sie ab, „ich hab's eilig.“

Sie schließt die Wohnungstür hinter sich und verschwindet mit Koffer und Tasche im Elternschlafzimmer.

„Ist Papa unterwegs?“, kommt es aus dem Schlafzimmer.

Tanja schweigt enttäuscht. Sie hat sich so auf ihre Mama gefreut. Warum hat ihre Mutter es diesmal so eilig?

Tanja setzt sich neben die Wohnungstür auf den Boden. Mama kommt aus dem Schlafzimmer und eilt durch die dunkle Diele in die Küche. Sie nimmt sich nicht einmal die Zeit, das Licht einzuschalten. Auf dem Rückweg ruft sie Tanja zu:

„Machst du mir zwei Brote? Ich muss packen, bitte, ja, Kleines?“

Als Tanja die Küche betritt, sieht sie, dass Mama bereits die Box mit der Frischwurst und Butter aus dem Kühlschrank geholt und zwei Scheiben Brot geschnitten hat.

„Warum musst du wieder weg?“, ruft Tanja rüber ins Schlafzimmer.

„Was soll ich noch bei diesem Versager? Geh, beeil dich.“

Während sich Tanja daran macht, die zwei Scheiben Brot zu streichen und mit Wurst zu belegen, hört sie, wie Mama im Schlafzimmer hantiert. Tanja weiß nicht, was ein Versager ist, aber sie spürt, dass Charly damit gemeint ist.

Mit den Broten auf einem Teller geht sie ins Schlafzimmer. Auf dem Doppelbett liegen Koffer, die Kleiderschranktüren stehen offen, innen herrscht gähnende Leere. Tanja lässt vor Schreck den Teller fallen. Die Brote landen auf dem weichen Flokati vor dem Bett.

„Kannst du nicht aufpassen!“, herrscht Mama sie an.

Tanja starrt wie versteinert auf die Koffer.

„Warum – was machst du da?“, stottert sie. „Was machst du da, Mama?“, schreit sie dann und stürzt auf ihre Mutter zu.

„Ich verlasse euch“, sagt Mama mit gequälter Stimme, während sie weitere Kleidungsstücke aus einer Kommode nimmt.

Tränen kullern über Tanjas Wangen. „Aber das darfst du nicht machen! Was sollen wir denn ohne dich tun?“

Mama sortiert weiter Kleider, ohne sich um Tanja zu kümmern. Wütend beginnt das Kind, Wäscheteile aus einem der Koffer zu nehmen und zu Boden zu schleudern.

„Lass das!" Mama zerrt sie vom Bett weg. „Geh in dein Zimmer."
Trotzig tritt Tanja gegen den anderen Koffer, der daraufhin zu rutschen beginnt und sich auf dem Boden entleert.
Mama macht eine drohende Geste, als wolle sie Tanja ohrfeigen. Das hat sie noch nie getan! Erschrocken springt Tanja auf und rennt nach nebenan ins Kinderzimmer. Sie wirft sich auf den Boden und weint.
Durch die offene Tür sieht sie wenig später, wie Mama nacheinander vier Koffer und zwei Reisetaschen aus dem Schlafzimmer schleppt. Dann kommen die Geräusche aus dem Wohnzimmer. Auf Zehenspitzen schleicht Tanja zur Tür und blickt vorsichtig um die Ecke, kann aber nichts erkennen. Ihr ganzer Körper zittert. Noch nie hat sie solch eine Angst verspürt! Jäh stürmt sie auf die Wohnzimmertür zu und stößt sie auf. Einige Schränke und Schubladen stehen offen. Auf dem Tisch türmen sich Geschirr, Bücher, Kerzenständer, Vasen. Durch ihre Tränen hindurch erblickt Tanja Katinka, die vom Tisch gefallen ist. Sie lässt sich auf den Boden fallen, robbt zu der Puppe und nimmt sie in den Arm. Jetzt sieht sie nur noch die Beine ihrer Mutter hektisch um den Tisch herumeilen, mal hin, mal her.
Tanja setzt Katinka in ihren Schoß und hält sich die Ohren zu. Nein, sie will das alles nicht hören. Wenn doch jetzt nur Charly hier wäre! Aber Charly ist weit weg, und sie weiß nicht, wie sie ihn erreichen kann. Wie soll sie verhindern, dass Mama sie verlässt? Wieder beginnen die Beine um den Tisch zu hasten. Tanja verschränkt die Arme auf ihren Knien und legt den Kopf darauf. Ihre Stirn ist heiß und trotzdem ist ihr eisig kalt.
„Mama, bitte … Das kannst du doch nicht tun!", wimmert sie. „Was sollen wir denn ohne dich machen? Du darfst nicht ohne uns gehen!"
Mama scheint sie nicht zu hören. Tanja erschrickt, als es plötzlich an der Wohnungstür läutet. Sie schnellt mit dem Kopf hoch und stößt sich an der Tischplatte. Vielleicht ist Charly heute früher zurück?
Die Beine ihrer Mutter verschwinden in der Diele.
„Schön, dass Sie pünktlich sind. Kommen Sie mit den Kartons gleich ins Wohnzimmer!"
Jetzt tauchen Mamas Beine und ein paar Hosenbeinpaare im Wohnzimmer auf.
„Der Schrank geht mit und die Kommode da, die Bilder habe ich schon dorthin gestellt", sagt Mama mit rauer Stimme, die ganz fremd klingt. „Und dann muss der andere Schrank abgeschlagen werden, aber da bin ich noch nicht ganz fertig mit dem Ausräumen."

„Wir packen erst einmal die Kartons voll", sagt eine dunkle Männerstimme.

Die vielen Beine verteilen sich um den Tisch herum.

„Ja, wen haben wir denn da?"

Tanja dreht sich erschrocken um. Ein junges Männergesicht lacht sie an. Der Mann hockt vor dem Tisch und winkt ihr zu. „Warum versteckst du dich denn vor uns? Wir tun dir doch nichts."

Tanja flüchtet mit Katinka in der anderen Richtung unter dem Tisch hervor und rennt schreiend in ihr Zimmer zurück. Mit Wucht schlägt sie hinter sich die Tür zu, wirft sich weinend auf ihr Bett und vergräbt das Gesicht in den Kissen.

So vergeht eine halbe Stunde oder eine ganze. Tanja hört Hammerschläge und immer wieder die Stimmen ihrer Mutter und der Männer. Dann ist es still. Ganz still.

Tanja bleibt auf ihrem Bett liegen, sie hat all ihre Kraft aus sich herausgeweint. Sie hört nicht, wie sich die Tür leise öffnet, zuckt aber zusammen, als sie eine warme Hand an ihrem kalten Bein spürt.

„Tanja", flüstert Mama, „bist du wach?"

Im Zimmer ist es inzwischen fast stockdunkel. Tanja lässt willenlos ihren Körper auf den Rücken drehen. Ihre Augen brennen, ihr Gesicht fühlt sich fiebrig an. Mama beugt sich über sie.

„Tanja", flüstert sie, „versteh doch …"

Wieder läutet es an der Wohnungstür. Mama springt auf und eilt aus dem Zimmer. Da sind wieder die Männerstimmen. Mama verabredet etwas mit den Männern, dabei fällt das Wort „Boppard". Tanja kann mit diesem Wort nichts anfangen, aber es brennt sich wie ein Siegel in sie ein. Schließlich taucht Mama wieder neben ihrem Bett auf.

Tanja hält aus Protest die Augen geschlossen. Sie will ihre Mutter nicht sehen. Es ist alles wie in einem bösen Traum. Mama beugt sich über sie und will sie offenbar küssen. Tanja wirft sich zur Seite und vergräbt sich schluchzend in den Kissen. Sie spürt die Hand ihrer Mutter, die ihr über den Kopf und den Rücken streicht. Sie wehrt sich, sie will die Hand nicht spüren!

In ihren Kissen beginnt Tanja zu schwitzen, doch sie will sich nicht bewegen. Vielleicht wird sie irgendwann geweckt und der entsetzliche Traum ist zu Ende.

Als sie die Augen öffnet und sich wieder aufrichtet, erschrickt sie. Nur das schwache Licht einer Straßenlaterne fällt durch das Fenster und malt das Muster der Gardinen an Schrank und Wand.

„Mama!?", ruft sie und lauscht angespannt in die Dunkelheit.

Keine Antwort. Vorsichtig steht sie auf und verlässt mit Katinka im Arm das Zimmer. Der Blick ins Wohnzimmer nimmt ihr jede Hoffnung, dass das Schreckliche nur ein Traum war. Das wenige Licht, das durch die Fenster fällt, beleuchtet kahle Wände und eine fast leere Vitrine. Noch vor wenigen Stunden standen hier Gläser und eine Kristallschale, die mit Obst gefüllt war. Kraftlos lehnt sich Tanja gegen die nackte Wand und lässt sich zu Boden sinken. Sie spürt nicht den rauen Putz, der Fäden in ihre Bluse zieht. Ihre nackten Schenkel berühren den kalten Holzboden, sie nimmt es nicht wahr.

Plötzlich umfasst sie Katinkas Kopf und reißt mit einem Ruck der Puppe den Kopf ab. Wütend schleudert sie ihn gegen die leere Vitrine. Dann erstarrt sie. Das Wort „Boppard" hämmert in ihrem Kopf. Sie schließt die schmerzenden Augen, weinen kann sie nicht mehr. „Boppard" hämmert es, immer wieder „Boppard".

3.

Nachdem Ralf Tanja ins Hotel gebracht hatte, machte er sich im Eiltempo auf den Weg nach Saalburg im Westerwald. Viel Zeit blieb ihm nicht für seine notwendigen Recherchen. Aber er war flottes Arbeiten gewöhnt, und zum Glück herrschte auch bei der Rückfahrt wenig Verkehr auf den Straßen. Trotzdem traf er mit Verspätung wieder in Koblenz ein.

Er hatte damit gerechnet, dass Tanja schon ungeduldig im Hotelfoyer auf ihn wartete, doch da hatte er sich getäuscht. Von Tanja keine Spur, weder im Foyer noch an der Bar oder vor dem Hotel. So bat er den Hotelportier, auf ihrem Zimmer anzurufen und ihr mitzuteilen, dass er im Foyer auf sie warte.

Es dauerte geraume Zeit, bis sie endlich aus dem Aufzug kam. Sie sah hinreißend aus, hatte das Top unter ihrem Jackett ausgezogen, und im tiefgeschnittenen Dekolletee funkelte ein kleines goldenes Kreuz mit Brillantsplittern, das sie an einer dünnen Kette um den Hals trug. Die hochhackigen Schuhe ließen sie noch größer und schlanker wirken als bei der Ankunft. Doch am meisten fesselte ihn ihre Ausstrahlung. Sie wirkte ernster, erwachsener – und aufregend erotisch.

Tanja hatte den Weg seiner Augen registriert.

„Bin ich zu elegant angezogen?“, erkundigte sie sich und blickte prüfend an sich hinunter.

Ralf schüttelte wortlos den Kopf. Er spürte, dass sein Gesicht rot anlief, und wandte sich schnell ab. Was war nur los mit ihm? Er verhielt sich wie ein pubertierender Junge!

„Nein, nein“, versicherte er rasch. „Durchaus nicht. Ich habe mich nur immer noch nicht damit abgefunden, dass meine Vorstellungen von – von dir so – anders waren …“

Tanja reichte dem Portier ihren Zimmerschlüssel und hakte sich vertraulich bei Ralf ein.

„Tut mir Leid, dass du warten musstest“, sagte sie. „Ich bin wohl ein bisschen eingenickt ... Und du? Konntest du inzwischen alles erledigen, was du vorhattest?“ Sie lächelte ihn entschuldigend von der Seite an. „Ich mache mir Gedanken, ob es richtig war, dich zu bitten, mir bei der Suche nach meiner Mutter zu helfen. Weiß eigentlich deine Frau davon?“

Wieder fühlte sich Ralf von ihrer Direktheit überrumpelt.

„In etwa“, gab er ausweichend zurück.

Er hielt Tanja die Wagentür auf und ließ sie einsteigen, wobei sie ihm einen großzügigen Einblick in ihr Dekolletee gewährte. Sie sah seine Verlegenheit, spürte, dass er sich ertappt fühlte, und begann zu lachen.

„Also nicht so ganz?“

„Jeannette und ich verstehen uns sehr gut“, betonte Ralf und nahm hinter dem Lenkrad Platz. „Aber es gibt ein neuralgisches Thema. Das heißt: mangelnde Zeit für die Familie.“

„Erstaunlich!“, entfuhr es Tanja so laut, dass Ralf sie fragend ansah.

„Während du weg warst, habe ich nicht geschlafen“, gestand sie, und zum ersten Mal spürte er Unsicherheit bei ihr. „Ich habe über meine Mutter nachgedacht. Weißt du, alles andere war ihr wichtiger als ihre Familie. Ich weiß so wenig von ihr ... Aber ich muss immer wieder an den Tag denken, als sie uns verlassen hat. Dieser Tag hat mein ganzes Leben verändert! Ich selbst bin eine andere geworden seither.“

Ralf nickte verständnisvoll und startete den Motor.

„Der Verlust geliebter Menschen kann alles verändern“, meinte er. „Ich habe es erlebt, als die Eltern meiner Frau tödlich verunglückt sind. Als ich Jeannette danach das erste Mal wiedertraf, kam sie mir auch ganz fremd vor.“

Eine Weile hingen beide ihren Gedanken nach. Sie waren auf dem Weg, Koblenz in Richtung Boppard zu verlassen. Tanja schaute interessiert auf die vorbeiziehenden Häuser.

„Ich habe auch eine Tochter. Aber sie ist erst fünf“, meinte Ralf mehr zu sich selbst. „Ihr gegenüber habe ich oft ein schlechtes Gewissen, wenn ich zu viel arbeite. Kinder sind so schnell groß ...“

Er brach ab. Plötzlich musste er an den bevorstehenden Abend denken. Tanja ging sicher davon aus, dass er sie mit nach Hause nahm. Das ging unter keinen Umständen! Aber er konnte auch nicht in Koblenz mit ihr zu Abend essen. Zu groß war die Gefahr, von Freunden oder Bekannten gesehen zu werden. Außerdem erwartete Jeannette, dass er spätestens mit Einbruch der Dunkelheit zurück sein würde.

Tanja schien nichts von seinen inneren Kämpfen zu bemerken.

„Wohin fahren wir zuerst?“ Sie zog ein Blatt Papier aus ihrem Jackett und faltete es auf. „Ich habe mir alle ‚Bungert‘ hier in der Gegend aus dem Internet herausgesucht. Am besten, wir fahren erst einmal in den Koblenzer Stadtteil Rübenach.“

Ralf trat erstaunt auf die Bremse. Hatte sie in ihren Mails nicht immer von Boppard geschrieben?

„Rübenach liegt aber nicht in der Nähe von Boppard!“, stellte er richtig und warf einen verstohlenen Blick auf das Blatt, das sie ihm hinhielt. Dort waren zu seinem Schrecken etwa zwanzig Ortschaften ausgedruckt.

„Das mit Boppard stammt aus meiner Erinnerung als Kind.“ In Tanjas Lächeln mischte sich Wehmut. „Als meine Mutter uns damals verlassen hat, sagte sie etwas von Boppard zu den Männern, die ihr beim Auszug halfen. Ich habe mir den Namen eingeprägt und später auf der Landkarte nachgeschaut, wo dieser Ort liegt. Ich habe immer geglaubt, sie sei dorthin gezogen. Aber das muss nicht stimmen. Sie kann auch von einer Rast in Boppard gesprochen haben oder sie hat den Ort im Zusammenhang mit einem Treffen erwähnt. Ich war damals zu aufgeregt und habe nur halb hingehört. Ich weiß nicht, ob du nachempfinden kannst, was damals alles in meinem Kopf umherschwirrte? Erst durch deinen Hinweis bin ich auf die Idee gekommen, im Internet alle Straßen zu suchen, die ‚Bungert‘ heißen, und ich habe festgestellt, dass bundesweit der überwiegende Teil tatsächlich hier in der Gegend zu finden ist.“

„Kein Wunder“, brummte Ralf. „Bungert ist der hiesige Ausdruck für Baumgarten, so wie Wingert der Weingarten, also der Weinberg, ist.“

Innerlich stöhnte er. Wollte Tanja jetzt mit ihm tatsächlich alle Orte absuchen, die eine Straße mit dieser Bezeichnung hatten?

„Bist du mir böse?“, erkundigte sie sich, als sie sein verzweifeltes Gesicht sah, und legte wieder ihre Hand auf seine Schulter. „Ich gehe natürlich nicht davon aus, dass wir alle Orte abfahren können. Aber vielleicht wenigstens einen Teil, bitte!“

Sie sah Ralf so kindlich schmollend an, dass er unbewusst nickte. In seinem Kopf arbeitete es fieberhaft. Dieses bildhübsche Biest schien darin geübt zu sein, Männer zu bezirzen. Er fühlte sich plötzlich wie bei einer miesen Schachpartie, wenn immer weniger sinnvolle Spielzüge für ihn übrig blieben. Wie konnte er das drohende Schachmatt verhindern?

Tanja strich ihm mit dem Handrücken mitfühlend über die Wange. Von ihrer Haut ging ein zarter Apricot-Duft aus, der in seinem Körper ganz andere Reaktionen hervorrief als in seinem Kopf. Wenn Frauen doch nur nicht so verdammt gut riechen würden!

„Ich habe nicht geahnt, dass du wirklich so wenig Zeit hast und an eine Familie gebunden bist. Sei ehrlich, du hast mir nicht geschrieben, dass du verheiratet bist und eine Tochter hast."

Sie hatte Recht. Wortlos wendete er bei der nächsten Abfahrt den Wagen und fuhr zurück in Richtung Mosel, nach Rübenach.

„Im Bungert" war eine sehr kleine Straße mit nur wenigen Häusern. Tanja und Ralf waren ausgestiegen und von Haus zu Haus gegangen, um die Namensschilder zu kontrollieren. Aber der Name Mahler war nirgends zu entdecken.

„Hast du eigentlich schon mal im Internettelefonbuch nachgeschaut, wie viele Susanne Mahler es gibt?", kam es Ralf in den Sinn.

Tanja blieb mitten auf der Straße stehen und stemmte belustigt ihre Fäuste in die Hüfte.

„Ich bin doch nicht blond! Für wie dumm hältst du mich eigentlich? Das war wohl das Erste, was ich gemacht habe, und – damit du nicht auch noch danach fragen musst – ich habe alle gleich angerufen. Meine Mutter war leider nicht dabei."

„Wie lange ist es genau her, dass deine Mutter euch verlassen hat?"

„Bald zwanzig Jahre."

Dann war sie damals noch ein bisschen jünger als Mareike heute, überlegte Ralf und spürte wieder eine Welle von Mitgefühl für sie. Laut sagte er:

„Dann wird sie vielleicht inzwischen wieder verheiratet sein. Und du kannst eine Ewigkeit nach dem Namen Mahler suchen!"

Tanja schüttelte den Kopf.

„Mein Vater und meine Mutter wurden nie geschieden. Sie heißt also heute noch Mahler. Deshalb wahrscheinlich auch meine einzige Chance, von Haus zu Haus zu suchen …"

„Na dann, wohin geht's jetzt?", stöhnte er und wandte sich wieder zum Wagen.

Tanja warf einen Blick auf ihren Zettel.

„Burgen oder Enkirch, liegt beides an der Mosel."

Ralf nickte und startete. Er hatte es aufgegeben, seine Zeit mit Gedanken darüber zu verschwenden, was am Abend sein würde. Er würde jetzt so schnell wie möglich ein paar Orte mit Tanja abklappern, und dann würde ihm schon irgendetwas einfallen. Im gleichen Moment kam ihm auch schon ein Gedanke.

„Wir kommen gleich an Alken vorbei. Da werde ich kurz meinen Freunden Bescheid sagen, dass du nicht wie vorgesehen bei ihnen übernachtest."

Er stellte seinen Wagen an der Uferstraße ab und ging zu Fuß die Bachstraße hinauf zu Zerwas'. Tanja hatte nicht gefragt, ob sie ihn begleiten solle. Sie begriff inzwischen offenbar, in welchem Konflikt er sich befand, nachdem sich herausgestellt hatte, dass sie kein Mädchen von zwölf oder dreizehn war, sondern eine junge, sehr attraktive Frau.

„Aha, der Besuch kommt!", empfing ihn Renate, und ihre lebhaften dunklen Augen schauten suchend an ihm vorbei auf die Straße.

„Kommt nicht!"

Ralf zog Renate förmlich ins Haus, um die Tür hinter ihnen schließen zu können. Er war nicht sicher, ob Tanja ihm nicht doch gefolgt war.

„Dieses Mädchen, das mich gebeten hat, ihre Mutter zu suchen, ist gar kein Mädchen, ich meine, sie ist schon eine junge Frau!"

Renate schüttelte ihren krausen Lockenkopf. Sie verstand offensichtlich nichts, das war ihr am Gesicht abzulesen. Aber natürlich, sie wusste ja auch von nichts.

„Also, pass auf ...", begann Ralf und erklärte ihr die Situation in wenigen Worten.

„Es muss aber alles unter uns bleiben", schloss er. „Du kennst Jeannette und weißt, wie eigen sie manchmal in dieser Hinsicht ist. Vergiss einfach die ganze Sache und sag auch Günter, es ist wirklich nichts ... ehrlich! Ich zahle euch natürlich das Zimmer."

Renate schien ihm immer noch nicht recht zu glauben.

„Mach keinen Scheiß!", ermahnte sie ihn. „Aber mir ist ehrlich auch wohler, wenn das Mädchen, ich meine, die Frau nicht hier schläft."

Ralf drückte ihr einen flüchtigen Kuss auf die Stirn, drehte sich blitzschnell um, bevor weitere Ermahnungen oder Fragen folgen konnten, und entfernte sich im Laufschritt.

Tanja saß mit dem Rücken zu ihm auf einer Uferbank. Die langen Beine weit ausgestreckt, den Kopf nach hinten gelehnt, genoss sie mit geschlossenen Augen die warmen Sonnenstrahlen und den leichten Wind von der Mosel her.

Ralf betrachtete sie eine Weile schweigend aus einiger Entfernung. Sie war schön, verführerisch schön. Jeannette durfte auf keinen Fall mit ihr in Kontakt kommen! Unwillkürlich blickte er sich um, ob jemand in der Nähe war, der ihn kannte oder beobachtete. Zum Glück befanden sich die meisten Menschen auf der anderen Seite der breiten Uferstraße mit ihrer voll belegten Parkspur, saßen in überfüllten Straßencafés oder tummelten sich um die kleinen Geschäfte und Gasthöfe. Hier am Ufer wartete nur eine Hand voll laut schwatzender holländischer Touristen auf die Ankunft des Schiffes, das moselabwärts bereits in Sicht war.

Er räusperte sich. Blinzelnd öffnete Tanja ihre Augen und lächelte ihm entgegen. Ihre Augen lächelten eigentlich immer, wenngleich mit immer anderen Ausdrucksnuancen. Sie streckte Ralf ihre Hand entgegen, an deren Mittelfinger ein kleiner Ring in der Sonne blitzte.

„Komm, setz dich für ein paar Minuten zu mir. Dafür fahren wir nachher etwas schneller."

Magisch angezogen ergriff Ralf die Hände und ließ sich hinunter auf die Bank ziehen. Sie legte ihren Kopf sanft an seine Schulter. Schon wieder dieser Duft, der von ihr ausging!

„Danke, dass du trotz allem mit mir suchen willst. Ich verspreche auch, dir keinen Stress oder Ärger zu machen", sagte sie leise.

Ralf war versucht, auch seinen Kopf gegen ihren zu lehnen. Im letzten Moment wurde ihm bewusst, dass er dies nicht wollte und auch nicht durfte. Aber irgendwie war in ihrer Gegenwart alles so selbstverständlich vertraut und makellos unbefangen.

Mit einem Ruck richtete er sich auf.

„Was ist?" Tanja blickte ihn erschrocken an.

Er stand hastig auf. „Wir müssen fahren!"

Er musste sachlich und nüchtern bleiben, weg von dieser irritierenden Vertraulichkeit, der knisternden Atmosphäre zwischen ihnen beiden. Festen Schrittes marschierte er auf seinen BMW zu und hielt wartend die Tür auf.

Bevor Tanja einstieg, schaute sie ihn mit großen, traurigen Kinderaugen an, aus denen für Sekunden alles Lächeln schwand. Was habe ich dir getan, dass du so ruppig reagierst?, fragte ihr Blick. Und: Wirst du mich auch im Stich lassen, so wie einst meine Mutter?

Sie hatten Burgen und Enkirch aufgesucht, zwei Weinorte direkt an der Mosel, waren anschließend hinauf in den Hunsrück nach Braunshorn gefahren und hatten sich auch dort „Im Bungert“ nach Tanjas Mutter umgeschaut. Vergeblich.

Auch Tanja beschäftigte sich nun insgeheim mit der unausgesprochenen Frage, was im Anschluss an diese Fahrt geschehen sollte. Würde Ralf sie einfach wieder im Hotel absetzen? Oder konnte sie ihn überreden, wenigstens noch ein Abendessen mit ihr einzunehmen? Sie spürte den inneren Konflikt, in dem er sich befand. Wie weit konnte sie gehen, ohne dass er zurückschreckte und die Tür für sie ein für alle Male zuschlug?

Als sie in Laudert auf die A 61 fuhren, kam ihr eine Idee.

„Ralf“, begann sie zögernd und versuchte sachlich zu klingen, „ich möchte mich gern bei dir für deine Begleitung und Hilfe bedanken. Erst heute Nachmittag habe ich richtig begriffen, was ich von dir verlangt habe und was für Probleme du wegen mir hast. Bitte schlag deshalb meinen Dank nicht aus.“

Sie blickte bewusst nicht zu ihm hinüber, sah aber aus dem Augenwinkel, wie seine Finger nervös auf dem Lenkrad zu trommeln begannen. Er schien sofort begriffen zu haben, worauf sie hinauswollte, gab aber keine Antwort.

So fuhren sie einige Kilometer Autobahn, ohne miteinander zu sprechen. Reine Nervensache, sagte sich Tanja. Sie wusste, dass dies eine ihrer Stärken war.

„Du möchtest also, dass wir noch zusammen essen gehen?“, platzte er plötzlich heraus.

„Ja!“, rief sie und klatschte sich vergnügt auf die Schenkel.

„Mehr nicht?!“

Sie hielt schlagartig inne.

„Was denkst du? Glaubst du etwa, ich sei …“

„Entschuldige“, unterbrach Ralf sie sofort, „aber seit wir uns begegnet sind – es ist alles anders – anders, als ich es mir vorgestellt hatte.“

Tanja sagte eine ganze Weile nichts. Schließlich gab sie einen lauten Seufzer von sich.

„Du hast ja Recht. Ich hätte dir gleich mailen sollen, dass ich vierundzwanzig bin und eigentlich erwachsen genug, meine Mutter selbst zu suchen. Ich danke dir, dass du mich heute gefahren hast. Setz mich im Hotel ab und wir sagen uns ‚Leb wohl, das war’s‘!“

Sie merkte, wie Ralf den Fuß vom Gaspedal zurücknahm und die Geschwindigkeit verringerte.

„So ist es nun auch wieder nicht“, widersprach er. „Ich hätte dir auch mailen können: Ich bin verheiratet, habe eine fünfjährige Tochter und weder Zeit noch Interesse dir zu helfen. Mich trifft also zumindest genauso viel Schuld an der verfahrenen Situation. Nein, lassen wir das. Jetzt müssen wir die Suppe zu Ende löffeln.“

Sie sah, wie er einen flüchtigen Blick auf die Uhr im Armaturenbrett warf.

„Also gut, lass uns noch etwas zusammen essen gehen, aber vorher muss ich telefonieren.“

Kurz hinter Waldesch hielt er auf einer breiten Parkspur neben der Hunsrückhöhenstraße an und stieg aus. Tanja sollte das Telefonat nicht mithören. Während er am Waldrand entlang schlenderte, wählte er seine Nummer in Nörtershausen.

„Hallo, Liebes. Tut mir Leid, dass ich erst jetzt anrufe, aber ich hatte zeitweilig keine Netzverbindung …“

„Wann kommst du?“, fragte Jeannette ungehalten.

„Ich werde jetzt mit den beiden Herren noch etwas trinken gehen, das bin ich ihnen schuldig, und komme dann sofort nach Hause.“

„Das Abendessen wartet auf dich!“, war ihre kurze Antwort, bevor sie auflegte.

Es war also, wie er befürchtet hatte. Zwar hatte seine Frau keinen konkreten Verdacht geäußert, doch hing der Hausfrieden bereits deutlich schief. Aber das wäre auch so gewesen, wenn seine Ausrede der Wahrheit entsprochen hätte.

Er stieg wieder in seinen Wagen und lächelte Tanja zu.

„Alles klar, aber es darf nicht allzu spät werden. Ich muss meiner Tochter noch Gute Nacht sagen können.“

Tanja strahlte und spitzte die Lippen zu einem Kuss.

„Wann muss deine Tochter samstags ins Bett?“

Ralf ließ den Motor wieder an.

„Für ein schnelles Abendessen reicht die Zeit“, sagte er nur.

„Wo bleibt denn der Papa?“

Mareike war unbemerkt ins Wohnzimmer gekommen und schickte sich an, auf den Schoß ihrer Mutter zu klettern.

„Papa hat gerade angerufen. Er kommt etwas später.“

„Erzählst du mir eine Geschichte, bis der Papa kommt?"

„Was für eine Geschichte denn? Ich kenne so wenig Geschichten!"

„Ach bitte", quengelte Mareike. „Erzähl mir die Geschichte vom kleinen Muck! Papa hat gesagt, du hast ihm früher mal davon erzählt. Ich will die Geschichte auch hören!"

„Ach, das ist schon so endlos lange her. Ich habe sie wirklich vergessen. Wollen wir nicht etwas spielen?", fragte Jeannette in der Hoffnung, auch sich damit ablenken zu können.

Mareike war sofort Feuer und Flamme. Es kam selten vor, dass ihre Mutter mit ihr spielte.

„Au ja, wir spielen Schokohexe!", bestimmte sie und flitzte nach oben in ihr Kinderzimmer, um das Spiel zu holen.

Jeannette schloss ergeben die Augen. Als sie Ralf geheiratet hatte, waren Kinder nicht in ihrem Lebensplan vorgesehen gewesen. Nach ein paar Ehejahren war es aber dann doch passiert. Sie war damals völlig aus dem Häuschen gewesen, wollte sofort abtreiben lassen. Ralf hatte sie überredet, es nicht zu tun. Er liebte Kinder. Und mit der Aussicht, dass er sich in etwa zehn Jahren aus seinem Beruf zurückziehen wollte und sie Mareike dann mit dem Wechsel auf eine Höhere Schule ins Internat geben konnten, hatte sie sich schließlich doch für das Kind entscheiden können.

Nur noch knappe fünf Jahre, bis der Weg richtig frei für ihre Pläne war. Dann waren sie beide immer noch jung genug, um das Leben richtig zu genießen …

Ralf fuhr mit Tanja ins Buffalo Steakhaus unweit des Hotels. Hier bestand eine vergleichsweise geringe Gefahr, um diese Uhrzeit jemanden zu treffen, der ihn kannte. Sonst besuchte er dieses Restaurant nur nach Theatervorstellungen. Aber um diese Zeit waren die Türen des Theaters nebenan noch geschlossen, und nach der Vorstellung würde er längst zu Hause bei Jeannette sein.

Tanja schien einen unbändigen Hunger zu haben. Sie kehrte mit einem gehäuften Teller vom Salatbüfett zurück und bestellte sich ein großes Steak dazu. Ralf verzichtete im Hinblick auf das Abendessen zu Hause auf Fleisch und nahm sich nur einen kleinen Salatteller ohne seine geliebte Knoblauchsoße. Die hätte ihn bei Jeannette sofort verraten.

Sie saßen sich schweigend gegenüber. Ralf quälte die Frage, ob er mit diesem Abendessen für immer den Kontakt zu Tanja beenden konnte. Er wollte sie nicht vor den Kopf stoßen, wusste aber nach diesem Tag mit ihr auch, dass ihre Reize ihm gefährlich werden konnten. Ihre Spontaneität und Natürlichkeit, ihre wunderschönen Augen und die verführerische Figur konnten einen Mann schon ins Schwanken bringen. Aber er war mit Jeannette verheiratet und hatte eine Tochter, und Tanja könnte vom Alter her ebenfalls seine Tochter sein.

Er spürte, dass sie ihn beobachtete, auch wenn er versuchte, ihren Blicken auszuweichen.

„Du fühlst dich unwohl in deiner Haut", sagte sie plötzlich leise, legte die Gabel nieder und ergriff seine Hand.

Es war so schnell gegangen, dass Ralf nicht die Zeit blieb, die Hand zurückzuziehen, selbst wenn er es gewollt hätte. Aber wollte er wirklich?

„Wieso?", fragte er mit gespielter Arglosigkeit, aber alles an ihm strafte ihn Lügen.

Er wurde rot im Gesicht, ein leichtes Zucken ging durch seinen Körper, als sich ihre Hände berührten, und noch immer konnte er Tanja nicht in die Augen schauen.

„Weißt du was?" Tanja schaute sich rasch nach Zuhörern um, bevor sie leise weitersprach. „Ich werde morgen in ein preiswerteres Hotel ziehen, mir dafür einen Wagen mieten und mich völlig unabhängig von dir machen. Dann überlassen wir es dem Schicksal, ob wir uns noch einmal begegnen oder nicht. Nur eines musst du mir versprechen: Wenn ich meine Mutter gefunden habe, darf ich es dir sagen. Denn du hast mir und meinem Suchen neuen Auftrieb und neue Hoffnung gegeben."

„Einverstanden", erwiderte Ralf erleichtert.

Tanja erhob ihr Weinglas und prostete ihm zu. Er tat das Gleiche und spürte auf einmal, wie ihr Daumen über seinen Handrücken strich.

„Auf unsere Begegnung!"

Ihre rehbraunen Augen tauchten tief und herausfordernd in seine. Rasch löste er sich aus ihrem Blick und murmelte nur:

„Viel Glück!"

Nach dem Essen brachen sie sofort auf. Als er mit ihr zum Wagen gehen wollte, schüttelte sie lächelnd den Kopf.

„Ich gehe zu Fuß. Das Hotel ist ja nicht weit." Unbekümmert blieb sie vor ihm stehen und legte die Arme um ihn. „Ich danke dir für alles."

Noch bevor er reagieren konnte, spürte er ihre vollen Lippen auf seinen und das zärtliche Spiel ihrer Zunge mit seiner.

„Schade …“, flüsterte es an sein Ohr.

Dann löste sie sich abrupt und eilte mit ihren langen Beinen die Straße hinunter in Richtung Hotel.

Ralf blieb regungslos stehen. Erst als sie in der Dunkelheit verschwunden war, erwachte er aus seiner Erstarrung. Er setzte sich in seinen Wagen und entschied sich für den längeren Nachhauseweg an der Mosel entlang. Andernfalls hätte er an Tanja vorbeifahren müssen, und wer weiß, was dann noch hätte geschehen können …

4.

Jeannette konnte sich nicht auf das Spiel konzentrieren, mit jeder Minute wuchs ihre Ungeduld. Mareike quengelte, warf schließlich die Karten auf den Tisch und trommelte mit ihren kleinen Fäusten auf die Tischplatte.

„Ich will jetzt, dass der Papa kommt!“

Endlich hörten sie ein Knarren an der Haustür. Mareike sprang sofort auf, rannte ihrem Vater entgegen und begrüßte ihn mit einer lauten Schimpfkanonade. Jeannette lächelte zufrieden. Die Kleine sprach ihr aus dem Herzen! Als Ralf hereinkam und ihr den obligatorischen Begrüßungskuss gab, erstarb jedoch das Lächeln auf ihren Lippen. Sie nahm sofort den leichten Parfümgeruch wahr, der ihren Mann umgab.

„Tut mir Leid, Liebes, dass es doch etwas länger gedauert hat“, entschuldigte sich Ralf und tat, als merke er nicht, dass sie ihr Gesicht von ihm abwandte. Mit einem Blick auf den gedeckten Esstisch setzte er hinzu: „Ich hole uns schnell einen Wein aus dem Keller. Möchtest du lieber einen Kerner oder einen Spätburgunder?“

„Ist sie wenigstens hübsch?“

„Wer?“ Ralf, der bereits auf dem Weg in den Keller war, drehte sich um und schaute sie erstaunt an.

„Na, diese Tanja!“

„Tanja?“, entgegnete Ralf verwirrt. „Welche Tanja?“

„Für wie dämlich hältst du mich eigentlich?“ Jeannettes Nasenflügel bebten, ihre dunklen Augen sprühten Funken. „Oder hast du gehofft, ich habe Schnupfen und kann dieses ordinäre Parfüm nicht riechen?“

Ralfs Gesicht hellte sich auf. „Da hast du Recht!“ Es gelang ihm, herzhaft zu lachen. „Das Parfüm ist genauso ordinär wie die Frau dieses pensionierten Forstbeamten, die ihre ganze Umgebung in Dunstwolken hüllte! Sie wollte unbedingt neben mir sitzen, obwohl sie vom Limes und diesen Dingen keine Ahnung hat. Zumindest für so einen fetten Trampel scheine ich doch noch ein ganz passables Bild abzugeben, wenn ich auch bei meiner aparten Ehefrau leider keine Gnade finde!"

Mit dem letzten Satz warf er ihr eine Kusshand zu und wandte sich schnell ab, um in den Keller zu gehen. Sie musste ja nicht sehen, wie ihm die Schamröte ins Gesicht schoss.

Jeannette wusste nicht, wie sie die Erklärung ihres Mannes einordnen sollte. Hatte er sich nur glänzend vorbereitet oder sagte er die Wahrheit? Das fruchtig leichte Parfüm war in Wahrheit weder ordinär noch passte es zu einer alten oder älteren Frau. Ihr weiblicher Instinkt meldete höchste Alarmstufe.

„Bring das Spiel auf dein Zimmer und wasch dir die Hände", herrschte sie unvermittelt ihre Tochter an. „Na los, beeil dich, du solltest schon längst im Bett liegen!"

Die Kleine schmollte. „Aber morgen ist doch Sonntag, da schlaft ihr sowieso länger! Ich will jetzt mit euch essen!"

„Du tust jetzt, was ich dir sage, und zwar sofort!"

Jeannettes Stimme hatte einen solch gefährlich drohenden Unterton angenommen, dass Mareike es vorzog, sich zu entfernen. Jeannette zündete mit vor Erregung zitternden Händen die Kerzen des Silberleuchters an und entfernte die Frischhaltefolie von der Aufschnittplatte.

„Der Spätburgunder ist etwas kalt, vielleicht möchtest du lieber ...", meinte Ralf, der mit zwei Weinflaschen ins Wohnzimmer trat.

„Kalt passt mir jetzt ausgezeichnet", fiel Jeannette ihm spitz ins Wort.

„Bitte, wie du willst."

Ralf zuckte die Achseln, schenkte ihr ein Glas Spätburgunder und sich selbst einen Kerner ein. Sie beobachtete ihn scharf. Er wirkte weder nervös noch besonders um sie bemüht, er verhielt sich einfach – wie immer.

„Wo bleibt denn unser Zwerg?" Er blickte sich suchend um.

Jeannette tat, als hätte sie seine Frage nicht gehört, und begann wortlos mit dem Essen. Ralf verließ noch einmal den Raum und kam wenig später mit Mareike zurück. Als wäre nichts gewesen, nahm er Platz, erhob sein Glas und prostete seiner Frau zu.

„Auf einen schrecklichen Tag!", seufzte er. „Ich hoffe, ich bekomme den Artikel bis Anfang der Woche fertig, damit ich den SWR-Auftrag auch noch in der kommenden Woche erledigen kann."

„Aha! Soll das die Einleitung dafür werden, dass unser Urlaub mal wieder ins Wasser fällt?", brauste Jeannette auf.

Kauend schüttelte er den Kopf und zwinkerte Mareike zu.

„Versprochen ist versprochen", antwortete er mit vollem Mund. „Komme, was wolle: nächsten Samstag oder Sonntag fahren wir nach Frankreich! Hast du dich schon nach einem Hotel umgeschaut?"

Jeannettes Züge entspannten sich. „Gebucht habe ich noch nicht, aber ich habe heute Nachmittag im Internet ein kleines privates Hotel in der Nähe von Venasque entdeckt. Es nennt sich Camp Long und liegt auf dem Plateaux du Vaucluse. Wir könnten da ein kleines Appartement …"

„Klingt gut", unterbrach Ralf und stand unvermittelt auf.

„Was ist?", fragte Jeannette irritiert.

Er drückte ihr ein Küsschen auf die Stirn und eilte aus dem Zimmer. „Muss mir schnell was notieren, bevor ich es vergesse!"

Schon spurtete er die Treppe hinauf. Jeannette hatte ihm einen schönen Schrecken eingejagt! Er musste sofort nachsehen, ob er wirklich alle Mails von Tanja gelöscht hatte. Vielleicht hatte Jeannette am Nachmittag bei ihrer Hotelsuche ein Schreiben von Tanja auf seinem Computer vorgefunden?

Auf der Rückfahrt nach Nörtershausen war sein Gefühlsleben heftig Karussell gefahren. Ob er wollte oder nicht: dieser Abschied von Tanja hatte ihn nachhaltig berührt und aufgewühlt. Fast war er versucht umzukehren und zu ihr ins Hotel zu fahren. Doch je näher er Nörtershausen kam, umso mehr siegte schließlich die Vernunft.

Oben am Computer suchte er sofort alle Dateien durch, denn er erinnerte sich, die eine oder andere Mail gespeichert zu haben. Erleichtert stellte er fest, dass wirklich alle Mails von und an Tanja gelöscht waren, auch im Papierkorb. Da hatte ihm wohl sein schlechtes Gewissen einen Streich gespielt. Andererseits – weshalb sollte er ein solches haben? Es war ja gar nichts geschehen, außer dass er Jeannette verschwieg, Tanja am Bahnhof abgeholt und den Nachmittag mit ihr zusammen nach ihrer Mutter gesucht zu haben. Das Abendessen mit ihr erschien ihm rückblickend als ein Abschied ohne jede Emotionen – wenn da nicht die letzten Sekunden gewesen wären …

Als er wieder ins Wohnzimmer kam, blickten ihm Frau und Tochter erwartungsvoll entgegen. Er ließ sich wieder am Tisch nieder.

„Bei der Verabschiedung hat mir einer der Männer noch zwei geschichtliche Fakten mitgeteilt, die für meinen Artikel wichtig sind", sagte er achselzuckend. „Während der Fahrt konnte ich sie mir schlecht notieren, danach habe ich nicht mehr daran gedacht. Erst eben sind sie mir wieder eingefallen. Tja, was man nicht im Kopf hat, muss man eben in den Beinen haben!“

Jeannette reichte ihm das Brotkörbchen. „Was hast du morgen vor?“

Ralf atmete erleichtert auf. Gott sei Dank, die Sache schien ausgestanden!

Laut sagte er: „Morgen darfst du bestimmen, was wir machen. Ich werde nur vor dem Mittagessen ein paar Notizen von heute überarbeiten, der Rest hat Zeit bis Montag.“

Jeannette lächelte zufrieden. „Wenn das Wetter so wie heute ist, lass uns doch auf die Festung Ehrenbreitstein fahren. Da können wir die Aussicht genießen und auf dem Rückweg bei Ek und Fuß in der Straußwirtschaft eine Kleinigkeit essen gehen!“

„Super!“, freute sich Mareike. „Dann bestell ich mir wieder Erikas Käsesuppe!“

Die Spannung zwischen Jeannette und ihm entlud sich in einer leidenschaftlichen und viel zu kurzen Nacht. Am nächsten Tag wurde viel gelacht, nichts trübte mehr die häusliche Harmonie.

Nach seiner Arbeit am Limes-Artikel und dem obligatorischen Abfragen der Mailbox am Vormittag startete Ralf mit Frau und Kind zum Sonntagsausflug. Bei wolkenlos blauem Himmel und strahlender Frühlingssonne genossen sie die klare Sicht von der Festung Ehrenbreitstein über das Rheintal ins Moseltal hinein bis hinüber zum Neuwieder Becken.

„Papa, warum hat die Mosel eine dunklere Farbe als der Rhein?“, wollte Mareike wissen.

„Hm … entweder führt sie mehr Schmutz mit sich oder das Wasser ist durch einen starken Regen irgendwo im Moseltal aufgewühlt worden und deshalb schlammiger.“

Mareike gab sich mit dieser Erklärung zufrieden und wendete sich übergangslos dem für sie Wesentlicheren zu: „Krieg ich jetzt einen Eisbecher?“

Ralf stöhnte. Bei diesem Wetter drängelten sich Massen von Besuchern in den beiden Restaurants der Festung. Er verspürte wenig Lust, sich darunter zu mischen.

„Heute genügt ein Eis im Tütchen“, kam ihm Jeannette zuvor, die wusste, dass Ralf seiner Tochter nichts abschlagen konnte.

Mareike schmollte. „Aber dann fährst du mit mir im Sessellift runter, Papa! Bitte, ja?“

Ralf willigte ein, und sie verabredeten, dass Jeannette sie mit dem Wagen an der Bodenstation abholen würde. Mareike schmiegte sich glücklich an ihn, als sie gemeinsam zu Tal schwebten.

„Papa, ich hab dich lieb!"

„Ich dich auch, Rübe", gab er zurück und konnte es nicht verhindern, dass ihm just in diesem Moment die traurigen Kinderaugen eines einsamen Mädchens namens Tanja in den Sinn kamen.

Früher als geplant landeten sie schließlich in Alken. Erika oder Ek, wie sie von Freunden gerufen wird, betreibt hier eine Straußwirtschaft, während ihr Mann, im Hauptberuf Oberkommissar bei der Kripo in Koblenz, sich als Winzer betätigt. Seine Kripokollegen hatten ihm den Spitznamen „Fuß" gegeben, und auch im Freundeskreis sprechen alle nur davon, „zu Fuß" zu gehen, was bei Nichteingeweihten schon mal zu Verwirrung führt.

An diesem Wochenende hatte Oberkommissar Fuß dienstfrei. In seiner blauen Winzerschürze saß er mit Freunden am großen runden Tisch auf der Terrasse, die erst kürzlich gebaut und gerade pünktlich zur Frühjahrssaison fertig geworden war.

Als Sieberts die Stufen zur Terrasse hinaufstiegen, wurden sie mit großem Hallo von der Stammtischrunde begrüßt.

„Na Ralf, von dir hört man ja schöne Dinge!", rief ihm Thea Martini im typisch singenden Tonfall der vorderen Eifelaner entgegen.

„Wieso?", schaute er erschrocken die Frau im eleganten Hosenanzug an. Er spürte, wie er unter den neugierigen Blicken der Runde zu schwitzen begann. Hatte Renate gequatscht? Oder hatte ihn doch jemand mit Tanja gesehen?

„Deine Frau hat mich gestern angerufen und gesagt, du fährst tatsächlich nächste Woche mit deiner Familie in Urlaub", lachte Thea, während die Stammtischrunde Applaus klatschte.

Er schluckte. „Muss mal erst für kleine Jungs", murmelte er und verschwand in Richtung Toilette.

Auf dem Weg dorthin schaute er in die Küche. Hier war Erika soeben damit beschäftigt, zusammen mit Maryla, der immer gut gelaunten polnischen Küchenhilfe, Winzerplatten mit leckerem Aufschnitt anzurichten. Unterdessen bereitete Katharina frischen Kartoffelsalat zu. Sie half in der Saison überall aus, wo Not am Mann war, und wurde wegen ihrer Herkunft von allen scherzhaft die „griechische Großmutter" genannt.

„Kommt Renate heute bedienen?", erkundigte sich Ralf wie nebenbei, während er sich aus dem Behälter mit dem frisch aufgeschnittenen Brot ein knuspriges Kantenstück angelte.

„Gesagt hat sie's! Brauchst du etwas von ihr? Kannst sie ja anrufen, zu Hause ist sie bestimmt."

„Nicht so wichtig", winkte Ralf kauend ab.

Eigentlich gab es ja auch keinen Grund zu glauben, dass Renate etwas über seine Zimmerreservierung für Tanja ausplaudern würde …

Es war schon dunkel geworden, aber in der milden Abendluft dieses außergewöhnlich warmen Frühlings ließ es sich immer noch angenehm auf der Terrasse sitzen. Fuß hatte die Kerzen in den Laternen und Windlichtern auf den Tischen angezündet, die nun eine stattliche Anzahl von Flaschen, Gläsern und Pokalen beleuchteten. Zur Stammtischrunde hatten sich inzwischen auch Marita und Heinz-Friedrich Hoffmann aus Leverkusen gesellt. Wie so oft und zur Freude der Runde krönten die beiden einen Ausflug an die Mosel mit einem Besuch bei Fuß. Renate hatte inzwischen die Bedienung auf der Terrasse übernommen.

Zwischen Jeannette und Günter Zerwas saß ein gut aussehender Fremder, den Günter als ihren neuen Quartiersgast vorgestellt hatte. Den freien Platz neben Ralf hatte Bäckermeister Arnulf Becker eingenommen, nachdem Mareike zum Schlafen nach oben ins Wohnzimmer von Fuß und Ek gegangen war. Zu Ralfs Füßen lag Dackel Kaspar, satt und zufrieden, denn natürlich hatte Fuß die obligatorische Wurst für ihn nicht vergessen.

Jetzt trat der Oberkommissar mit seinem großen Pokal, der eine ganze Flasche fasste, auf die Terrasse und lauschte zufrieden lächelnd eine Weile der hitzigen Diskussion. Die Runde hatte sich in weinseliger Stimmung auf das Thema Politik eingeschossen.

„Freunde", fiel Fuß plötzlich in Ekki Priebes Klage über geschönte Statistiken ein, „die beste Regierungsform ist immer noch die Anarchie. Man müsste nur einen guten Anarchen finden!"

Ausgelassenes Gelächter aus der Runde war die Antwort.

„Nicht so laut", bremste Ek, die sich auf einen Plausch mit anderen Gästen an einen Nachbartisch gesetzt hatte, die fröhliche Runde, „sonst beschweren sich die Nachbarn, dann müssen wir die Terrasse früher schließen!"

Fuß warf seiner Frau einen genervten Blick zu, offensichtlich hielt er ihre Ermahnung für übertrieben. Doch die Tischrunde hatte ein Einsehen, denn das alte Gemäuer rundherum pflanzte den Schall schnell weiter durch die schmalen Gassen des Ortes.

Ralf erhob sein Glas und prostete Fuß zu. Im geheimnisvollen Licht der Kerzen glich die große Gestalt des Oberkommissars dem Weingott Bacchus, ging es Ralf durch den Kopf, fehlte nur der Weinlaubkranz auf dem Kopf und die körperliche Fülle!

„Jupp, fehlt dir etwas?", erkundigte sich Fuß, als er sah, dass der Ehemann von Thea demonstrativ ein leeres Glas zum Mund führte.

„Ein Schöppchen und wenn du noch so 'nen Verteiler hättest ...", der stämmige Installateurmeister strich sich verschmitzt lächelnd über seinen rotblonden, lichten Haarflaum und deutete mit Daumen und Zeigefinger die Höhe eines Schnapsglases an, „... tät ich noch vertragen."

„Kriegst du gleich. Ist sonst noch wer am verdursten?" Fuß blickte in die Runde.

Bäcker Becker neben Ralf hob sein Glas, das aber noch halbvoll war, und prostete jemandem freundlich winkend zu. Ralfs Blicke folgten in die Richtung, und er entdeckte im Halbdunkel hinter Fuß eine Hand, die zurückwinkte. Der Rest der Person war durch den Wirt verdeckt, der aber im gleichen Moment einen Schritt zur Seite machte. Jetzt fiel das dämmerige Licht der Terrassenbeleuchtung auf – Tanja! Ralf hatte das Gefühl, vom Blitz getroffen zu werden. Intuitiv lehnte er sich in seinem Stuhl zurück und verbarg sich, so gut es ging, hinter Bäcker Becker.

Tanja schien ihn nicht bemerkt zu haben. Doch diese geduckte Haltung konnte er nicht den restlichen Abend beibehalten. Er schaute besorgt in die Runde. Aber niemand am Tisch schien seine Reaktion bemerkt zu haben. In seinem Kopf wirbelte es wild durcheinander. Wie kam Tanja hierher? Was suchte sie hier? Das konnte doch kein Zufall sein!

Bäckermeister Becker vergewisserte sich, dass Ulrike, seine Frau, nicht zuhörte. Dann lehnte er sich zurück und wandte Ralf sein jungenhaftes Gesicht zu: „Tolle Frau", flüsterte er, „wohnt seit heute bei mir."

Diesmal war es Ralf, als träfen ihn Blitze von allen Seiten. Das durfte doch nicht wahr sein! Ausgerechnet beim Bäcker Becker, der ganz in der Nähe mit seiner Frau ein Café und ein Hotel garni betrieb, hatte

Tanja sich einquartiert! Warum? Sie wusste doch, dass man ihn in Alken kannte, dass er hier viele Freunde und Bekannte hatte! Legte sie es darauf an, ihn zu provozieren? Fieberhaft überlegte er, wie er reagieren sollte, wenn sie ihn entdeckte. Würde sie ihn vor versammelter Runde ansprechen oder sich gar mit an den Tisch setzen?

Doch nichts dergleichen geschah. Tanja nahm allein an dem kleinen Tisch neben dem Treppenaufgang Platz, zog ein Taschenbuch aus ihrer Umhängetasche und begann darin zu lesen.

Langsam wagte sich Ralf aus Arnulf Beckers Schatten hervor. Er beugte sich ein wenig vor und blickte prüfend zu seiner Frau hinüber. Hatte sie etwas bemerkt?

Aber Jeannette war in ein offensichtlich sehr angeregtes Gespräch mit dem Fremden vertieft und nahm gar keine Notiz von ihrem Mann. Ralf riskierte wieder einen Blick zu Tanja. Wenn sie sich weiter wie ein unbekannter Gast verhalten würde, lief er keinerlei Gefahr. Selbst wenn Jeannette sie irgendwann wahrnehmen würde, was konnte schon geschehen? Sie wusste ja nichts von Tanjas Kommen, wusste nicht einmal, wie Tanja überhaupt ausschaute. Das Gleiche galt für Renate. Vermutlich war Tanjas Aufkreuzen hier doch bloßer Zufall und gefahrlos für ihn. Trotzdem behielt er Tanja weiter im Auge. So sah er auch, wie Renate ihr einen Winzertoast aus der Küche brachte.

Ek wechselte vom Nachbartisch zum Stammtisch und blieb an ihren Mann gelehnt stehen.

„Machst du dieses Jahr wieder deinen Marsch nach Koblenz?“, wollte „Caesar“ Ekki wissen – von Ralf insgeheim so genannt, weil Gesicht und Haarschnitt des Freundes ihn an zeitgenössische Darstellungen von Julius Caesar erinnerten.

„Würd ich gern, aber kann ich doch nicht“, jammerte Erika. „Ich habe die Zeit nicht. Was meinst du, was durch den Umbau noch alles zu machen ist! Außerdem sage ich mir, lieber rund und gesund als dünn und bald hin.“

Sie fuhr mit beiden Händen von oben nach unten über ihren üppigen Körper und zog dazu eine so verzückte Grimasse, dass die ganze Stammtischrunde in lautes Gelächter ausbrach.

Tanja schaute neugierig hinüber. Dabei trafen sich ihre und Ralfs Blicke. Offensichtlich war sie ehrlich überrascht, ihn in dieser Runde zu sehen. Ralf wollte ihrem Blick rasch ausweichen, doch irgendetwas hinderte ihn daran. Sie lächelte ihn unbefangen an und legte das Taschenbuch zur Seite.

Bitte nicht!, schrie es in ihm und seine Augen sahen flehend zu ihr hinüber. Erleichtert atmete er auf, als er sah, dass sie sich ihrem Winzertoast zuwandte.

Fuß sah die Schweißperlen auf Ralfs Stirn. Er trat dicht neben ihn und legte ihm seine Hand auf die Schulter.

„Wie kommt es, dass du so schwitzt? Arbeiten tust du nichts, eine Wampe wie der Ekki hast du auch nicht und die Sonne ist bereits untergegangen. Was ist also mit dir, mein Freund?"

Ralf schaute ihn ratlos an. Was sollte er darauf antworten? Zum Glück hatte der Oberkommissar nicht auf Angstschweiß getippt!

Ralf wischte sich mit einem Taschentuch über die Stirn und deutete auf sein leeres Glas: „Wahrscheinlich fehlt mir eine innere Abkühlung!"

„Wer von euch beiden fährt heute?", erkundigte sich Fuß.

Ralf schaute zu Jeannette hinüber, die eben ihr Glas hob und mit dem Fremden anstieß. Ihre geröteten Wangen verrieten, dass sie schon einiges getrunken hatte. Sonst war ihr Gesicht meist von auffallender Blässe.

„Sieht ganz so aus, als müsste ich fahren", meinte Ralf stirnrunzelnd.

Natürlich gönnte er es seiner Frau, dass sie sich amüsierte. Trotzdem spürte er einen leisen Stich der Eifersucht. So unbeschwert und attraktiv hatte er Jeannette schon lange nicht mehr erlebt – im Grunde seit dem Unfall ihrer Eltern nicht! Wieso gelang diesem Unbekannten innerhalb kürzester Zeit, was er in all den Jahren ihrer Ehe vergebens versucht hatte? Er nahm sich vor, seiner Frau künftig mehr Aufmerksamkeit zu schenken. Nur gut, dass sie bald in Urlaub fahren würden!

Die Stimme des Oberkommissars holte ihn aus seinen Gedanken.

„Dann kriegst du auch nichts mehr, sonst müssen wir dich nachher aus dem Graben holen. Oder fahrt ihr mit Emmy und Ekki?"

Das hatten sie schon öfter so gehandhabt, schließlich waren Priebes und sie fast Nachbarn.

„Ich glaube, mein Ekki hat heute auch schon genug getrunken", mischte sich Emmy lachend ein.

„Dann lasst eure Autos hier stehen, ich fahr euch nachher schnell hoch", bot sich Fuß an.

Emmy und Ralf nickten zustimmend.

„Dann hol ich jetzt noch ein schönes Fläschelchen aus meinem Raritätenkeller. Ich habe nämlich heute noch nichts getrunken."

Fuß strich sich vergnügt über seinen kurz geschnittenen Bart und machte sich sogleich auf den Weg ins Haus.

Auch Jeannette erhob sich unvermittelt und folgte dem Oberkommissar, um die Toilette aufzusuchen. Mit Schrecken beobachtete Ralf, wie Tanja just in diesem Moment von ihrem Teller aufblickte. Dann verdeckte ihm Jeannette auf ihrem Weg ins Haus die Sicht. Als Tanja wieder in sein Blickfeld kam, war sie immer noch mit ihrem Winzertoast beschäftigt.

Er ärgerte sich über sich selbst und seine Nervosität. Solange Tanja nur dort saß, konnte nichts passieren. Außerdem traute er ihr nicht zu, dass sie ihn absichtlich in Schwierigkeiten bringen würde. Zumindest hatte sie es mehrfach versprochen. Er würde sie gleich morgen anrufen, um eine solche Situation für alle Zukunft zu verhindern!

Kurz hintereinander kehrten Jeannette und Fuß auf die Terrasse zurück, gefolgt von Renate, die ein großes Tablett frischer Gläser trug. Der Oberkommissar hatte gleich drei geöffnete Flaschen mitgebracht.

„Das hier“, erklärte er dem ehrfürchtig lauschenden Stammtisch, „ist eine Riesling Spätlese aus dem Jahr 1976 – ein Spitzenjahrgang!“

Er wartete, bis Renate die Gläser auf dem Tisch verteilt hatte, roch an dem ersten Korken und goss jedem einen Schluck ein. Dann ergriff er selbst ein Glas, ließ den Wein darin kreisen und schnupperte.

„Ein feines Tröpfchen!“, prognostizierte er und nippte. Auch der Geschmack schien ihm zu gefallen, denn er hielt das Glas anschließend gegen das Licht der bleiverglasten Wandleuchte, die Ekki angefertigt hatte, und meinte: „Leute, so etwas Gutes bekommt ihr nicht alle Tage zu trinken. Prost!“

Dieser Meinung schloss sich die Runde dankbar an. Auch Ralf hatte erst die Blume auf sich wirken lassen und dann probiert. Ihm waren eigentlich die Traube, die Lage und der Jahrgang eines Weines gleichgültig, Wein musste ihm einfach schmecken. Und dieser Wein schmeckte ihm.

Durch das erhobene Glas hindurch sah er, dass Tanja sich erhoben hatte. Sie steckte das Taschenbuch wieder in ihre Umhängetasche und drehte sich zu ihm um. Blitzschnell spitzte sie ihre Lippen und warf ihm einen kaum erkennbaren Kuss zu. Dann verschwand sie die Stufen hinab ins Haus.

Ralf warf einen hastigen Blick in die Runde. Aber alle, auch Jeannette, waren mit der Beurteilung des Weines beschäftigt. Er würde Tanja morgen anrufen, um eine solche Situation für die Zukunft zu vermeiden, er wusste ja, in welchem Hotel sie abgestiegen war.

Tanja verschloss die Zimmertür sorgsam hinter sich, öffnete ein Erkerfenster und die Tür zu dem kleinen Balkon. Von der gegenüberliegenden Moselseite vernahm sie den Gesang einer Nachtigall. Überrascht lauschte sie eine Weile, während sie ihre Blicke durch das Zimmer schweifen ließ. Es war kleiner als das im Hotel Mercure, aber es wirkte persönlicher und mit seinem kleinen Erker zur Mosel hin viel gemütlicher.

Sie zog die Vorhänge zu und summte leise vor sich hin, während sie begann, sich auszuziehen. Ein Blick in den Spiegel zeigte, dass die Frühjahrssonne schon viel Kraft besaß und an diesem Tag ihre Spuren hinterlassen hatte. Gesicht und Dekolletee zeigten eine deutliche Rötung.

Tanja löschte das Licht, schob den Vorhang beiseite und trat auf den kleinen Balkon hinaus. Niemand konnte sie hier oben beobachten, außerdem war die Straße unter ihr wie ausgestorben. Sie trat näher an das Geländer und ließ den sanften Nachtwind um ihren nackten Körper spielen.

Charly wartete sicherlich schon auf ihren Anruf! Seufzend ging sie wieder ins Zimmer und legte sich aufs Bett.

„Na Alter, schaffst du es ohne mich?“, fragte sie wenig später burschikos ins Handy. Ihr Vater mochte es, wenn sie so kumpelhaft mit ihm sprach. „Ist es in München auch so warm wie hier?“

Charly war wie immer wortkarg am Telefon. Er war nie ein Mensch großer Reden gewesen, und seit er im Rollstuhl saß, redete er noch weniger. Aber er konnte zuhören, zuhören wie kein anderer! Sie berichtete ihm ausführlich von ihren Erlebnissen und der schönen Gegend, in der sie weilte und dem Gesang der Nachtigall, das sie in dieser Gegend nicht erwartet hatte.

Nach dem Telefonat räkelte sie sich auf dem breiten Bett und ließ sich wieder in ihre Bilderwelt von damals gleiten. Sie sah sich im bunten Sommerkleid auf dem kalten Holzboden des Wohnzimmers sitzen und hörte, wie Charly mit dem Schlüsselbund klimperte, bevor er die Wohnungstür aufschloss …

„Hallo!“, hört sie ihn sagen. „Was ist los? Ist denn keiner zu Hause?“

In der Diele geht das Licht an. Sie ahnt, was jetzt geschieht, denn im Flur fehlt die kleine, alte Garderobe, ebenso einige Bilder an der Wand, und die Klappe zum halb ausgeräumten Schuhschrank steht offen.

„Susanne? Tanja!“

Jetzt schaltet Charly das Licht im Wohnzimmer ein. Sie blickt in seine fassungslosen Augen. Er hat den Mantel noch an und seine Reisetasche in der Hand.

„Tanja! Um Gottes Willen, was ist geschehen?"

Er lässt die Tasche einfach fallen, irgendetwas klirrt darin und ist offenbar zu Bruch gegangen. Er kniet sich hastig neben sie, seine Arme umschlingen ihren zitternden Körper. Sie spürt seinen warmen Atem in ihrem Genick und seine Hand, die über ihren Kopf streicht.

„Mama ist fort!"

Nur diese drei Worte presst sie hervor, mehr kann sie nicht sagen. Ihr Hals ist wie zugeschnürt. Es tut gut, in Charlys Armen zu liegen.

„Wann ist die Mama gekommen?", fragt er schließlich und löst sich behutsam von ihr.

Er sieht sich im Raum um. Tanja folgt seinen Blicken. Nicht viel ist ihnen geblieben. Der Fernseher, die Stehlampe, der Tisch …

„Mama hat einen Brief in die Küche gelegt …"

Charly ergreift ihre Hand. Gemeinsam gehen sie in die Küche. Auf dem Tisch liegt ein weißer Briefumschlag. Charly zögert, doch dann greift er danach und reißt ihn auf. Nur ein Blatt, einseitig mit Schreibmaschine geschrieben, befindet sich darin:

Hallo Karl,
es ist das eingetreten, was Du sicherlich schon lange befürchtet hast. Ich habe zufällig den Mann meines Lebens getroffen und mich unsterblich in ihn verliebt. Um schmerzliche Szenen zu vermeiden, die meinen Entschluß doch nicht rückgängig machen würden, bin ich heute ausgezogen. Vergeßt mich, sucht nicht nach mir. Ich habe alles mitgenommen, was euch an mich erinnern könnte. Ich verzichte auf jeden Unterhalt, so daß unsere Trennung für Dich keine finanzielle Belastung darstellt. Es tut mir alles sehr leid, vor allem für Tanja, aber es mußte wohl so kommen. Sei ihr weiterhin ein guter Vater. Ich danke Dir für alles, verzeiht mir!
Susanne

Während er stumm den Brief liest, wird sein Gesicht noch blasser. Er lässt sich auf einen Stuhl sinken und liest den Brief noch einmal und noch einmal, während Tanja ihn erwartungsvoll anschaut.

„Kommt Mama nie wieder?“

„Nie wieder“, wiederholt Charly leise und lässt den Bogen auf den Küchentisch gleiten.

Er nimmt sie auf seinen Schoß und drückt sie fest an sich.

„Was schreibt Mama denn?“

„Sie schreibt, dass sie dich sehr lieb hat und dass du ihr sehr fehlen wirst, dass sie aber nicht mehr mit dem Papa zusammenleben will und deshalb wegzieht.“

„Aber sie kann uns doch nicht einfach verlassen?!“

„Glaub mir, Liebes, deine Mama ist kein schlechter Mensch“, gibt er bedächtig zur Antwort. „Wir haben einfach nicht zueinander gepasst. Sie hat ein besseres Leben verdient.“

„Was ist Boppard?“

Er schaut sie erstaunt an. „Was meinst du mit Boppard?“

„Das hat Mama zu den Männern gesagt: Boppard …“

„Boppard ist ein Ort, irgendwo am Rhein.“

„Dann ist Mama jetzt in diesem Boppard“, stellt Tanja fest.

Charly antwortet nicht darauf. Sie wundert sich, dass er so ruhig bleibt. Eine Frage brennt ihr auf den Lippen, aber sie wagt nicht, sie auszusprechen: Liebt Mama einen anderen Mann mehr als Charly und sie?

Tanja warf einen Blick auf die Uhr. Es war schon weit nach Mitternacht. Sie stand auf und schaute noch einmal aus dem Erkerfenster, von dem aus sie die gesamte Moselpromenade überblicken konnte. Es hatte immer noch nicht abgekühlt. Mit einem Mal huschte ein Lächeln über ihr Gesicht.

Sie nahm einen Notizblock aus ihrer Handtasche, setzte sich an den Erkertisch und begann zu schreiben, so gut es in dem fahlen Licht, das von draußen ins Zimmer drang, möglich war. Dann riss sie das Blatt ab, nahm ihren Mantel aus dem Schrank und warf ihn über ihren nackten Körper. Um diese Uhrzeit würde ihr kein Mensch begegnen. Und bis zu dem Parkstreifen dort unten, wo sie, halb versteckt unter Kastanienbäumen, Ralfs Auto entdeckt hatte, waren es nur ein paar Schritte.

5.

Ralf hatte mit Emmy verabredet, dass sie ihn am nächsten Morgen auf ihrem Weg zur Arbeit mitnehmen und in Alken absetzen sollte, damit er seinen Wagen abholen konnte. So stand er schon kurz nach sieben Uhr auf dem Parkstreifen an der Moselpromenade.

An seinem Scheibenwischer flatterte ein kleiner Zettel im Wind. Tanja!, war Ralfs erster Gedanke. Rasch vergewisserte er sich, dass Emmy bereits weggefahren war und ihn auch sonst niemand beobachtete.

Lieber Ralf,
schade, dass wir uns nicht sprechen konnten, obwohl wir uns so nahe waren. Ich wohne im Café Becker.
Deine Tanja

Dieses Biest! Wer hatte inzwischen schon alles den Zettel lesen können? Er schaute an der schmucken Fassade des Garnihotels empor und ballte die Hände zu Fäusten. Diesem Terror musste er so schnell wie möglich ein Ende bereiten!

Er griff zum Handy und rief Jeannette an.

„Tut mir Leid, Schatz, aber der Wagen springt nicht an. Ich werde auf den ADAC warten müssen", log er und hatte dabei nicht einmal ein schlechtes Gewissen. Binnen kürzester Zeit würde er endgültig mit dem Schreckgespenst Tanja Schluss gemacht haben!

Über die Telekom ließ er sich anschließend mit dem Café Becker verbinden und dort mit Tanja. Ihre Stimme klang verschlafen. Doch als sie ihn erkannte, überschlug sie sich geradezu mit Entschuldigungen. Wie hätte sie ahnen können, dass sie ihn in der Straußwirtschaft antreffen würde, die ihr der Hotelinhaber empfohlen hatte? Und den Zettel habe sie erst mitten in der Nacht an seine Scheibenwischer geheftet, nachdem sie nicht schlafen konnte, weil sie immer wieder an ihn denken musste.

„Bitte warte auf mich", bat sie, „ich ziehe mich ganz schnell an und komme runter."

Er holte Luft, um dieses Treffen rundweg abzulehnen, doch sie hatte schon eingehängt. Er wusste, sie würde nicht wieder ans Telefon gehen. Missgelaunt marschierte er das Moselufer abwärts, um möglichst weit von Alken entfernt zu sein, wenn Tanja auf der Bildfläche erschien.

Wenig später kam sie beschwingt auf ihn zu. Sie trug ein leichtes Sommerkleid mit großen bunten Blumen darauf, die Haare hatte sie hochgesteckt, was ihr Gesicht noch schlanker und ihre Gestalt noch größer wirken ließ. Übermütig umarmte sie Ralf und küsste ihn.

Er versuchte erst gar nicht sich zu wehren. Diese Begrüßung hatte seine schlechte Laune augenblicklich weggefegt. Schweigend sah er in die leuchtenden Augen von Tanja. Und plötzlich riss er ihren Körper an sich und erwiderte den Kuss, lang und leidenschaftlich.

Als sie sich endlich voneinander lösten, lächelte sie, wie immer, und wandte sich langsam zum Fluss.

„Danke!", sagte sie leise.

„Wofür?"

„Ich habe mich so sehr danach gesehnt. Ich glaube … ich habe mich in dich verliebt."

„Das darfst du nicht sagen", widersprach er. Leiser fügte er hinzu: „Das darf nicht sein."

„Ich weiß!" Sie ging ein paar Schritte zurück in Richtung Alken. Abrupt drehte sie sich dann aber zu ihm um und rief: „Aber was kann man gegen seine Gefühle machen?"

Sie wandte sich wieder ab und begann zu laufen, immer schneller und schneller. Schließlich überquerte sie die Straße und verschwand in der Gasse neben dem Café.

„Was kann man gegen seine Gefühle machen?", murmelte Ralf und ließ sich auf die kleine Mauer sinken, welche die Straße vom Uferhang trennte.

Er musste sich erst einmal von diesem Wechselbad der Gefühle erholen. Glück, Leidenschaft, Begehren, Angst und Hilflosigkeit rangen in ihm. Tanjas Natürlichkeit, Spontaneität und erotische Anziehungskraft hatten all seine guten Vorsätze über den Haufen geworfen.

Neben ihm auf der Straße hupte es. Da war wohl irgendwer vorbeigefahren, der ihn kannte oder zu kennen glaubte. Weder die Zulassungsnummer noch das Fahrzeug kamen ihm bekannt vor. Er winkte trotzdem hinterher. Dann ging er langsam zu seinem Auto zurück, ließ unterwegs Tanjas Zettel zusammengeknüllt in einen Gully fallen und fuhr die Serpentinen hinauf nach Nörtershausen.

Jeannette hatte ihn nach seinem Anruf nicht so bald erwartet. Erstaunt öffnete sie die Haustür.

„Das ging aber schnell!"

Beim Begrüßungskuss begann sie misstrauisch zu schnuppern und stieß ihn sogleich zornig von sich.

„Was für eine Geschichte tischst du mir denn heute auf? Wohl wieder diese alte Frau aus dem Westerwald getroffen, was?"

Ralf starrte sie stumm an, er schien ihren Wutausbruch nicht zu begreifen.

„Das ordinäre Parfüm vom Samstag!", schrie sie und donnerte mit beiden Fäusten gegen seine Brust. „Ich glaub es einfach nicht. Oder arbeitet die Alte zufällig als gelbes Engelchen beim ADAC?"

Allmählich schien Ralf zu begreifen. Er lachte und versuchte sie erneut in den Arm zu nehmen.

„Der einzige Mensch, dem ich heute nahe gekommen bin, war Emmy. Vermutlich hat sie ein ähnliches Parfüm. Liebes, warum regst du dich immer gleich so auf, statt erst mal zu fragen?"

Jeannette schaute ihn abschätzend an. Sagte er die Wahrheit oder log er das Blaue vom Himmel herunter? Sie ärgerte sich insgeheim über ihre impulsive Direktheit. Es wäre besser gewesen, wenn sie ihm eine Testfalle gestellt hätte.

„Wehe, wenn ich herausbekomme, dass du mich anlügst", warnte sie, „dann …"

Weiter kam sie nicht, denn seine Lippen verschlossen ihren Mund. So hatte er sie noch nie geküsst!

Zärtlich raunte seine Stimme an ihr Ohr: „Hab ich dir schon gesagt, dass du hinreißend aussiehst? Und dieser Meinung bin ich nicht allein. Das mit dem Parfüm spielt sich nur in deiner Fantasie ab. Aber dass dieser Fremde in der Straußwirtschaft total auf dich abfuhr, habe ich mit eigenen Augen gesehen!"

Das wirkte. Als er sie wieder losließ, blickte er in ein strahlendes Gesicht.

„Weißt du was?", fuhr er zufrieden fort. „Heute machen wir einfach mal einen drauf. Ich werde schnell meinen Artikel zu Ende bringen, und dann setzen wir uns ins Auto und fahren ins Blaue. Was hältst du davon?"

Jeannettes Strahlen vertiefte sich. „Gut, dann lass uns schnell frühstücken. Umso früher kommst du an deinen Computer."

Die Sonne brannte vom wolkenlosen Himmel, doch sie genossen die Kühle der Klimaanlage, während sie an der Mosel entlangfuhren. Als sie an Burgen und Enkirch vorbeikamen, konnte Ralf nicht verhindern, dass seine Gedanken wieder nach Alken wanderten, zu Tanja. Oder war sie gerade mit einem gemieteten Wagen unterwegs, weiter auf der Suche nach ihrer Mutter? Zu dumm, er hatte sich nicht die Orte auf ihrem Zettel gemerkt, die ebenfalls eine Straße mit dem Namen „Bungert" aufwiesen!

In Treis-Karden überquerten sie die Moselseite in Richtung Cochem und fuhren dann in die Eifel hoch.

„Wie wär's mit einem Abstecher nach Wittlich?", erkundigte sich Ralf.

„Aber bitte nicht direkt in die Stadt, lieber etwas außerhalb ins Grüne", bat Jeannette.

Ralf nickte. „Besuchen wir doch mal den Geburtsort meines Vaters: Lüxem. Das ist ein Ortsteil etwas außerhalb der Stadt, ziemlich im Grünen."

„Einverstanden!", stimmte Jeannette zu. „Nächste Woche die Heimat meines Vaters, heute die deines Vaters."

Sie nahm den Autoatlas aus dem Handschuhfach, um ihren Mann zu lotsen.

„Nicht nötig!", lachte er. „Von der Bundesstraße kommt man gleich in den Ort, da wird sich in den letzten zehn Jahren nicht allzu viel geändert haben."

Tatsächlich war Lüxem leicht zu finden. Gleich am Ortseingang parkten sie den BMW und stiegen eine schmale, steile Sackgasse hinauf, die direkt zum Wald führte. Hier ließen sie Kaspar von der Leine. Wie eine Rakete startete er los und erkundete die Umgebung.

Sie hatten Mareike in die Mitte genommen und wanderten entspannt unter Schatten spendenden Bäumen.

„Galgenberg", las Jeannette auf einem verwitterten Hinweisschild. „Klingt ja gruselig!"

„Papa, was ist ein Galgenberg?", wollte Mareike wissen.

„Ein Galgen ist so ein künstlicher Baum mit einem Ast, an den ein Strick gebunden wird. Daran hat man früher böse Menschen aufgehängt. Und wenn dieser Galgen auf einem Berg steht, dann nennt man ihn Galgenberg!"

„Wie böse Menschen?“, hakte Mareike nach.

„Menschen, die andere ausgeraubt oder getötet hatten. Aber heute gibt es keine Galgen mehr, heute kommen diese Menschen in ein Gefängnis.“

Mareike schien zufrieden, betrachtete aber jedes Hinweisschild, das ihnen auf dem weiteren Spaziergang begegnete, mit Respekt.

Auf halber Höhe ging Jeannette die Puste aus.

„Lass uns umkehren“, bat sie.

Selbst Kaspar war von sich aus zurückgekehrt und tapste bedächtig neben den dreien her.

Sie hatten ein wenig die Orientierung verloren und kehrten an einer anderen Stelle nach Lüxem zurück. Die Straßen waren zu dieser Zeit menschenleer.

Plötzlich blieb Mareike stehen und deutete nach oben. „Das ist ja unsere Straße!“

Fast gleichzeitig folgten Jeannettes und Ralfs Blicke ihrem ausgestreckten Arm. „Im Bungert“ stand auf dem Straßenschild.

„Kluges Kind!“, lachte Jeannette. „Du kannst ja schon lesen!“

Ralf wurde beim Anblick des Schildes mulmig zumute. Was, wenn ihnen Tanja hier begegnete? Sicher stand Lüxem auch auf ihrer langen Liste mit Ortsnamen.

„Lasst uns rasch zum Auto gehen“, meinte er und eilte los.

„Musst du so rennen?“, schimpfte Jeannette.

Er entschuldigte sich, ohne das Tempo zu drosseln. Unterwegs schaute er sich immer wieder um. Erst als sie am Wagen angelangt waren, fühlte er sich wieder in Sicherheit.

Tanja hatte sich vom Ulrike Becker nach dem Frühstück zusätzlich ein paar Brötchen belegen lassen und war mit ihrem kleinen Leihwagen nach Koblenz gefahren. Am Moselufer stellte sie den Fiesta ab und folgte zu Fuß dem Fluss bis zum Deutschen Eck, jener Stelle, an der die Mosel in den Rhein fließt. Beschwingt stieg sie die Stufen zum Kaiser-Wilhelm-Denkmal hinauf und genoss die Aussicht hinüber zu der trutzig wirkenden Festung Ehrenbreitstein. Als sie ein leichtes Spannen ihrer Gesichtshaut spürte, zog sie sich in einen kleinen Park hinter dem Denkmal zurück.

Auf einer schattigen Bank ließ sie sich nieder und schloss die Augen. Unwillkürlich wanderten ihre Gedanken wieder in die Kindheit zurück.

Es war eine schlimme Zeit für Charly und sie gewesen, nachdem ihre Mutter sie verlassen hatte. Charly wollte sie nicht allein lassen und auch nicht zu fremden Menschen geben. Also gab er seinen Job auf, arbeitete mal hier, mal da und verdiente gerade so viel, dass sie genügend zu essen hatten. Abends, wenn er glaubte, sie schliefe, griff er zur Flasche. Manchmal beobachtete sie heimlich, wie er mit geschlossenen Augen im Wohnzimmersessel saß und den Inhalt irgendwelcher Flaschen in sich hineingoss, die gerade im Supermarkt im Angebot waren.

Eines Tages eröffnete er seiner Tochter, sie müssten ausziehen. Er konnte die Miete nicht mehr bezahlen. Sie zogen in eine Sozialwohnung im Stadtteil Hasenbergl. Und dann kam das Schlimmste.

Es hat an der Wohnungstür geläutet. Charly hat ihr verboten aufzumachen, wenn sie alleine ist. Auf Zehenspitzen schleicht sie an die Tür und lauscht. Draußen unterhalten sich zwei Männer. Aber sie sprechen so leise, dass sie nicht verstehen kann, was gesprochen wird. Sie verhält sich ganz still und reagiert auch nicht auf ein zweites und drittes Läuten.

Dann hört sie, wie gegenüber bei Tante Franzi geläutet wird. Wenig später klappert Tante Franzi in ihren Holzsandalen über den Flur.

„Tanja, mach bitte auf! Hier sind zwei Männer von der Polizei, die dich sprechen müssen. Es geht um deinen Vater."

Sie öffnet zaghaft die Wohnungstür. Zwei Polizisten in Uniform lächeln sie freundlich an.

„Du bist Tanja Mahler?", fragt der eine und geht vor ihr in die Hocke.

„Papa ist nicht da", stammelt sie.

„Das wissen wir, und deshalb sind wir auch hier."

„Stell dir vor, Tanja", auch Tante Franzi hat sich zu ihr hinunter gebeugt, „man hat deinen Vater in ein Krankenhaus bringen müssen!"

Tanja schaut ängstlich von einem zum anderen.

„Ich will zu meinem Papa!"

„Das geht noch nicht. Deinem Papa geht es nicht gut, er braucht jetzt viel Ruhe."

Weinend rennt Tanja in ihr Zimmer. „Ich will zu meinem Papa", schreit sie.

Eine Hand legt sich vorsichtig auf ihre Schulter und die dunkle Stimme des einen Polizisten sagt: „Kleines, du brauchst keine Angst zu haben, dein Papa wird bald wieder gesund. Wir werden dich jetzt zu einer Tante bringen, die so lange für dich sorgt, bis dein Vater wieder aus dem Krankenhaus kommt."

„Ich will zu keiner Tante, ich will zu meinem Papa!"

„Du kannst auch bei mir bleiben, wenn du willst", sagt Tante Franzi, die dem Polizisten ins Kinderzimmer gefolgt ist. „Sie müssen wissen", erklärt sie den Polizeibeamten, „ich wohne mit meiner Tochter zusammen. Es wird dem Kind gut gehen."

Tanja beobachtet, wie sich die beiden Männer leise unterhalten.

Dann meint der Beamte, der bisher im Hintergrund geblieben war: „Das können wir nicht entscheiden, sondern nur das Jugendamt. Nehmen Sie die Kleine vorerst mit in Ihre Wohnung. Sie hören noch heute von uns."

Am Nachmittag kommt eine ältere Dame zu Tante Franzi. Tanja muss in der Küche warten, während sich die beiden Frauen im Wohnzimmer unterhalten. Dann betritt die Dame die Küche und schaut Tanja streng an.

„Tanja, es tut mir Leid, aber Frau Obermaier ist zu alt, um auf dich aufzupassen. Ich muss dich mitnehmen, wir gehen in ein Haus, in dem viele Kinder in deinem Alter sind."

„Ich will aber nicht, ich will zu meinem Papa!"

Die Dame packt Tanja am Handgelenk und zieht sie hinter sich her in Mahlers Wohnung. Dort treffen sie auf die beiden Polizisten vom Vormittag. Ängstlich folgt Tanja den Anweisungen der Frau vom Jugendamt und zeigt, wo ihre Wäsche und Kleider liegen.

„Etwas Spielzeug kannst du auch mitnehmen", sagt der Polizist mit der dunklen Stimme.

Als Tanja die Schranktür öffnet, fällt der abgerissene Puppenkopf auf den Boden. Sie will ihn aufheben, doch die Dame ist schneller.

„Warst du das?", fragt sie entsetzt.

Tanja nickt wortlos.

„Das Kind scheint aggressiv veranlagt zu sein", sagt die Dame zu dem Polizisten. „Das macht die Sache nicht einfacher. Der Kopf bleibt hier!"

Sie wirft den Puppenkopf wieder in den Schrank zurück und zieht ein Angelspiel hervor, das Charly ihr einmal von einer Reise mitgebracht hat.

„Das kannst du mitnehmen."

„Ess et net härlich hei en unserer scheene Stadt?" Tanja öffnete benommen die Augen. Vor ihr standen eine Reihe von Menschen, die sie neugierig anschauten. Der Mann, der zu ihr sprach, war groß und breitschultrig, mit seinen kurzen blonden Haaren und dem lustigen, rotbäckigen Gesicht erinnerte er sie an eine Kasperle-Figur, die sie als Kind besessen hatte.

„Se messe mich net su verschreckt aangugge, ich dohn Ihne nix", lachte er. „Ich ben hei met dä Leid onnerwächs, die wad von unserem scheene Kowelenz sehn wolle. On suh en scheene junge Frau hei en unserem Blomehoff es doch och ebbes Scheenes. Se sollde sich awer besje rewwer en de Schadde sätze, die Sonn sticht, doh krecht mer leicht en Dachschade. Dat wär schad!"

Tatsächlich war die Sonne inzwischen gewandert und schien prall auf die Bank, auf der Tanja mit geschlossenen Augen vor sich hingeträumt hatte.

Tanja stand rasch auf, ging zu einem der hohen Bäume und lehnte sich mit dem Rücken gegen den Stamm.

„Suh, die Damen on Herrn, nohdemm mer die junge Frau suzeson vom Sonnestich bewahrt hann, ginn mer jetzt rewwer en die Kastorkärch, dat es die äldesde Kärch von denne Kärje, die mer en unserer scheene Stadt noch hann."

Mit diesen Worten drehte sich der Fremdenführer um und marschierte auf die Kirche zu, an die der kleine Park angrenzte. Die Gruppe folgte ihm.

Tanja atmete tief durch. Noch immer war ihr schwindelig zumute und ihre Stirn war von der Sonne glühend heiß. Als ihr Kreislauf sich wieder beruhigt hatte, schlenderte sie vorsichtig zur nächsten Bank, die jetzt im Schatten stand. Hier blieb sie einige Minuten sitzen, bis sie das Gefühl hatte, wieder sicher gehen zu können.

Am späten Nachmittag zog westlich der Mosel über der Eifel ein Gewitter auf. Dicke schwarze Wolken verdunkelten den Himmel, und die Luft wurde unerträglich schwül.

Kaspar winselte im Fußraum des Beifahrersitzes. Mareike saß zusammengekauert auf dem Rücksitz und zählte die Sekunden zwischen Blitz und Donner, um die Entfernung des Gewitters einzuschätzen, wie ihre Großmutter es ihr beigebracht hatte.

Als sie über die Löfer Moselbrücke wieder auf die Hunsrückseite fuhren, begann starker Regen niederzuprasseln. Sie konnten nur noch Schritttempo fahren, zumal Hagelkörner sich unter den Regen mischten und die Straße in kürzester Zeit weiß eindeckten. Der Scheibenwischer hastete über die Windschutzscheibe und ließ kaum einen Blick auf die Straße zu.

„Wir sollten bei Ek und Fuß einkehren“, stöhnte Jeannette.

„Bei dem Wetter werden wir wohl keinen Platz bekommen“, gab Ralf ausweichend zurück. Noch einmal wollte er es nicht auf eine Begegnung mit Tanja in der Straußwirtschaft ankommen lassen! „Da flüchten doch alle Terrassengäste ins Innere der Straußwirtschaft!“

„Dann gehen wir eben hoch ins Wohnzimmer“, krähte Mareike von hinten.

Ralf gab brummelnd nach. Insgeheim war er froh, bei diesem Wetter nicht die Kurven hinauf nach Nörtershausen fahren zu müssen. Und wenn sie, wie öfter schon, im privaten Wohnzimmer von Fuß und Ek ihr Schöppchen trinken durften, bestand er kaum Gefahr, dass Tanja ihnen über den Weg lief.

„Warte kurz, wenn wir ausgestiegen sind. Ich werde dir einen Schirm rausbringen, damit du nicht allzu nass wirst. Irgendwer wird schon einen dabei haben und uns leihen“, meinte Jeannette zuversichtlich, während sie schon einmal den zitternden Kasper an die Leine nahm.

Ralf hielt dicht vor der Eingangstür der Straußwirtschaft, so dass Jeannette und Mareike mit ein, zwei großen Schritten den Wasserfluten von oben entkommen konnten. Bevor die beiden im Inneren des Lokals verschwanden, sah Ralf durch die geöffnete Tür, dass die Straußwirtschaft tatsächlich zum Bersten voll war. Selbst in den schmalen Gängen zwischen den Tischen standen die Gäste mit ihren Gläsern.

Kurze Zeit später pochte ein fremder Mann gegen die Beifahrerscheibe und hielt ihm einen Schirm entgegen. Jeannette hatte es offenbar nicht mehr geschafft, sich durch die Menschenmenge wieder zurück zur Tür zu bewegen, und den ergatterten Schirm nur von Gast zu Gast weiterreichen lassen. Mit Dank nahm Ralf den Schirm entgegen, doch im gleichen Moment pustete ein Windstoß einen nassen Schwall in den Wagen. Ralf ließ schleunigst das Seitenfenster wieder hoch und fuhr die schmale Straße hinunter zur Uferpromenade. Ein prüfender Blick nach rechts und links sagte ihm, dass in der Nähe kaum mit einem Parkplatz zu rechnen war. Kurz entschlossen fuhr er zum Ortsausgang, doch ohne Erfolg. Ganz Alken schien an diesem Tag zugeparkt zu sein. Er wendete wieder ortseinwärts. Fast hatte er die Hoffnung schon aufgegeben, als er auf dem kleinen Parkplatz vor dem Edeka-Markt schließlich eine schmale Lücke entdeckte. So rasch wie möglich parkte er ein, denn im Gegenverkehr kam bereits ein anderer Wagen, der ebenfalls in die Parklücke hätte einbiegen können.

Als Ralf vorsichtig die Tür öffnete und den Schirm heraus dirigierte, fiel sein Blick in das Fahrzeug, das neben ihm parkte. Am Steuer saß Tanja und lächelte ihm sichtlich amüsiert zu.

Für einen Moment glaubte Ralf an eine Verschwörung. Das ging doch nicht mit rechten Dingen zu, dass er überall auf Tanja stieß! Doch dann machte er sich klar, dass es sich hier wirklich um einen Zufall handeln musste. Wie hätte sie ahnen können, dass er ausgerechnet jetzt hier parkte?

Rasch zog er den Schirm wieder zurück, schloss die Tür und ließ das Fenster einen Spalt hinunter.

„Was machst du denn hier?"

Auch sie hatte das Fenster etwas heruntergelassen.

„Das Gleiche offensichtlich wie du", lachte sie. „Ich warte, bis es aufhört zu regnen. Nur, dass ich keinen Schirm zur Hand habe!"

Er wusste nicht, was er antworten sollte. Er konnte ihr ja schlecht den Schirm borgen, noch weniger sie zum Hotel begleiten. Oder wollte sie etwa …

„Wo willst du denn hin?", fragte er schnell.

„Eigentlich in die Weinwirtschaft. Aber jetzt, wo du wohl auch dorthin gehen willst … Ist deine Frau auch da?"

Ralf nickte und merkte, wie seine Verlegenheit wuchs.

„Du willst mir doch keine Schwierigkeiten machen?", fragte er so leise, dass Tanja ihn durch den prasselnden Regen hindurch kaum verstehen konnte. Nur das Wort „Schwierigkeiten" war an ihr Ohr gedrungen.

„Keine Angst, ich werde mich lammfromm verhalten. Trotzdem wäre ich dir dankbar, wenn du mich unter dem Schirm mitnehmen würdest!" Sie blickte durch die Windschutzscheibe nach oben. „Ich glaube nicht, dass der Regen so bald aufhört."

Damit mochte sie Recht haben. Er musste sich entscheiden. Eigentlich gab es gar keine Alternative, er konnte Tanja schlecht hier in ihrem Wagen sitzen lassen. Egal, ob sie zu Ek wollte oder in ihr Hotel, in jedem Fall würde sie bis auf die Haut nass dort ankommen.

Er gab sich einen Ruck, schloss das Fenster und bugsierte den Schirm wieder ins Freie. Auch Tanja öffnete die Wagentür und flüchtete unter den Schirm.

„Wo hast du denn das Fahrzeug her?", fragte Ralf, nur um irgendetwas zu sagen.

Statt einer Antwort blickte sie sich blitzschnell um, dann presste sie sich an ihn und küsste ihn leidenschaftlich. Ralfs Verstand schaltete auf Abwehr. Doch mit dem Argument, dass bei diesem Wetter wohl kein Mensch sie hier beobachtete, brachte er ihn rasch zum Schweigen und ließ seinen Gefühlen freien Lauf.

Nur langsam lösten sich ihre Lippen voneinander. Tanja schaute ihn mit leuchtenden Augen an, so als wollte sie bis hinein in seine Seele dringen.

„Du hast wunderschöne Augen!", platzte er heraus.

Erstmals glaubte er eine gewisse Verlegenheit bei ihr wahrzunehmen. Sie hakte sich wortlos bei ihm unter, und gemeinsam marschierten sie über den Parkplatz und die Uferstraße entlang in Richtung Straußwirtschaft.

Kurz vor dem Eingang löste sich Tanja aus seinem Arm. „Geh du vor. Ich stell mich kurz hier unter und komme in einer Minute nach."

Ralf fiel ein Stein vom Herzen. Tanja war also wirklich nicht darauf aus, ihn zu kompromittieren! Er warf ihr einen dankbaren Blick zu und betrat allein die Straußwirtschaft.

„Deine Frau ist drüben im Hof", rief ihm Emmy zu, als er sich hinter ihrem Stuhl vorbeizwängte.

Ralf klopfte ihr dankend auf die Schulter und entdeckte Frau und Tochter auch schon in dem überdachten Raum, der früher einmal der Hof gewesen war.

„Das hat aber lange gedauert!", empfing ihn Jeannette.

Ralf stellte den tropfenden Schirm ab und blies demonstrativ die Luft aus.

„Ich habe auch lange suchen müssen und stehe jetzt fast am Arsch der Welt."

„Arsch sagt man nicht!", kam Mareikes Belehrung von den Treppenstufen, die zum Büro von Fuß führen. Sie hatte das Kinn auf das Geländer gelegt und betrachtete alles von etwas höherer Warte.

„Sehr richtig", bestätigte Ralf. „Nur in Ausnahmefällen, wenn es wirklich zutrifft – so wie jetzt!"

Er wischte sich mit einem Taschentuch über Gesicht und Hände, für den Fall, dass noch ein Hauch von Tanjas Parfüm an ihm haftete, und schaute sich unter den Gästen um, so gut es ging. War Tanja schon da? Hoffentlich fiel ihr nicht ein, ebenfalls in den Hof zu kommen!

„Nervös?", fragte Jeannette provokant.

Er fühlte sich ertappt. Jeannette kannte ihn nach fast zwanzig Jahren einfach zu gut.

„Hunger!“, antwortete er rasch.

„Das wird wohl vorerst nichts.“ Sie deutete auf das Fenster zur Küche, die gleich neben dem Hof liegt. „Die haben alle Hände voll zu tun! Und du müsstest auch erst mal einen Platz bekommen.“

Erika zwängte sich gerade mit einer Winzerplatte und einem Schinkenbrot an ihnen vorbei. Sie hatte Jeannettes Bemerkung gehört.

„Oben in der Nische werden gleich zwei Plätze frei, die haben schon bezahlt und Schirme dabei. Die gehen jeden Moment“, flüsterte sie ihnen zu.

Ralf sah, wie Tanja in diesem Moment die Straußwirtschaft betrat und sich auf den oberen Raum zu bewegte. Alles, nur das nicht, durchfuhr es ihn. Doch Jeannette hatte bereits den Hund auf den Arm genommen und signalisierte Mareike, ihr durch die Küche in den oberen Gastraum zu folgen.

„Wollen wir nicht warten?“, versuchte er die Situation zu retten.

Doch Jeannette ließ sich nicht aufhalten. Ihm blieb nichts anderes übrig, als ihr und Mareike zu folgen.

Erleichtert stellte er fest, dass Tanja wenigstens nicht in der Nische saß, sondern auf der Bank am Fenster im vorderen Teil des Raumes. Schnell ließ er sich auf den ersten frei werdenden Platz in der Nische fallen, um so hinter den stehenden Gästen unterzutauchen.

„Höflichkeit ist eine Zierde!“, kommentierte Jeannette spöttisch und wartete ihrerseits, bis auch die anderen Gäste an diesem Tisch sich verabschiedet hatten.

Plötzlich begann das Licht im Raum zu flackern, Unruhe breitete sich aus.

„Da hat irgendwo der Blitz eingeschlagen“, rief jemand.

Mareike brach in Tränen aus.

„Du brauchst keine Angst zu haben!“ Ralf zog seine Tochter heran und nahm sie in den Arm.

„Was wollt ihr denn essen?“, erkundigte sich Erika, die rasch gekommen war, um die leeren Flaschen und Gläser abzuräumen.

Schlagartig hatte Mareike ihre Angst vergessen.

„Käsesuppe, Käsesuppe!“, jubelte sie und klatschte in die Hände.

Auch Ralf und Jeannette gaben ihre Bestellung auf. Allmählich wagte Ralf sich am Tisch und unter den Umherstehenden umzusehen. Es waren wie immer viele bekannte Gesichter da, aber nur die wenigsten kannte er mit Namen.

„Was ist mit dir, du bist so still?“, bemerkte Jeannette.

Was ist mit dir, dass du ständig eine Veränderung bei mir witterst?, hätte Ralf am liebsten zurückgefragt.

Stattdessen sagte er mit einem Seufzer: „Ich habe gerade an all das gedacht, was ich vor unserem Urlaub noch erledigen muss!“

Etwas anderes war ihm so schnell nicht eingefallen. Dafür wurde ihm schlagartig bewusst, dass er seit Tagen ständig nach Ausreden suchen musste und sich selbst immer wieder bei kleinen oder größeren Lügen ertappte. Also hatte sich tatsächlich etwas verändert.

Fuß brachte die georderte Flasche Kerner und das Mineralwasser und stellte Mareike eine kleine Schale mit Süßigkeiten hin.

„Deine Eltern lassen dich völlig verhungern, stelle ich fest!“ Er strich Mareike übers Haar und beugte sich vor, um unter den Tisch zu schauen. „Und der Hund hat sicher auch noch nichts bekommen.“

Kaspar kroch ahnungsvoll zwischen den Beinen von Jeannette hervor und nahm schwanzwedelnd seine obligatorischen Wurstenden in Empfang. Unterdessen rückte Erika bereits mit Käsesuppe, Lachsbrot und Fleischsalat an.

„Könnt ihr noch einen Sitzplatz ermöglichen?“, erkundigte sie sich.

Während die Runde am Tisch zustimmend zusammenrückte, winkte Erika in den vorderen Teil des Raumes. Ralf spürte, wie sein Herz schneller zu schlagen begann.

„Das ist ganz reizend von Ihnen“, erklang kurz darauf Tanjas Stimme, und schon hatte sie auf dem entstandenen freien Sitzplatz am Kopfende des Tisches Platz genommen.

Ralf wusste nicht, wohin er schauen sollte. Nur jetzt nicht ihren Blicken begegnen, das würde er nicht überstehen! Also wandte er sich Jeannette zu, die Tanja intensiv musterte. Nun war es an ihm zu fragen, was mit ihr los sei.

„Nichts“, antwortete sie kurz und begann sich zu dem Fleischsalat eine Scheibe Brot mit Butter zu bestreichen.

Verstohlen wagte Ralf einen flüchtigen Blick zum anderen Ende des Tisches. Tanja benahm sich unauffällig und widmete sich dem Toast, den Ek ihr kurze Zeit später serviert hatte.

„Sind die Portionen hier immer so riesig?“, fragte sie erstaunt in die Runde.

Ein älterer Mann, den Ralf nicht kannte, antwortete ihr und nahm die Gelegenheit wahr, sie in ein Gespräch zu verwickeln.

„Sind Sie zum ersten Mal hier in Alken?", erkundigte er sich, während seine Blicke ungeniert auf ihren Rundungen ruhten.

Sie nickte kauend und schien sich über den Alten zu amüsieren.

„Und wo kommen Sie her?", fuhr er neugierig fort.

„Ich wohne hier in einem Hotel, gleich um die Ecke!"

„Nein, ich meine, von wo kommen Sie, Sie sind doch nicht von der Mosel!", bohrte der Mann weiter.

„Raten Sie mal!"

„Hm … das ist nicht einfach. So einen richtigen Dialekt sprechen Sie ja nicht", stellte er fest. „Ich würde mal sagen, Sie kommen aus Süddeutschland, richtig?"

„Jetzt lass das Fräulein doch mal in Ruhe essen", mischte sich eine ältere Frau neben Jeannette ein, offenbar die Ehefrau, denn sie trug den gleichen breiten Ring wie der Mann.

Tanja legte Messer und Gabel beiseite. „Lassen Sie nur. Ihr Mann hat mit seiner Vermutung nicht ganz Unrecht. Ich studiere an der Uni Freiburg im letzten Semester Wirtschafts- und Verhaltenswissenschaft bei Professor Schauenberg, bin 28 Jahre und heiße Sandra Berger. Noch was?" Sie blickte den Mann kess von der Seite an.

Warum log sie, dass sich die Balken bogen, fragte sich Ralf verblüfft. Doch es kam noch dicker.

„Meine Eltern wohnen in Berlin, geboren bin ich in Hamburg. Mein Vater ist Zahnarzt, meine Mutter Logopädin, beide haben eine eigene Praxis. Aber ich verdiene mein Studium selbst, als Fotomodel. Die Figur dazu habe ich ja, wie Sie sich bereits überzeugt haben. Und jetzt mache ich hier Urlaub, um einen Mann aufzureißen!"

Beinahe hätte sich Ralf verschluckt. Er ergriff schnell sein Weinglas und nahm einen kräftigen Schluck.

„Was ist das, einen Mann aufreißen?", fragte Mareike und schaute in andächtiger Bewunderung zu Tanja auf.

Alle am Tisch mussten lachen, nur der alte Mann und seine Frau konnten der Frage nichts Lustiges abgewinnen.

Tanja lächelte zu Mareike hinüber. „Aufreißen ist, wenn man einen Mann sucht zum Liebhaben."

Mareike dachte kurz nach, dann meinte sie: „Und dann willst du ihn heiraten?"

Tanja warf lachend ihre langen Haare zurück. „Vielleicht!"

Zu Hause zog es Ralf sofort ins Internet. Er musste unbedingt herausfinden, was es mit Tanjas Äußerungen auf sich hatte. Warum hatte sie alle belogen? Oder belog sie ihn ständig? Was wusste er eigentlich von ihr? Doch nur das, was sie ihm erzählt hatte! Vor allem störte ihn, dass sie erwähnt hatte, Verhaltenswissenschaft zu studieren. Wenn dies zutraf, war er am Ende nur ein willkommenes Studienobjekt für sie?

Seine Befürchtungen wuchsen noch, als er im Internet bestätigt fand, dass es tatsächlich an der Albert-Ludwig-Universität in Freiburg ein Studienfach Wirtschafts- und Verhaltenswissenschaft und hier einen Professor Dr. Bernd Schauenberg gab. Woher sollte Tanja das wissen, wenn sie nicht wirklich in Freiburg studierte? Aber davon hatte sie ihm nichts erzählt. Nun ja, er hatte sie auch nie gefragt, was sie eigentlich beruflich machte. Er war die ganze Zeit über immer nur mit sich selbst beschäftigt gewesen und mit der Frage, wie er Tanjas Existenz vor Jeannette verheimlichen konnte.

Jetzt aber ließ ihm eine andere Frage keine Ruhe mehr: Was verbarg sich wirklich hinter dieser jungen Frau, die ihn so sehr in ihren Bann zog, dass er praktisch an nichts anderes mehr denken konnte? Wer war Tanja Mahler?

6.

Wie jeden Abend griff Tanja zum Handy, nachdem sie ihr Hotelzimmer betreten hatte, und rief ihren Vater an. Auch in München hatte es am Abend kräftig geregnet. Tanja spürte, dass es Charly nicht sonderlich gut ging, wie immer, wenn sie nicht bei ihm war. Sie versprach, so bald wie möglich zurückzukommen, ließ das Handy auf die Bettdecke gleiten und schloss die Augen.

Drei Tage hält Tanja es in dem Heim aus. Dann nutzt sie auf dem Weg zum Spielplatz die Gelegenheit und verschwindet in einer Toreinfahrt. Sie wartet, bis sie sich sicher fühlt, und dann läuft sie so schnell, wie sie noch nie gelaufen ist, nach Hasenbergl, nach Hause. Sie läutet bei Tante Franzi.

„Kann ich bei dir bleiben?"

„Tanja, du?! Komm erst mal rein. Nina und Jeff sind auch da."

„Jeff?", fragt Tanja verdutzt.

Sie hat den Freund von Tante Franzis Tochter Nina bisher noch nie gesehen. Er ist groß, schwarzhaarig und trägt eine Goldkette um den Hals, an der zwei Zähne hängen.

„Tigerzähne!", erklärt er ihr und lacht sie an.

Am Nachmittag nimmt Tante Franzi sie mit zu Charly ins Klinikum Rechts der Isar. Die langen, hallenden Flure machen ihr Angst. Fast erkennt sie ihren Vater nicht. Sein Gesicht ist bleich, die linke Gesichtshälfte hängt teigig herunter. Von seiner Hand gehen Schläuche zu einer Flasche, und ein ständig tickendes Gerät mit roten, grünen und weißen Lämpchen steht neben dem Bett. Er öffnet und schließt den Mund, aber Tanja kann kein Wort verstehen. Sie beginnt zu weinen und vergräbt ihr Gesicht in der Bettdecke ihres Vaters. Die Nachbarin hebt Charlys leblose Hand hoch und legt sie auf Tanjas Kopf. Tanja beruhigt sich. Sie ist bei Charly.

Auf dem Nachhauseweg bekommt Tanja von Tante Franzi ein Eis spendiert. Vanilleeis, das sie so gern mag.

Jeff ist allein zu Hause, Nina musste zur Arbeit. Er empfängt die beiden mit der Nachricht, dass die Dame vom Jugendamt schon nach Tanja gesucht hat. Tante Franzi wird aufgefordert, Tanja umgehend ins Heim zurückzubringen. Tanja beginnt wieder zu weinen, und Tante Franzi macht sich sofort auf den Weg, um persönlich mit der Heimleiterin zu sprechen. Tanja bleibt mit Jeff allein in der Wohnung zurück …

Schweißgebadet richtete sich Tanja auf. Was an diesem Nachmittag mit Jeff folgte, wollte sie nicht noch einmal durchleben!

Draußen wurde es schon langsam hell, und es hatte angefangen zu regnen. Sie stand auf und schloss das Fenster ihres Hotelzimmers. Rasch schlüpfte sie zurück ins Bett und verkroch sich unter der Decke.

Von der Uferpromenade drangen schon längst die Geräusche eines geschäftigen Tages hinauf in das kleine Hotelzimmer, doch Tanja lag immer noch tief unter der Bettdecke verborgen und rührte sich nicht. Sie war wach, und ihr Kopf sagte ihr, dass es Zeit war aufzustehen. Doch irgendetwas in ihr weigerte sich, die Decke zurückzuschlagen. Sie wusste, es hatte keinen Sinn, immer wieder in die schrecklichen Bilder der Vergangenheit zurückzukehren. Aber sie kam einfach nicht davon los. So konnte es nicht weitergehen! Sie musste etwas tun.

Vorsichtig hob sie den Kopf. Ihr Blick fiel auf das Handy auf dem Nachtschrank. Sie richtete sich auf und schaltete es an.

Ralf, dachte sie. Ralf, Ralf, Ralf.

Sie wollte eben seine Nummer wählen, da ertönte die Handy-Melodie.

„Tanja? Bist du noch im Hotel?“ Ralfs Stimme klang erleichtert. „Tanja, ich rufe dich an, weil … ich muss dich sprechen. Sobald wie möglich. Meine Frau ist heute mit der Kleinen zu Oma und Opa gefahren. Kannst du in einer Stunde auf dem Waldparkplatz oberhalb von Brodenbach, an der Straße Richtung Hunsrück, sein?“

Tanja erwartete ihn schon. Sie lehnte an ihrem Fiesta und trug wieder dieses Sommerkleid mit den großen Blumen. Und sie begrüßte ihn leidenschaftlicher als je zuvor.

„War ich nicht tapfer gestern Abend?“, lächelte sie, als sie ihn endlich aus der Umarmung entließ.

„Lass uns etwas spazieren gehen“, schlug Ralf vor.

„Der Boden ist vom Regen völlig aufgeweicht“, wandte sie ein.

„Warum mussten wir uns hier auf diesem gottverlassenen Flecken treffen?“

„Das hat seinen Grund!“

Tanja zuckte die Achseln. „Also, was machen wir dann?“

„Steig bitte ein!“

Ralf hielt ihr die Beifahrertür auf. Mit einem kindlichen Knicks stieg Tanja ein.

„Du wolltest mich unbedingt sprechen?“, lächelte sie, nachdem er hinter dem Steuer Platz genommen hatte.

„Wer bist du?“

Für Augenblicke verschlug es Tanja die Sprache. Dann brach sie in übermütiges Lachen aus.

„Du meinst, wegen meiner Vita gestern Abend? Das war doch nur ein Scherz. Zum einen wollte ich dem neugierigen Alten etwas den Mund stopfen und zum anderen ...“

„Zum anderen?“

„Ich wollte, dass deine Frau keinen Zusammenhang zwischen mir und deinen Erzählungen von Tanja herstellt. Du hast ihr doch von den Mails erzählt, oder?“

Ralf schüttelte ungläubig den Kopf. „Und woher weißt du, dass es in Freiburg an der Uni einen Professor Schauenberg und diesen Studiengang gibt?“

Tanja unterdrückte ein Lachen. „Die Erklärung ist ganz einfach. Eine Freundin von mir studiert dort. Daher kenne ich mich da ein bisschen aus.“

„Es ist für mich ein Leichtes, auch das zu überprüfen“, stellte Ralf fest und starrte vor sich auf das Lenkrad, um nicht wieder in den Bann von Tanjas leuchtenden Augen zu geraten. „Also, was ist die Wahrheit, ich meine, die ganze Wahrheit?“

Ein langes Schweigen trat ein. Endlich hörte er, wie Tanja tief Luft holte.

„Bitte, glaub mir, Ralf, ich bin Tanja Mahler. Alles, was ich dir erzählt habe, stimmt. Ich suche meine Mutter, mehr nicht ... oder vielleicht doch ...“

„Und was wäre dieses ‚vielleicht doch‘?“

Wieder entstand eine Pause, dann folgte ein leises und zaghaftes: „Ich habe mich in dich verliebt!“

Ralf wusste nichts darauf zu antworten. Er hätte das Gleiche zu ihr sagen können. Aber das durfte nicht sein. Er konnte die vielen Jahre seiner Ehe nicht aufs Spiel setzen, ganz zu schweigen von Mareike, deren Familienbild er nicht zerstören wollte.

„Was schlägst du vor?", kam es vom Beifahrersitz.

Ralf überlegte. „Wie lange willst du noch hier bleiben?"

Zwei oder drei Tage hatte sie noch Zeit, dann musste sie zu ihrem Vater zurück. Ralf fiel ein Stein vom Herzen. Damit war ein Ende dieser heiklen Situation abzusehen. Tanja würde wieder aus seinem Leben verschwinden, und es würde nichts zurückbleiben als das gute Gefühl, dass er auch noch mit Mitte vierzig für eine Vierundzwanzigjährige interessant war.

Eine Stunde später saß Ralf wieder am Computer und konzentrierte sich auf seinen SWR-Auftrag. Auch diese Arbeit hatte mit dem Weltkulturerbe zu tun – eine richtige Entscheidung und ein wichtiges Thema für die Region, wie er fand.

Dennoch wanderten seine Gedanken immer wieder zu Tanja, die jetzt wahrscheinlich wieder mit ihrem Leihwagen durch die Orte zottelte und nach ihrer Mutter Ausschau hielt. Eigentlich eine kindische Idee, so schien es ihm jetzt, da er frei von dem inneren Zwang war, einem armen, kleinen Mädchen helfen zu müssen. Sicher hätte es einfachere und zuverlässigere Möglichkeiten gegeben, Susanne Mahler aufzufinden! Irgendwie musste ihr momentaner Aufenthalt doch auch über den Behördenweg zu ermitteln sein. Unbewusst schüttelte er den Kopf. Wie hatte er sich nur auf diesen Unsinn einlassen können!

Während er sich wieder der SWR-Arbeit widmete, kam ihm unvermittelt der Name Sandra Berger in den Sinn. So hatte sie sich gestern Abend genannt. Wie kam sie auf diesen Namen? Gab es tatsächlich eine Sandra Berger? Er könnte ja mal rasch im Internet nachsehen …

Bald darauf wusste er, dass es mehrere Hundert Berger in Berlin gab. Er fuhr langsam mit dem Cursor die einzelnen Berufsbezeichnungen ab, soweit sie erfasst waren. Da gab es Installateure, Diplom-Ingenieure, Schornsteinfeger … Allmählich wurde er des sinnlosen Suchens müde. Doch dann hielt er inne: Berger, Zahnarztpraxis. Plötzlich war er wieder hellwach. Jetzt musste er nur noch eine gleichnamige Logopädin in Berlin finden. Doch so sehr er sich auch bemühte, diese Suche blieb erfolglos.

Hatte Tanja ihm doch nicht die Wahrheit gesagt? War sie in Wirklichkeit Sandra Berger? Er überlegte. Am liebsten hätte er diesen

Doktor Berger in Berlin angerufen und gefragt, ob er eine Tochter namens Sandra habe, die in Freiburg studiere. Aber das war ja lächerlich! Doktor Berger würde ihn fragen, was ihn das eigentlich anginge – und was sollte er darauf antworten?

Ohne nachzudenken tippte er „München“ in die Suchzeile und anschließend den Familiennamen „Mahler“. Auch da gab es genügend Telefonanschlüsse, aber keine Tanja. Wahrscheinlich lautete der Anschluss auf den Namen ihres Vaters, dessen Vornamen er nicht kannte. Aber eigentlich war es ja auch egal, ob Tanja Tanja war oder Sandra. In ein, zwei Tagen war der Spuk vorbei und Tanja oder Sandra für immer aus seinem Leben verschwunden.

Eines hatte er immerhin aus dieser Sache gelernt: Er würde nie wieder auf die Mail eines ihm unbekannten Menschen reagieren! Jeannette hatte mit ihren Befürchtungen vollkommen Recht gehabt.

Tanja war nach dem Treffen auf dem Waldparkplatz zufrieden in ihr Hotel zurückgefahren. Gleich beim Eintreffen kündigte sie Ulrike Becker an, am nächsten Tag abreisen zu wollen. Sie hatte ein gutes Gefühl dabei und war sicher, dass Ralf sich wieder bei ihr melden würde.

Obwohl noch reichlich Zeit war, begann sie gleich mit dem Packen der Reisetasche. Charly würde sich freuen, wenn sie früher zurückkam als erwartet. Als ihr Blick den kleinen Lederrahmen mit dem Foto auf dem Nachttisch streifte, unterbrach sie das Packen und setzte sich auf die Bettkante. Liebevoll betrachtete sie das Bild. Es zeigte ihren Vater, als er noch nicht an den Rollstuhl gefesselt war, mit einem kleinen, pummeligen Mädchen an der Hand. Gedankenversunken strich sie mit dem Zeigefinger über das Bild und schob es aus dem Rahmen. Darunter erschien ein Foto, das aus Schnipseln zusammengeklebt war. Darauf war eine Frau im knappen Bikini zu sehen, irgendwo an einem Strand. Schnell schob Tanja das Foto von ihrem Vater wieder darüber, und warf den kleinen Lederrahmen in ihre Reisetasche. Sie konnte den Anblick ihrer Mutter nicht ertragen.

Inzwischen war der Himmel aufgerissen und die Sonne warf wieder ihre Strahlen in das Zimmer. Tanja trat auf den kleinen Balkon und blickte über die Moselpromenade. Das milde Frühlingswetter hatte viele Touristen hinausgelockt. Kurz entschlossen nahm sie ihre Umhängetasche und machte sich auf den Weg zur Burg Thurant oberhalb der Alkener Weinberge.

Der Aufstieg war mühsam und sie musste an die Winzer denken, die diese steilen Hanglagen bewirtschafteten. Oben angelangt, wurde sie von einem herrlichen Blick über das Moseltal und die Ortschaften der Umgebung belohnt. Sie suchte sich ein sonniges Eckchen in dem Burggemäuer und genoss die Ruhe und die Landschaft.

Es ist einige Wochen her, dass ihre Mutter sie verlassen hat. Die Leere der Wohnung ist bedrückend. Das einzige Zimmer, das noch so ist wie vor dem Auszug ihrer Mutter, ist Tanjas. Sie liegt in ihrem Bett und weint. Auch ihr Vater hat verweinte Augen, als er sie ins Bett bringt. Jetzt lauscht sie in die Stille der Wohnung. Von Zeit zu Zeit hört sie ein leises Klirren. Sie weiß, was draußen in der Küche vor sich geht, sie hat es schon ein paar Mal heimlich erkundet.

Seit zwei Wochen ist Charly ständig zu Hause. Er hat seine Arbeit als Vertreter aufgegeben, wegen ihr. Seither arbeitet er mal nebenan in der Schreinerei und hilft beim Abladen von Holz oder beim Aufladen von Türen und Fenstern. An anderen Tagen hilft er einige Häuser weiter beim Ab- und Aufladen von Getränkekästen, manchmal fährt er auch einen halben oder einen ganzen Tag mit dem Getränkehändler ausliefern. Dafür bekommt er einen Kasten Bier extra, das ist gut für die Kasse, sagt er.

Vergeblich wartet Tanja immer noch, dass das Telefon geht und sich ihre Mutter meldet, so wie sie es früher oft getan hat. Vorsichtig steht sie auf und schleicht zur Tür, drückt behutsam die Klinke hinunter. Unter der Küchentür hindurch schimmert ein Lichtschein in die dunkle Diele. Sie tastet sich darauf zu und lauscht. Nur ein gleichmäßiges leises Geräusch ist von drinnen zu hören. Sie drückt die Klinke hinunter und öffnet die Küchentür. Auf dem Tisch stehen mehrere Bierflaschen, leer – und eine andere, halb leere Flasche. Auf dem Boden liegen Papierschnipsel. Ihr Vater hängt weit zurückgelehnt auf einem Stuhl. Er hat die Augen geschlossen und den Mund halb geöffnet. Die leisen Geräusche kommen aus seinem Rachen. Das Geschirr vom Abendessen steht noch auf dem Tisch.

Auf Zehen räumt Tanja leise eine Flasche nach der anderen in den Bierkasten neben dem Herd. Die große Flasche stellt sie in den Kühlschrank, sehr vorsichtig, damit Charly nicht geweckt wird. Noch vorsichtiger trägt sie die Teller und Gläser zur Spüle, immer den Blick ängstlich zu ihrem Vater gerichtet, der ab und zu zuckt oder stöhnt. Dann liest sie die Papierschnipsel vom Boden auf. Es sind Teile eines zerrissenen Fotos.

Sie nimmt sie mit in ihr Zimmer, doch zuvor wirft sie einen Blick durch die *aufgeräumte Küche. Wenn die Nachbarin morgens nach dem Rechten schaut, soll sie nicht sehen, dass ihr Vater abends oft trinkt.*

Ein Bus mit Touristen war angekommen und störte die Ruhe in den Gemäuern der Burg Thurant oberhalb von Alken. Tanja richtete sich auf. Ihr Körper war von den Sonnenstrahlen durchwärmt und die Haut spannte wieder. Auch diesmal hatte sie vergessen Sonnencreme mitzunehmen. Sie hüpfte von dem Mäuerchen, auf dem sie gesessen hatte, warf einen letzten, Abschied nehmenden Blick über das Moseltal und machte sich auf den Rückweg.

Bergab war der steile Weg noch beschwerlicher als zuvor hinauf. Die meisten Besucher der Burg machten sich nicht die Mühe, zu Fuß hierher zu gehen. Sie fuhren mit dem Bus oder dem Auto und konnten anschließend in einer der Straußwirtschaften wie selbstverständlich den Wein genießen, für den die Winzer so viel Einsatz bringen mussten!

Eine kleine Kirche am Rande der Weinberge weckte ihr Interesse. Sie änderte ihren Weg und nahm Kurs darauf. Mit lautem Knarren ließ sich die Tür öffnen. Innen roch es feucht und moderig und es war kalt. Neugierig griff sie nach einem Blatt, das über die Kirche informierte: „St. Michaels Kirche“, las sie. Der Altar stammte aus dem 17. Jahrhundert, die Kirche selbst musste über tausend Jahre alt sein.

Ehrfurchtsvoll betrachtete sie die alten Fresken, dann kniete sie nieder. Wie lange war sie schon nicht mehr in einer Kirche gewesen? Beten, wie ging das noch?

„Mach, dass es gelingt“, flüsterte sie. „Bitte!!“

Um ihrem Gebet Nachdruck zu verleihen, zündete sie eine Kerze an.

Mit einem guten Gefühl verließ sie die Kirche und stieg die romantische Treppe aus Schieferplatten hinab, die hinunter in den Ort führte. Unten auf der Straße begegnete ihr Renate Zerwas, die sie als Bedienung in der Straußwirtschaft kennen gelernt hatte.

„Ei, haben Sie sich mal unsere alte Kirche da oben angeschaut?“

Tanja lächelte. „Ich war oben auf der Burg, der Umweg über die Kirche war reiner Zufall!“

„Und jetzt geht’s auf ein Schöppchen zum Fuß?“

Tanja warf einen Blick auf ihre Armbanduhr. Um diese Zeit würden Ralf und seine Familie sicher noch nicht in der Straußwirtschaft auftauchen.

„Gute Idee“, lächelte sie und schloss sich Renate an, die forschen Schrittes zu ihrer Arbeitsstelle marschierte.

Vor der verschlossenen Tür der Straußwirtschaft warteten schon etliche Besucher ungeduldig.

„Die Chefin kommt gleich!“, beruhigte Renate die Wartenden.

Wie auf ein Stichwort öffnete sich die Eingangstür. Aber nicht die Chefin, sondern der Oberkommissar persönlich erschien im Türrahmen und strahlte den Wartenden entgegen.

„Was wollt ihr denn alle hier? Es gibt doch nichts umsonst!“ Er trat beiseite und ließ die Besucher eintreten. „Sonnenhungrige auf die Terrasse, Schattengewächse bleiben hier unten, und Humorlose bleiben draußen.“

Alles lachte und erstürmte die Straußwirtschaft. Tanja nahm an dem einzigen Zweiertisch auf der Terrasse, gleich neben der Treppe, Platz. Wenig später erschien Erika, um die ersten Bestellungen entgegenzunehmen. Als sie Tanja entdeckte, lachte sie ihr freundlich zu.

„Schön, dass Sie wieder da sind! Wieder einen Winzertoast und einen halbtrockenen Schoppen?“

Tanja bewunderte das gute Gedächtnis der Wirtin.

„Reine Übungssache“, lachte diese. „Auch wenn Sie erst nächstes Jahr wiederkommen, werde ich mich erinnern, was Sie gegessen und getrunken haben.“

„Leider muss ich morgen abreisen. Aber ich komme bestimmt wieder!“, versicherte Tanja.

„Das freut mich!“

Erika stieg schwitzend die Treppen hinab, um das Bestellte herzurichten. Kurz darauf tauchte Renate mit einem Tablett und etlichen Schoppen und Flaschen auf.

„Wohl bekomm’s!“

Sie stellte das Getränk ab und reichte Tanja außerdem ein Büchlein über Straußwirtschaften in Rheinland-Pfalz.

„Das soll ich Ihnen von der Chefin zum Anschauen geben. Wo der Zettel drin steckt, können Sie etwas über unsere Straußwirtschaft lesen. Hat der Südwestrundfunk herausgebracht. Damals war sogar das Fernsehen hier!“, setzte sie stolz hinzu.

Tanja nahm das Büchlein und schlug es neugierig auf. Gleich als Erstes lachten ihr Erika und Fuß vom Foto entgegen.

„Wenn Sie mal wieder nach Alken kommen, können Sie auch bei mir übernachten“, meinte Renate freundlich und gab Tanja ihre Telefonnummer.

Tanja lächelte dankbar zurück. Sie war froh, noch hierher gekommen zu sein. Interessiert vertiefte sie sich in das Büchlein. Später, als sie es eigentlich vorgehabt hatte, erhob sie sich endlich und durchquerte den oberen Wirtsraum. Plötzlich sah sie Sieberts hereintreten. Sie bemerkte sofort, wie Ralf sich suchend umschaute. Hielt er nach ihr Ausschau?

Betont unbefangen trat sie auf die Familie zu.

„Guten Abend“, sagte sie und lächelte mit ihren leuchtenden Augen.

„Sieh an, die Zahnarzttochter aus Berlin“, fauchte Jeannette. „Was wollen Sie eigentlich von uns?“

„Aber Jeannette, was soll das denn?“, wies Ralf sie entrüstet zurecht. „Darf ich dich erinnern: Höflichkeit ist eine Zier …“

Jeannette schien ihn nicht zu hören. Wortlos, mit schmalen Augen, fixierte sie Tanja.

Mareike zupfte ihren Vater ängstlich am Ärmel. „Was hat denn die Mama?“

„Was ist denn mit euch los?“, rief auch Erika im Vorbeigehen. „Setzt euch doch, kostet dasselbe! Wenn ihr brav seid, bring ich euch auch etwas zu trinken, aber erst die Gäste …“

Jeannette reagierte nicht auf die scherzhafte Bemerkung. Aus ihrem Gesicht war alle Farbe gewichen, Hass funkelte in ihren Augen. Tanja hielt ihrem Blick stand. Allerdings war das Lächeln aus ihrer Miene verschwunden.

Plötzlich drehte sich Jeannette auf dem Absatz um und rannte hinunter zum Ausgang. Ein Knall ließ alle aufschrecken.

Katharina kam aus der Küche gelaufen und blickte erschrocken in die Runde.

„Gottohgott, wat war dat denn?“

„Da hat einer wohl zu viel Schwung gehabt“, erwiderte ein kahlköpfiger Mann, der am Fenstertisch saß.

„Wo ist denn deine Frau hin?“ Auch Erika kam neugierig aus dem unteren Wirtsraum nach dem Rechten schauen.

„Ihr ist nicht gut“, murmelte er. „Sie musste mal schnell an die frische Luft. Die Tür ist ein bisschen fest hinter ihr zugeschlagen, tut mir Leid, soll nicht wieder vorkommen!“

„Wenn’s weiter nichts ist!“ Erika lachte gutmütig. „Ich hab schon gedacht, da hat jemand geschossen! Wo mein Alter doch auf Nachtschicht ist!"

Jeannette hatte sich auf der Rückfahrt nach Nörtershausen bei Ralf für ihr Ausrasten entschuldigt und gleich am nächsten Tag auch Erika und Renate deswegen angerufen.

„Ich fand das Verhalten dieser Person einfach unmöglich. Man hätte meinen können, sie will uns provozieren. Aber vielleicht sind die jungen Dinger heute so", versuchte sie ihren Abgang am Vortag zu rechtfertigen.

Ralf zog aus der Überreaktion seiner Frau den Schluss, dass sie mit ihrer Spürnase irgendwie einen Zusammenhang zwischen Tanja und Sandra witterte und aus Eifersucht so reagiert hatte. Und hatte sie nicht Recht? Immerhin hatte er sie wiederholt belogen und war mit Tanja nicht nur auf die Suche nach ihrer Mutter gegangen, sondern hatte auch ihre Küsse und Zärtlichkeiten in einer Weise zugelassen, ja genossen, dass es ihm nachträglich die Schamröte ins Gesicht treiben müsste.

Nur gut, dass er bald mit seiner Familie in Urlaub fahren würde. Da würde er einiges wieder gutmachen, das nahm er sich fest vor. Und danach würde das Thema Tanja endgültig gestorben sein.

Nachdem Ralf alle anstehenden Schreibtischarbeiten fristgemäß erledigt hatte, kehrten sie noch ein letztes Mal vor der Abreise nach Südfrankreich in der Straußwirtschaft in Alken ein.

Jeannette wurde herzlich wie eh und je aufgenommen, niemand hier war nachtragend. Sie setzten sich an den Tisch zu Marion und Franz-Josef Hammes. Franz-Josef, ein ruhiger Mensch mit lustigen Brillengläsern, war ebenfalls Winzer in Alken. Er hatte ein gutes Verhältnis zu seinem Winzerkollegen Fuß und verkehrte oft in dessen Straußwirtschaft.

Zwischen der lebhaften Marion und Jeannette entspann sich sofort eine eifrige Diskussion. Marion hatte kürzlich von einem Nachbartisch aus die Unterhaltung zwischen Tanja und dem neugierigen alten Mann mitbekommen. Sie sah das Verhalten der jungen Frau wesentlich gelassener als Jeannette:

„Eigentlich hat die Kleine doch Recht gehabt. Was geht denn den alten Dappes das alles an? Und die jungen Leute heute sind da viel direkter. So isses doch oder habe ich da nicht Recht?!"

Ralf mischte sich nicht in das Gespräch der Frauen ein. Er war froh, dass dies alles vorbei war, und fachsimpelte stattdessen mit Franz-Josef über die geeignetste Route in die Provence.

Gegen neun Uhr kam der Oberkommissar vom Dienst. Trotz seines verschmitzten Lachens war ihm sofort anzusehen, dass er einen anstrengenden Tag hinter sich hatte.

„Zwei Leichen an einem Tag, das reicht!“, murmelte er im Vorbeigehen, und es klang fast wie ein Geständnis.

Doch mit dem Anziehen seiner Winzerschürze wechselte seine Gemütsverfassung sehr schnell. Und schon nach dem ersten Rundgang durch das Lokal, bei dem er wie gewohnt die Kerzen anzündete, war „die ganze Scheiße vergessen“, wie er zu sagen pflegt.

Ralf beobachtete ihn genau und wartete ab, bis Fuß im unteren Teil des Lokals verschwunden war. Dann stand er auf und tat, als wollte er die Toilette aufsuchen. Auf dem Weg dorthin traf er wie erwartet auf den Oberkommissar. Er zog ihn beiseite, vergewisserte sich rasch, dass niemand sie beobachten konnte, und drückte Fuß einen vorbereiteten Zettel in die Hand.

„Schau mal, ob du etwas über die beiden erfahren kannst“, raunte er ihm zu.

Der Oberkommissar warf einen Blick auf den Zettel. „Sandra Berger, Berlin“, stand da und: „Tanja Mahler, München“. Fuß wirkte wenig begeistert. Für derlei Bitten ohne erkennbaren Grund hatte er nicht viel übrig. Dennoch nahm er den Zettel entgegen und ließ ihn in seiner Hosentasche verschwinden.

„Versprechen kann ich dir nichts“, brummte er und entfernte sich, um seine Gäste weiter zu bedienen.

„Bleibt aber unter uns!“, rief Ralf ihm hinterher.

7.

Die Provence empfing die Urlauber mit einem Gemisch aus Sonne und Wolken und einer frischen Brise aus Südwest. Die drei genossen die neuen Farben und Eindrücke und unternahmen von ihrem Quartier aus Ausflüge nach Avignon, Apt und Cavaillon. Den Höhepunkt sollte ein Tagesausflug in Jeannettes frühere Heimat bilden.

Mareike konnte es kaum erwarten, die ersten Häuser von Maslesgros zu entdecken. Doch dann verzog sie enttäuscht das Gesicht. Der Ort war viel kleiner und langweiliger, als sie ihn sich vorgestellt hatte! Die einzige Attraktion war hier offensichtlich ein Garten hinter altem Mauerwerk mit zwei Pools, der zu einer Appartementanlage in der ehemaligen alten Poststation gehörte.

„Hier gibt's ja nicht mal ein richtiges Eiscafé", maulte sie.

„Du wirst es überleben", lachte Ralf. „Stell dir vor, Mama hat hier früher viele Jahre gelebt!"

Jeannette, die an diesem Tag am Steuer saß, parkte den Wagen am Ortsrand, und sie unternahmen einen kleinen Spaziergang durch die holprigen Straßen. Jeannette sprach nicht viel.

Ralf ahnte, was in seiner Frau vorging, und legte den Arm um sie.

„Auf welchem Friedhof liegen deine Eltern?", fragte er leise. Es war nicht nötig, dass Mareike etwas von dem tragischen Unfall und seinen Folgen mitbekam.

Jeannette blieb stehen und schaute Ralf traurig an.

„Ich will da gar nicht hin. Ich habe das alles hinter mir gelassen … Außerdem weiß ich nicht einmal, ob das Grab noch existiert. Hier in Frankreich ist das alles anders. Ich habe einer Nachbarin damals Geld gegeben, für die Grabpflege. Ich konnte schon damals nicht …"

Er küsste sie zärtlich auf die Stirn. „Lass mich die Strecke nach Gordes fahren!"

Die Straße stieg nur allmählich an und war für dortige Verhältnisse recht gut ausgebaut. Schon von weitem konnten sie Gordes mit seinen alten, an den Berg geklebten Häusern und dem alles dominierenden Renaissance-Schloss sehen.

Ralf entging nicht, dass Jeannettes Hände zitterten, als sie die Sonnenbrille aus dem Handschuhfach nahm.

„Bitte halt an!“, stieß sie plötzlich hervor.

Er bog in die Einfahrt eines Olivenhains.

„Was ist?“, erkundigte sich Mareike sofort.

„Mama ist es schlecht, vielleicht von den vielen Kurven. Am besten bleibst du einen Moment im Wagen, die Straße ist gefährlich. Ich gehe kurz mit Mama an die frische Luft!“

Jeannette war bereits ausgestiegen. Bewegungslos stand sie am Straßenrand und starrte auf eine kleine, halb verfallene Mauer. Ralf trat neben sie. Hier musste es passiert sein.

Verwundert schaute er sich um. Nie wäre er auf den Gedanken gekommen, dass gerade hier solch ein tragischer Unfall passieren konnte. Weder wirkte die Kurve besonders scharf und unübersichtlich noch hatte die Straße ein gefährlich starkes Gefälle. Ohne Alkoholeinfluss oder die Beteiligung eines zweiten Fahrzeuges hätte es eigentlich an dieser Stelle niemals einen Unfall geben dürfen. Tatsächlich schien eine Ölspur die Hauptunfallursache gewesen zu sein.

Jeannette war ein paar Schritte bergaufwärts gegangen.

„Lass mich ein paar Minuten allein gehen. Ihr könnt ja mit dem Auto nachkommen, ich steige dann oben wieder ein“, rief sie ihm zu.

Ralf nickte verständnisvoll. Sicher waren diese Minuten ein verspätetes Abschiednehmen oder eine Geste der Trauer für sie. Darin durfte sie nicht gestört werden.

Er wandte sich zu dem alten Mäuerchen am Straßenrand. An einer Stelle waren besonders viele Steine herausgebrochen. Ob das noch von dem Unfall damals herrührte? Auch die Rinde des alten Baumes dahinter schien sich im Laufe der Jahre erneuert zu haben. Es sah ganz so aus, als hätte auch dieser Baum damals durch den Unfall Schaden genommen.

Ralf stieg über die kleine Mauer und ließ sich mit dem Rücken zur Straße darauf nieder. Er hatte seine Schwiegereltern nie kennen gelernt. Fast erschienen ihm diese Minuten als eine Art Begegnung mit ihnen.

„Ist dir auch schlecht?“

Erschrocken drehte er sich um. Mareike war aus dem Wagen gestiegen und stand neben ihm.

„Ich will ein paar Blümchen für die Mama pflücken. Vielleicht geht es ihr dann wieder besser“, erklärte sie, als sie den strafenden Blick ihres Vaters sah.

Einen solchen Wunsch konnte er ihr natürlich nicht abschlagen. „Bleib aber hinter der Mauer und in meiner Nähe! Hier fahren viele Autos.“

Sie nickte und begann, einen kleinen Strauß zusammenzustellen. Ralf blickte die Straße aufwärts. Jeannette war bereits hinter der Kurve verschwunden. Er würde Mareike beim Pflücken helfen, um schneller wieder bei Jeannette zu sein.

Als er sich zu einer besonders schönen Blume hinabbeugte, rutschte er mit dem Schuh auf dem trockenen Boden ab. Beinahe wäre er vornüber gefallen, hätte er sich nicht im letzten Moment an dem Baum abstützen können.

„Was machst du denn?“, fragte Mareike erschrocken und kam sofort angelaufen.

„Nichts passiert“, versicherte Ralf lachend und richtete sich wieder auf.

„Papa, guck mal!“, rief sie plötzlich und zog unter einem der Steine, die sich beim Rutschen aus dem Boden gelöst hatten, etwas grünlich Glitzerndes hervor.

Ralf nahm das Ding in die Hand und betrachtete es genauer. Es sah aus wie ein Teil einer Brosche oder eines Anhängers. Offenbar nichts Wertvolles, eher ein Stück von einem Modeschmuck. Wie mochte es hierher gekommen sein? Vorsichtig begann er den Schmutz und den Sand mit dem Fingernagel wegzukratzen, dann nahm er ein Taschentuch und wickelte das Teil darin ein.

„Jetzt dürfen wir Mama aber nicht länger warten lassen!“

Jeannette war fast einen Kilometer gelaufen und wartete in einer Straßenbucht, von der aus sich ein wunderbarer Blick auf Gordes bot.

„Die sind für dich!“, begrüßte Mareike ihre Mutter, nachdem sie eingestiegen war und hielt ihr strahlend den kleinen Strauß entgegen. „Und wir haben etwas ganz Tolles gefunden!“

Ralf nahm das Taschentuch, öffnete es und hielt es seiner Frau hin. Jeannette stutzte und nahm das Tuch in die Hand.

„Und was soll das sein?“

„Wir haben es unten am Mäuerchen gefunden. Weißt du was das ist?“

„Nein, keine Ahnung. Was soll das sein?“ Sie öffnete das Seitenfenster, um das Stück hinauszuwerfen.

„Nein, Mama, das hab ich gefunden!“, schrie Mareike. „Das ist mein Schatz, den will ich behalten.“

„Meinetwegen!“ Jeannette öffnete das Handschuhfach und ließ das Taschentuch samt Inhalt darin verschwinden.

Mit der ungezwungenen Urlaubsstimmung war es vorbei. Tagsüber war Jeannette wortkarg und gereizt, nachts schlief sie unruhig, murmelte und stöhnte im Schlaf, und einmal schrie sie laut auf.

Ralf schreckte hoch. „Liebes, was hast du denn?“

Jeannette lag da mit geschlossenen Augen, als schliefe sie, aber ihre Miene wirkte so verzerrt, dass Ralf unwillkürlich von ihr abrückte. Doch gleich darauf besann er sich. Wer weiß, welch schreckliche Träume sie quälten. Er musste sie wecken und beruhigen.

Sanft rüttelte er an ihrer Schulter. „Ganz ruhig, Liebes“, flüsterte er, „du hast nur schlecht geträumt. Wach auf, es ist alles gut! Ich bin ja bei dir.“

Sie schlug die Augen auf und starrte ihn angsterfüllt an. „Ich will weg hier, nur weg“, schluchzte sie. „Und die Brosche muss weg. Ich will sie nie mehr sehen! Ich will nichts mehr sehen, was mich an damals erinnert!“

Ralf nahm sie in den Arm. „Liebes, beruhige dich doch“, sagte er. „Damals ist vorbei! Wir fahren nie wieder nach Gordes hinauf, das verspreche ich dir. Und das Broschestück lassen wir verschwinden, Mareike wird es verschmerzen – wenn sie überhaupt noch daran denkt. Du musst dich nicht mehr mit Erinnerungen quälen.“

Sie rückte ganz dicht an ihn und schloss die Augen wieder. „Es war so schrecklich“, flüsterte sie. „Und es ist plötzlich wieder so nah!“

Zwei Tage später trafen sie wieder in Nörtershausen ein. Es war schon spät, und Mareike und Jeannette gingen gleich zu Bett. Aber Ralf, der ab Nancy das Lenkrad übernommen hatte, fühlte sich noch zu wach, um zu Bett zu gehen. Er gönnte sich ein Glas Wein zur Entspannung und beschloss, noch rasch am Computer die eingegangenen E-Mails abzurufen.

Die Liste erschlug ihn förmlich. Seine Augen überflogen rasch die Absender, aber er suchte eigentlich nur einen Namen. Als er ihn entdeckte, spürte er Erregung und lud die Mail als Erste vom Server.

Lieber Ralf,
ich weiß, dass es falsch ist, dir eine Mail zu schicken. Aber ich werde wahnsinnig, wenn ich daran denke, dass wir uns nicht mehr wiedersehen sollen! Bitte verzeih mir. Hätte ich geahnt, dass ich auf dem Weg, meine Mutter zu suchen, dir begegnen würde, hätte ich ihn schon viel früher eingeschlagen. Auch wenn du fast doppelt so alt bist wie ich, ich suche keinen Vaterersatz. Charly ist mein Vater, den ich innig liebe - als Vater. Aber dich liebe ich als Mann.

Ich hoffe, du hast schöne Tage in Frankreich und du hast mich nicht ganz vergessen. Mein größter Wunsch ist, dich wiederzusehen.
Ich umarme und küsse dich!
Deine Tanja

Ralf klickte rasch auf Löschen und schloss die Augen. Da war sie wieder, die süße Gefahr, die auf ihn lauerte und das Innerste in ihm aufwühlte. Alles war wieder wie vor Antritt des Urlaubs.

Er zwang sich zur Nüchternheit, dachte an Mareike und an Jeannette, seine Frau, die ihn gerade jetzt mehr denn je brauchte. Er musste etwas unternehmen, Tanja sagen, dass es kein weiteres Treffen geben konnte. Aber wollte er das wirklich?

Er schaltete den Computer aus und blieb noch eine Weile an seinem Schreibtisch sitzen. Vielleicht sollte er sich wirklich Jeannette anvertrauen und ihr alles erzählen. Es war ja nichts geschehen, wofür er sich schämen musste, außer seinen Lügen. Und die würde sie ihm verzeihen, dessen war er sich sicher.

Jeannette war am nächsten Morgen als Erste wach. Sie stand leise auf, schlich ins Arbeitszimmer ihres Mannes und schaltete den Computer ein. Befriedigt stellte sie fest, dass es keine Mail mit Absender Tanja gab.

Das Broschenteil im Handschuhfach fiel ihr ein. Sie warf sich rasch einen Mantel über und eilte hinunter in die Garage. Doch im Handschuhfach lag weder das Taschentuch noch sein Inhalt. Offensichtlich hatte Ralf sein Versprechen wahr gemacht und das Teil unauffällig verschwinden lassen. Zufrieden schlüpfte sie wieder ins Haus und kuschelte sich zu ihrem Mann unter die Bettdecke.

„Du denkst aber auch an alles“, murmelte sie und knabberte zärtlich an seinem Ohrläppchen.

Er blinzelte sie schlaftrunken an. Was meinte sie? Tanja!, war sein erster Gedanke, und sofort war er hellwach. Hatte er etwa in der Aufregung vergessen, ihre Mail auch im Papierkorb zu löschen? Hatte Jeannette sie soeben dort entdeckt? Aber dann würde sie ihn jetzt nicht so entspannt anlächeln. Ihre Nasenflügel zeigten nicht die geringste Spur von Alarm. Vermutlich spielte sie nur darauf an, dass er in der Nacht noch das Auto ausgeräumt, die verderblichen Vorräte in den Kühlschrank geräumt und die Garagen- und Haustür abgeschlossen hatte.

Mit einem tiefen Seufzer zog er ihren duftenden Körper an sich. Wie weit war es schon mit ihm gekommen, dass er hinter der harmlosesten Äußerung Gefahr vermutete?

„Die Urlauber kommen!“, rief Erika, als sie am Abend die Straußwirtschaft betraten, und winkte die drei sogleich hinaus auf die Terrasse.

Auf dem Weg dorthin entdeckte Ralf den Oberkommissar, der gerade dabei war, den Kühlschrank in der Küche mit Flaschen zu füllen. Wie zufällig gesellte er sich zu ihm.

„Konntest du etwas über die Namen und Adressen herausbekommen?“, fragte er leise.

„Negativ. Ich weiß auch nicht mehr, als du wahrscheinlich über jedes Telefonbuch erfahren kannst. Beide Namen gibt’s in Berlin und in München.“

Fuß’ Stimme klang alles andere als begeistert. Das ließ Ralf daran zweifeln, ob der Oberkommissar überhaupt Nachforschungen angestellt hatte. Er wusste Beruf, Privatleben und Freundschaft sehr genau zu trennen, das war bekannt.

Jetzt richtete Fuß sich auf und blickte Ralf mit ernster Miene an. „Wenn das die Kleine ist, die neulich hier war und sich mit deiner Frau angelegt hat, dann sei sehr vorsichtig! Bei Jeannette weißt du, was du hast. Mehr will ich dazu nicht sagen.“

Das war deutlich. Enttäuscht und beschämt ging Ralf hinauf auf die Terrasse, wo Erika zwischen Jeannette und Mareike Platz genommen hatte und sich von ihrem Urlaub berichten ließ.

Der nächste Tag versprach, ein ganz normaler Arbeitstag zu werden. Jeannette brachte Mareike gleich nach dem Frühstück zu einer Kindergartenfreundin und fuhr dann nach Koblenz zum Einkaufen, während Ralf mit der ersten Terminarbeit begann, einem Artikel für die Rhein-Zeitung als Vorbericht zum Rheinland-Pfalz-Tag, der in diesem Jahr in Koblenz stattfinden würde. Ralf machte sich eine kleine Liste von Personen, die er dazu befragen wollte, und suchte anschließend deren Telefonnummern heraus.

Er begann mit der Mainzer Staatskanzlei und dem Ministerpräsidenten. Dessen Büro verwies ihn allerdings an Walter Schumacher, den Sprecher der Landesregierung, da sich der Ministerpräsident auf dem Weg nach Berlin befand. Nach diesem ersten Gespräch rief Ralf den Oberbürgermeister von Koblenz an. Zu seiner Freude erreichte er Dr. Schulte-Wissermann persönlich, und das Stadtoberhaupt nahm sich genügend Zeit, ihm ausführlich Rede und Antwort zu stehen.

Als Ralf schließlich den Computer einschaltete, um seine Ergebnisse festzuhalten, stach ihm sofort das Kästchen mit dem Hinweis auf Mails ins Auge. Seine spontane Befürchtung bewahrheitete sich: Tanja hatte ihm wieder geschrieben.

Lieber Ralf,
inzwischen wirst du wieder aus dem Urlaub zurück sein. Ich hoffe, es geht dir gut! Ich habe mir die nächste Woche nochmals Urlaub genommen und werde mich wieder in deiner Gegend aufhalten. Bitte weise mich nicht zurück, ich muss dich unbedingt treffen!!! Es ist sehr wichtig, für mich und für dich!!!
In Liebe
Deine Tanja

Energisch klickte Ralf die linke Maustaste und löschte den Text. Dann verfasste er eine Antwort.

Hallo Tanja,
ich bitte dich mit Nachdruck, mir keine Mails mehr zu schicken. Es waren wunderschöne Stunden und Tage mit dir, die mir sicherlich lange in Erinnerung bleiben werden. Aber es kann für uns keine Zukunft geben. Bitte verzichte auch auf

einen Besuch hier. Ich möchte dich nicht mehr treffen.
Ralf

„Ist irgendetwas?“, fragte Jeannette am darauf folgenden Samstag beim Frühstück.

„Was soll denn sein?“ Ralf schaute sie verständnislos an und nahm einen Schluck Kaffee.

„Du wirkst so nervös!“ Jeannette deutete auf seine Hand, die deutlich zitterte. „Fühlst du dich nicht wohl?“

Klirrend setzte Ralf die Tasse ab. Er wusste, dass er seiner Frau so leicht nichts vormachen konnte. Er war in der Tat äußerst beunruhigt. So, wie er Tanja einschätzte, saß sie bereits im Zug. Wenn es der gleiche Zug wie bei ihrem ersten Besuch war, würde sie um 11.10 Uhr in Koblenz eintreffen.

Ralf griff zur Zeitung, in der sein Artikel über den bevorstehenden Rheinland-Pfalz-Tag abgedruckt war.

„Papa, du zitterst ja!“, bemerkte nun auch Mareike.

Er legte unwillig die Zeitung aus der Hand.

„Hast du heute was geplant?“, wandte er sich an Jeannette, um die Aufmerksamkeit von sich abzulenken.

Jeannette ging bereitwillig darauf ein. „Wir könnten wieder einen Ausflug machen, so wie neulich nach Lüxem“, schlug sie vor.

Er stand auf. „Am Nachmittag kann ich mich freimachen, vorher muss ich noch ein paar Dinge erledigen.“

Damit zog er sich nach oben in sein Arbeitszimmer zurück.

Tanja hatte tatsächlich keine Mail mehr geschickt. Doch das beruhigte ihn nicht. Zu gern hätte er gewusst, ob sie wirklich seiner Bitte, nicht zu kommen, gefolgt war.

Er eilte hinunter, rief kurz in Richtung Küche: „Bin für etwa zwei Stunden fort!“, und verließ das Haus, ohne eine Antwort abzuwarten.

Mit sich und der Welt im Reinen stieg er Stunden später neben Frau und Tochter den Weg zur Burg Eltz hinunter. Die Idee stammte von Mareike, die für Schlösser und Burgen schwärmte, vor allem wenn sie düstere Verliese und Ritterrüstungen betrachten konnte und die Räume prunkvoll ausgestattet waren. Auf dieser Burg kam sie in jeder Hinsicht voll auf ihre Kosten.

Auch Ralf genoss den Ausflug. Er hatte sich am Vormittag gründlich auf dem Koblenzer Bahnhof umgeschaut und auch nach dem Auslaufen des IC 2120 noch geraume Zeit gewartet, ob Tanja nicht doch noch auftauchen würde. Aber diesmal hatte sie seine Bitte offensichtlich wirklich erhört. Der Spuk war vorüber!

Auf dem Rückweg von Burg Eltz kehrten sie in Alken ein. Die Straußwirtschaft war bereits so voll, dass sie sich Stühle und einen kleinen Tisch aus dem privaten Bereich von Fuß holen mussten. Im Laufe der Zeit kamen weitere Stammgäste hinzu, die sich allmählich im Wechsel der Gäste einen gemeinsamen Tisch eroberten, bis die Runde komplett war.

Als Ralf irgendwann die Toilette aufsuchte, lief ihm Renate über den Weg.

„Du, Ralf!“, rief sie hinter ihm her. „Eine junge Frau hat sich nach dir erkundigt und lässt dich grüßen.“

Ralf drehte sich erschrocken um. „Was? Wer …?“, war alles, was er hervorbrachte.

Renate stellte ihr Tablett ab und trat dicht zu ihm. „Die von neulich. Die Hübsche mit den langen Haaren, du weißt schon!“

„Wieso …?“

„Sie hat bei mir das Zimmer gemietet. Ich glaub, die will was von dir. Mach nur keinen Scheiß!“

„Quatsch!“ Ralf machte eine wegwerfende Bewegung und schaute sich um, ob nicht einer der umsitzenden Gäste ihre Unterredung mithören konnte.

Renate warf ihm einen misstrauischen Blick zu. „Na, ich weiß nicht …“

Achselzuckend wandte sie sich ab, nahm ihr Tablett und servierte weiter.

Ralf ging auf die Toilette und schloss sich ein. Hunderte von Gedanken jagten durch seinen Kopf. Tanja war also doch gekommen, wahrscheinlich mit einem anderen Zug oder dem Auto. Besaß sie überhaupt ein eigenes Auto? Darüber hatte er sich noch nie Gedanken gemacht. Immer mehr Fragen tauchten auf, die er sich eigentlich schon längst hätte stellen müssen. Tanja hatte von der Arbeitslosigkeit ihres Vaters erzählt und von seinem Schlaganfall, der ihn an den Rollstuhl fesselte. Sie wohnten in einer kleinen Sozialwohnung. Wieso aber war sie stets so elegant gekleidet, trug nicht ganz billigen Schmuck und konnte sich einen Leihwagen leisten?

Sie hatte in der letzten Mail von Urlaub gesprochen, also war sie berufstätig. Was machte sie, dass sie über so viel Geld verfügte? War sie etwa doch eine Nutte, die im Internet auf Freierfang ging? Was versprach sie sich von ihm? Jedenfalls hatte sie nie auch nur entfernt finanzielle Absichten durchblicken lassen. Doch wozu diese Fahrten durch die Dörfer mit der Behauptung, ihre Mutter zu suchen? Wie hatte er diesem billigen Trick so auf den Leim gehen können? Hatte sie ihn total um den Verstand gebracht? Wo war sein journalistisches Verständnis für solide Recherchen geblieben?

Als wären dies alles noch nicht genügend Fragen, schoss ihm eine weitere in den Sinn, die sofort das Blut in seinen Schläfen rauschen ließ: Was, wenn sich Tanja und Jeannette hier erneut begegneten? Das durfte nicht geschehen, auf keinen Fall!

Es half alles nichts, er musste wieder mit Tanja Kontakt aufnehmen und mit ihr reden. Hauptsache, sie begegnete nicht seiner Frau. Aber wie konnte er unauffällig mit ihr zusammentreffen, solange sie bei Renate wohnte? Renate einweihen – nein. Auch anrufen konnte er Tanja dort nicht, Renate und Günter würden sofort seine Stimme erkennen. Tanjas Handynummer hatte er nicht mehr. Er hatte sie sofort gelöscht, nachdem er einmal bei ihr angerufen hatte, um keine Fährte für Jeannette zu legen. Und den Zettel mit der Nummer hatte er zerrissen, um nicht in Versuchung zu geraten, erneut bei Tanja anzurufen.

Verdammt, er war schon wieder in eine Zwickmühle geraten! Wütend verließ er die Toilette.

Auf der Terrasse hatte man ihn schon vermisst. Seine Blicke schweiften vorsichtig über die anwesenden Gäste. Dann erst ließ er sich erleichtert auf seinem Stuhl nieder. Tanja war also nicht gekommen. Aber der Abend war noch lang.

„Ich habe Durchfall“, raunte er Jeannette zu. „Wir sollten gehen.“

Jeannette schaute ihn überrascht und unwillig an. Doch dann fügte sie sich achselzuckend. Sie bezahlten und verließen unter dem Protestgejohle ihrer Freunde die Terrasse.

„Weißt du, welche Apotheke Wochenenddienst hat?“, fragte er seine Frau am nächsten Morgen scheinheilig beim Frühstück.

Natürlich wusste sie das nicht.

„Dann werde ich nach Emmelshausen oder Boppard fahren. Irgendwo muss ja eine Apotheke offen sein. Ich brauche irgendwas gegen Diarrhö, so kann es nicht weitergehen!“

Er mimte Bauchschmerzen und eilte zur Toilette. Unterwegs fiel ihm ein, dass er nicht übertreiben durfte, sonst kam Jeannette noch auf die Idee, ihm die Fahrt zur Apotheke abzunehmen!

Doch seine Befürchtung erwies sich als unbegründet. Als er zum Abschied noch mal kurz in die Küche blickte, saß Jeannette vor einem Stapel Zeitschriften, die sie durchsah. Anregungen für Einrichtungen, Kleider und Urlaubsziele schnitt sie aus und sammelte sie mit großer Leidenschaft. Sie war so in ihr Tun vertieft, dass sie seinen Abschied kaum registrierte.

Zufrieden machte er sich auf den Weg nach Alken. Den Wagen stellte er wieder an der Uferstraße ab, so konnte er gleich die Autos entlang der Bachstraße inspizieren. Vielleicht entdeckte er darunter bereits ein Fahrzeug mit Münchner Zulassung, das auf Tanja hindeutete?

Als er die Stelle erreicht hatte, an der sich die Fahrbahnen teilten, erblickte er plötzlich Tanja. Ihre Haare waren zerzaust, und sie war im Begriff, ihren Mantel überzuziehen, während sie ihm entgegeneilte. Verdeckt machte sie ihm Zeichen, nicht näher zu kommen, sondern umzukehren.

Ralf begriff. Unverzüglich wandte er sich um und ging wieder zu seinem Wagen zurück. Als er sich am Ende der Straße kurz umblickte, war Tanja nicht mehr zu sehen. Er setzte sich unschlüssig in seinen Wagen. Nach kurzer Zeit tauchte ein weißer Golf im Rückspiegel auf, und Ralf erkannte Tanja am Lenkrad. Sie deutete ihm mit der Hand, ihr zu folgen, und fuhr an ihm vorbei moselaufwärts.

Schon nach kurzer Zeit ahnte Ralf, wohin es gehen würde: auf den Waldparkplatz bei Brodenbach, auf dem sie sich bereits einmal getroffen hatten.

Kaum waren sie dort angekommen, sprang er aus seinem Wagen und brüllte: „Was denkst du dir eigentlich?"

Sie stieg ebenfalls aus, stürzte auf ihn zu, umschlang ihn mit ihren Armen und küsste ihn so heftig, dass er nicht fähig war, etwas zu sagen. Sein Widerstand schmolz dahin, die Wut, die er eben noch gefühlt hatte, wandelte sich in stürmische Leidenschaft.

Außer Atem trennten sich endlich ihre Körper. Er blickte wieder in ihre leuchtenden Augen.

„Ich will …", begann er, doch sie legte lächelnd ihren Finger auf seinen Mund.

„Sag jetzt nichts! Lass uns erst ein paar Schritte gehen!"

Sie hängte sich bei ihm ein, wie sie es bei ihrer ersten Begegnung getan hatte. So gingen sie über den Parkplatz auf einen kleinen Waldweg zu, der jedoch immer noch aufgeweicht und kaum begehbar war. Deshalb suchten sie sich eine Möglichkeit, abseits des Weges zwischen den Büschen in den Wald zu gelangen, wo der Boden trocken war.

Schweigend stiegen sie bergauf. Als sie etwa die Hälfte der Erhebung erklommen hatten, blieb Tanja stehen und lehnte sich gegen einen Baumstamm.

„So, jetzt beschimpf mich!", sagte sie und lächelte ihn herausfordernd an.

Ralf schluckte. Sie war so schön. Ein paar Sonnenstrahlen brachen durch die Zweige, tauchten ihre schlanke Gestalt in ein weiches Licht und ließen ihr langes Haar glänzen. Alles in ihm drängte danach, ihr nahe zu sein, ganz nahe, viel näher noch als je zuvor.

Doch dann erinnerte er sich an all die Fragen, die sich in seinem Kopf eingebrannt hatten. Er schlenderte ein paar Schritte um den Baum herum, um Zeit zu gewinnen.

„Womit verdienst du eigentlich deinen Lebensunterhalt?", sagte er schließlich und erschrak selbst vor der Nüchternheit seiner Frage.

Tanja lachte hell auf.

„Natürlich!", rief sie vergnügt, „elegante Kleider, Schmuck, der Golf ..."

„Genau das!", bestätigte Ralf ernst.

„Auf welche Antwort wartest du? Die Geschichte von dem armen Mädchen, das für seinen Vater sorgen muss und deshalb auf den Strich geht?"

Wieder lachte sie. „Nein, Ralf, ich muss dir ein viel schlimmeres Klischee präsentieren. Mein Vater und ich haben immer sehr sparsam gelebt. Ich habe Designerin gelernt und jede ersparte Mark in Aktien gesteckt. Mein Vater war zwar ein hundsmiserabler Vertreter, weil er schüchtern war und nicht genug Ellenbogen hatte, aber ein sehr kluger Kopf und Kaufmann. Und du wirst es nicht glauben, wir gehören zu den wenigen Spekulanten, die am Neuen Markt richtig Geld gemacht haben, weil wir immer rechtzeitig ausgestiegen sind. Er konnte ja in seinem Rollstuhl den ganzen Tag am Bildschirm die Kurse verfolgen. Kaufen, verkaufen, wieder kaufen ... du weißt ja, wie das geht."

„Aber ich denke, ihr wohnt in einer Sozialwohnung?"

„Nur noch wenige Wochen. Ich habe außerhalb von München ein kleines, rollstuhlgerechtes Häuschen gebaut, wohin wir im Sommer ziehen werden. Du kannst uns gern dort besuchen."

Ralf kam sich plötzlich schäbig vor. Es schien ganz einfache Erklärungen zu geben – wenn sie die Wahrheit sagte. Doch seine Zweifel waren noch nicht ganz ausgeräumt.

„Am Anfang bin ich davon ausgegangen, dass du zwölf oder dreizehn bist. Da kennt man noch nicht alle Mittel und Wege, jemanden ausfindig zu machen. Da du aber erwachsen und sehr gewandt bist, wäre es doch ganz einfach für dich, auf dem Behördenweg deine Mutter zu suchen. Zum Beispiel über das Einwohnermeldeamt, die Polizei oder was weiß ich."

„Teilweise richtig", bestätigte Tanja lächelnd. „Aber diese Behörde schied von Anfang an aus, da meine Mutter sich nie abgemeldet hat, so wie sie sich nie von meinem Vater hat scheiden lassen. Auch die Polizei würde sich ohne jeden konkreten Anhaltspunkt schwer tun. Man würde eine Vermisstenanzeige aufnehmen, aber spätestens nach einem Jahr oder so die Suche aufgeben. Strafrechtlich lässt sich gegen sie nichts vorbringen. Also wie?"

Ralf überlegte. Was sie sagte, klang glaubwürdig. Und vor allem die unverkrampfte, offene Art, wie sie sprach, ließ kaum den Verdacht zu, dass sie ihn systematisch belog. Oder war sie einfach eine hervorragende Schauspielerin?

„Und wie bist du gerade auf mich gekommen?", hakte er nach. „Es wohnen doch ich weiß nicht wie viele Menschen in und um Boppard herum. Warum gerade ich?"

Tanja holte tief Luft. „Das ist eine sehr lange Geschichte, die ich dir gern erzähle, wenn wir mehr Zeit haben. Lass es einfach vorerst bei der Erklärung, dass ich mir ein Suchsystem ausgedacht habe und so auf deine Homepage gestoßen bin. Ein Journalist, der in der Nähe von Boppard und „Im" oder „Auf dem Bungert" wohnt, schien mir eine gute Wahl. Journalisten kommen viel herum, sind geschickt im Recherchieren, kennen eine Menge Leute – soll ich dir noch mehr Gründe aufzählen?"

Ralf gab sich geschlagen. Sie hatte wirklich für all seine Fragen plausible und harmlose Erklärungen. Er stellte sich dicht vor sie und schaute ihr ins Gesicht.

„Ich muss mich wohl bei dir entschuldigen", sagte er leise. „Aber du kannst dir nicht vorstellen …"

Wieder legte sie ihren Finger auf seinen Mund.
„Ich bin über 500 Kilometer gefahren, nur um dich zu sehen und zu spüren“, unterbrach sie ihn und drückte ihre zarten Lippen auf seine.
Diesmal gelang es ihm, sich zu wehren.
„Bitte, Tanja, es darf nicht so weitergehen!“ Er warf einen Blick auf seine Uhr. „Jeannette wartet auf mich, ich habe mich regelrecht von zu Hause weggestohlen.“
Tanja nahm seinen Kopf in ihre Hände und schaute ihn flehend wie ein kleines Kind an.
„Bitte, Ralf, vertrau mir. Ich liebe dich und ich muss dich noch einmal sehen, wenigstens noch einmal. Ich verspreche dir alles, wenn du mir noch ein Treffen erlaubst, ja? Ein einziges, bitte!“
Ralfs Blicke wanderten nervös zwischen den Bäumen hindurch. Er musste sich entscheiden, musste etwas sagen.
„Also gut, aber wirklich nur noch ein Mal!“
„Gib mir deine Handynummer, ich werde dir eine SMS schicken, rechtzeitig, so dass du planen kannst. Keine Angst, ich schreibe einen völlig unverfänglichen Text. Und wir treffen uns hier unten auf dem Parkplatz.“
Ralf zog eine Visitenkarte aus seiner Geldbörse und reichte sie Tanja. Sie warf ihm einen Kuss zu.
„Geh jetzt und lass mich noch ein bisschen alleine!“
Ralf sah sie verwundert an, machte eine ungelenke Handbewegung zum Abschied und trat den Rückweg zum Parkplatz an.

8.

„Wo bleibst du denn?“, empfing ihn Jeannette vorwurfsvoll. „Ich habe mir schon Sorgen gemacht. Hast du was gegen den Durchfall?“

Noch bevor er die Ausrede vorbringen konnte, die er sich für diese Frage bereitgelegt hatte, fiel ihr Blick auf seine Schuhe. „Wo bist du denn herumgelaufen?“

Auch auf diese Frage hatte er sich während der Heimfahrt vorbereitet.

„Mir war plötzlich nicht gut. Ich habe angehalten und bin ein paar Schritte gelaufen, um frische Luft zu schnappen. Ich glaube, der Mineralstoffverlust ist mir auf den Kreislauf geschlagen. Dann war ich noch in Boppard am Bahnhof in einer Gaststätte. Ich dachte, Cola und Salzstangen sind in solchen Fällen sehr gut. Ich glaube, es hat gewirkt.“

Jeannette schien mit dieser Erklärung zufrieden zu sein.

„Ich wollte dich per Handy erreichen“, rief sie ihm noch nach, während er sich nach oben in sein Arbeitszimmer entfernte. „Aber das hattest du oben liegen lassen!“

Wortlos zuckte er die Achseln und zog sich zurück. Er musste jetzt allein sein und seine Gedanken ordnen. Was war nur los mit seinem Leben, warum war alles so unglaublich durcheinander geraten? Lag es an ihm, weil er nicht Nein sagen konnte? Oder lag es an einer geschickten weiblichen Taktik von Tanja, die ihn an der Nase herumführte? Eines stand fest: sein Gefühlsleben war vollständig ins Wanken geraten, seit er diese junge Frau kennen gelernt hatte.

Jeannette hatte sich entschlossen, mit Mareike und Kaspar einen Spaziergang zu machen. Sie nahm sich vor, auf der Höhe des Hunsrücks zu bleiben und in Richtung Buchholz zu gehen, einem weit abgelegenen Ortsteil von Boppard.

Bereits als sie durch den Ort ging, hatte sie das Gefühl, beobachtet zu werden. Sie drehte sich mehrfach um, konnte aber niemanden entdecken.

Mareike führte Kaspar an der Leine und marschierte mal vor, mal einige Meter hinter ihrer Mutter. Ihr Gehrhythmus wurde von den für Kaspar interessanten Schnupperstellen bestimmt.

Als sie Nörtershausen hinter sich gelassen hatten und in einen freien Feldweg einbogen, sah Jeannette vor sich auf dem Weg eine Gestalt, die sie sofort an diese Frau erinnerte, die sich in der Straußwirtschaft als Sandra ausgegeben hatte. Obwohl sie einige hundert Meter entfernt war, glaubte sie, ihre große, schmale Gestalt zu erkennen und die langen Haare, die vom Wind zerzaust wurden.

Instinktiv rief Jeannette ihre Tochter zu sich und beschleunigte ihren Schritt. Doch als sie erneut aufblickte, war die Gestalt plötzlich verschwunden. Jeannette ärgerte sich über sich selbst. Nun sah sie schon Gespenster!

Kaum eine Viertelstunde später tauchte die Gestalt wieder auf, diesmal am Waldrand, kaum hundert Meter entfernt. Sie stand einfach da und schien Jeannette zu beobachten. Jeannette fühlte den Impuls, querfeldein zu laufen, direkt auf die Person zu. Aber ihre Schuhe mit den hohen Absätzen erlaubten es nicht, den befestigten Weg zu verlassen, und barfuß laufen war sie nicht gewohnt. Aus den Augenwinkeln behielt sie die Person im Blick, während sie ihre jammernde Tochter hinter sich herzerrte, die kaum mit ihrer Mutter Schritt halten konnte.

Doch auch dieser Spuk ging vorbei. Die Gestalt war ebenso schnell wieder verschwunden, wie sie aus dem Wald gekommen war.

Als sie den Ort Buchholz erreicht hatten und sich dem Friedhof näherten, war Jeannette plötzlich, als sähe sie lange braune Haare zwischen zwei Grabsteinen wehen. Das Gesicht war von ihr abgewandt, aber sie war sich sicher, dass es wieder dieselbe Person war. Entschlossen lenkte sie ihre Schritte auf die wehenden Haare zu.

„Bleib du mit Kaspar hier draußen stehen“, befahl sie Mareike, „ich bin gleich zurück.“

Als sie sich umdrehte, war die Frau verschwunden. Aber sie musste noch auf dem Friedhof sein! Jeannette begann zu laufen, so schnell es ihre hohen Absätze zuließen. Dabei blickte sie sich immer wieder in alle Richtungen um. Einmal glaubte sie das Gesicht hinter einem Baum entdeckt zu haben und änderte sofort die Richtung. Dann wieder tauchte es neben der Leichenhalle auf. Doch als sie die Stelle erreicht hatte, war die Person verschwunden. Jeannette geriet in Wut. Was für ein Spiel wurde hier mit ihr gespielt?

Schließlich musste sie stehen bleiben und nach Luft ringen. Obwohl der Friedhof nicht sehr groß war, schien die Frau wie vom Erdboden verschluckt. Jeannette wartete eine Weile, bis sie wieder durchatmen konnte, und machte sich dann auf den Weg zu ihrer Tochter.

Mareike hatte sich vor dem Friedhof auf einen der großen Findlinge gesetzt und wartete dort brav mit Kaspar.

„Was kaust du denn da?", fragte Jeannette erstaunt, als sie die vollen Backen ihres Kindes sah.

Mareike konnte kaum antworten, so voll war ihr Mund. „Lakritzschnecken", nuschelte sie.

Jeannette blieb wie angewurzelt stehen.

„Wo hast du denn Lakritzschnecken her?", brüllte sie.

„Von einer Frau."

Jeannette wurde es abwechselnd heiß und kalt. Sie ließ sich auf dem Findling neben Mareike nieder.

„Du weißt doch, dass du nichts von Fremden annehmen sollst, und erst recht nicht essen!"

„Aber die Frau war doch keine Fremde", wehrte sich Mareike. „Die kenne ich aus Alken."

Jeannette sprang wütend auf, streifte ihre Schuhe von den Füßen, hob den Rock an und stieg auf den Findling. Mit ausgestreckten Armen, um das Gleichgewicht zu halten, schaute sie sich in der Gegend um. Aber niemand war zu sehen, soweit sie blicken konnte.

„Diese Sandra ist immer noch da!", keuchte Jeannette und stützte sich atemlos auf Ralfs Schreibtischplatte. Ihre Haare hingen strähnig hinab, ihr blasses Gesicht zeigte große rote Flecken und ihre Augen funkelten vor Erregung.

„Wie kommst du denn darauf?", gab Ralf zurück und fuhr den Computer herunter.

Dabei überlegte er. Dass Tanja nach allem, was sie ihm offenbart hatte, absichtlich Jeannette über den Weg gelaufen war, konnte er sich kaum vorstellen. Wenn, musste es reiner Zufall gewesen sein, kein Grund sich aufzuregen.

„Sie war es!", schrie Jeannette außer sich. „Ich habe sie mehrmals gesehen. Sie verfolgt mich! Ich bringe das Biest um, wenn sie uns nicht in Ruhe lässt!"

Ralf sprang auf, nahm seine Frau in den Arm und führte sie zu seinem Sessel.

„Beruhige dich, Jeannette, du hast dich sicherlich geirrt.“

Jeannette schnellte wieder in die Höhe und trommelte auf seine Brust ein. „Sag nicht, ich habe mich geirrt. Ich habe sie mehrmals gesehen.“

Ralf versuchte sie an den Handgelenken zu fassen und wieder zurück in den Sessel zu bugsieren. So hatte er sie noch nie erlebt. Nur mit Geduld und einiger Kraftaufwendung gelang es ihm, sie in Schach zu halten.

„Was hat sie dir denn getan?“, fragte er und versuchte seiner Stimme einen beruhigenden Klang zu geben. „Hat sie irgendetwas zu dir gesagt?“

„Nichts hat sie gesagt, nichts hat sie getan. Sie war einfach nur da und wieder weg.“

„Dann war es nicht diese Sandra. Sie kennt dich doch und hätte dich angesprochen.“

„Sie war es!“ Wieder versuchte Jeannette aufzustehen, doch Ralf hatte beide Hände auf ihre Schultern gelegt und drückte sie fest in den Sessel zurück.

„Mareike hat sie auch erkannt. Sie hat Mareike sogar Lakritze geschenkt.“

„Na also, warum dann die ganze Aufregung? Vielleicht ist sie ja wirklich noch hier in der Gegend. Was kümmert uns das? Diese kleine Episode neulich bei Ek ist doch längst vergessen.“

„Nichts ist vergessen“, zischte Jeannette. „Diese Person ist gefährlich. Und ich wette, diese Sandra ist Tanja. Und du“, sie funkelte ihren Mann feindselig an, „du weißt es!“

Ralf gelang ein Lachen. „Tanja? Du meinst das kleine Mädchen aus dem Internet?“ Er schüttelte mit gespielter Belustigung den Kopf. „Du hast wirklich eine blühende Fantasie, das muss man dir lassen! Fakt ist, dass diese Tanja sich nie wieder gemeldet hat und dass ich mit dieser Sandra bisher weniger Worte gewechselt habe als du! Ich weiß von ihr nicht mehr als du.“

Jeannettes Augen hatten sich zu schmalen Schlitzen verengt. „Du lügst und du hast mich die ganze Zeit belogen!“, zischte sie wütend.

Ralfs Verwunderung nutzte sie, um seinem Griff zu entkommen und aus dem Raum zu laufen. Gleich darauf knallte die Schlafzimmertür hinter ihr zu, und er konnte hören, wie von innen der Schlüssel umgedreht wurde.

Ralfs Ruhe war dahin, an ein Weiterarbeiten nicht zu denken. Hatte Jeannette wirklich Tanja gesehen? Das war kaum zu bezweifeln, nachdem offensichtlich auch Mareike sie erkannt hatte. Aber warum tat Tanja so etwas? Hatte sie sich in den Kopf gesetzt, einen Keil zwischen ihn und seine Frau zu treiben? Letzteres schien ihm durchaus plausibel. Tanja hatte bisher alles durchgesetzt, was sie wollte. Aber das hatte Jeannette bisher auch, zumindest was ihn betraf.

Am liebsten wäre er stehenden Fußes nach Alken gefahren und hätte Tanja zur Rede gestellt. Aber damit wäre der Stein vermutlich erst recht ins Rollen gekommen. Vielleicht hatte Tanja es genau darauf angelegt?

Er ging hinüber ins Kinderzimmer und warf einen Blick hinein. Mareike saß auf dem Boden, hatte all ihre Stofftiere um sich versammelt und spielte Schule.

„Sag mal, Rüge …“, begann er.

Mareike fühlte sich in ihrer Unterrichtsstunde gestört. „Du musst erst aufzeigen, wenn du etwas von der Lehrerin willst“, wies sie ihn streng zurecht.

Ralf ging folgsam in die Hocke, griff nach einer Stoffgiraffe und reckte eines ihrer Vorderbeine in die Höhe.

„Frollein, ich habe eine Frage“, piepste er mit verstellter Stimme.

Mareikes Gesicht nahm einen gnädigeren Ausdruck an. „Das heißt nicht Frollein, das heißt: Frau Lehrerin“, korrigierte sie. „Also, Gira, was gibt's?“

„Habt ihr eben bei euerm Spaziergang wirklich die junge Frau getroffen, die neulich in Alken bei uns am Tisch saß?“, piepste Ralf weiter.

Mareike zog überlegen die Augenbrauen hoch. „Natürlich war das die Frau. Willst du noch was wissen, Gira?“

Ralf schüttelte die Giraffe verneinend, erhob sich wieder und schloss leise die Tür hinter sich. Dann klopfte er an die Schlafzimmertür. Nichts rührte sich. Das überraschte ihn nicht. Zwar hatte er Jeannette noch nie derart außer sich erlebt, aber eingeschlossen hatte sie sich schon öfter, wenn ihr Wille nicht erfüllt wurde. Nach dem vierten Klopfen und Rufen gab er auf.

Im Arbeitszimmer schrieb er eine Notiz für Jeannette, dass er erst am Abend wieder zurück sei. Er schob das Blatt unter der Schlafzimmertür durch und lauschte, ob sie es aufheben und vielleicht doch die Tür öffnen würde. Doch sie reagierte nicht.

Er traute sich nicht zu läuten, da er wusste, dass Erika sich meist nach dem Mittagessen hinlegte und bis zur Öffnung der Straußwirtschaft schlief. Aber auf der Terrasse waren Geräusche zu hören, deshalb stieß er einen leisen Pfiff aus, und kurze Zeit später tauchte das bärtige Hotzenplotz-Gesicht des Oberkommissars auf.

„Was willst du denn hier? Wir haben bis sechzehn Uhr wegen Reichtum geschlossen!", grinste Fuß.

„Ich muss unbedingt mit dir reden!"

Wenige Augenblicke später drehte sich der Schlüssel in der Tür zur Straußwirtschaft und der Oberkommissar machte eine einladende Handbewegung. „Dann mal rein in die gute Stube!"

Er ging voraus in den Hof und deutete auf die große Eckbank hin. „Fühl dich wie zu Hause. Ich muss nur kurz in den Keller!"

Damit verschwand er im hinteren Raum. Ralf nahm auf der Bank Platz, und während er auf den Rebstock blickte, der sich unterhalb des Glasdaches prächtig entwickelte, machte er sich noch einmal klar, was er sagen wollte.

Mit Flasche, Korkenzieher und zwei Gläsern bewaffnet kam Fuß zurück.

„So, worum geht es denn, mein Freund? Was hast du auf dem Herzen?"

Obwohl Ralf sich bereits die passenden Worte zurechtgelegt hatte, fühlte er sich plötzlich hilflos. Aber er wusste, dass Fuß einer der wenigen Menschen in seinem Leben war, dem er sich blind anvertrauen konnte, ohne in irgendeiner Richtung Gefahr zu laufen. Im Scherz hatte er mal gesagt, er wolle nur von Fuß verhaftet werden, wenn er einmal eine Straftat begangen habe …

Er gab sich einen Ruck und begann zu erzählen: von Tanjas erster Mail über die erste persönliche Begegnung mit ihr bis hin zu dem Vorfall, von dem Jeannette ihm vor einer guten Stunde berichtet hatte.

Fuß hörte schweigend zu. Sein Gesicht verriet nicht, was er dachte. Erst als Ralf mit seiner Geschichte zu Ende war und ihn Rat suchend anschaute, beugte er sich vor und räusperte sich.

„Da bist du, ohne es zu wollen, in etwas hineingeraten, was dich jetzt teuer zu stehen kommen kann", brummte er und strich sich knetend über sein Gesicht. „Ich würde ganz offen mit Jeannette darüber sprechen. Die Kleine, diese Tanja oder Sandra, wie sie auch heißen mag, scheint mir sehr raffiniert zu sein. Ob man ihr glauben kann oder nicht, sei mal dahingestellt. Merkwürdig ist doch, dass sie vorgibt, ihre

Mutter zu suchen, und sich dann plötzlich in dich ‚unsterblich verliebt'. Vielleicht gibt es diese Mutter gar nicht, vielleicht hat Jeannette Recht, und das Ganze ist eine neue Masche, Männer kennen zu lernen? Wenn sie sich dann als finanziell interessant und auch noch einigermaßen gut aussehend herausstellen, werden sie angemacht und ausgenommen. Wer sagt dir, dass du der Einzige bist, den sie sich so fängt?"

„Es ist bisher nie um Geld gegangen", wandte Ralf ein, dem diese Darstellung von Tanja widerstrebte.

„Kommt noch, warte nur!", winkte Fuß ab. „Ich habe schon Dinge erlebt, da kannst du nur den Kopf schütteln."

„Aber warum hat sie das heute mit Jeannette gemacht? Dazu gibt es doch gar keine Veranlassung ..."

Fuß zog die Schultern hoch. „Pass bloß auf! In jedem Fall will sie Unruhe stiften." Er erhob sein Weinglas und blickte Ralf durch das Zerrbild des Glases an. „Ich werde sie mir mal vorknöpfen. Sie weiß ja, dass ich bei der Kripo bin, vielleicht bewirkt das etwas. Und dann sehen wir weiter."

„Danke." Auch Ralf nahm sein Glas zur Hand und stieß mit Fuß an. „Es bleibt aber unter uns!"

„Mach dir da mal keine Sorgen." Fuß goss den restlichen Inhalt der Flasche in Ralfs Glas und stand auf. „Du setzt dich jetzt oben auf die Terrasse, Erika wird gleich runterkommen, und ich fahr deine Frau und deine Tochter holen. Und dann vertragt ihr euch wieder."

Fuß musste lange läuten, bis ihm endlich geöffnet wurde. Jeannettes Gesicht war vom Weinen gezeichnet. In der Hand hielt sie noch den Zettel mit Ralfs Nachricht.

„Ralf ist bei mir", sagte der Oberkommissar unumwunden. „Ich komme euch abholen."

„Das geht nicht!", wehrte Jeannette ab.

Fuß legte den Arm um sie. „Das geht schon! Jetzt mach dich ein bisschen frisch, schmier dir etwas ins Gesicht, damit man dich wieder erkennt, und komm. Ralf wartet auf dich."

„Was hat er dir erzählt?", fragte sie misstrauisch.

„Dass dich jemand verfolgt und du glaubst, es ist die Kleine, die neulich bei euch am Tisch saß. Er hat mich gebeten, das zu überprüfen."

„Mehr nicht?"

„Den Rest haben wir ja neulich live erlebt", gab Fuß ausweichend zurück. „Ich werde schon erfahren, warum diese Frau so etwas tut – wenn sie es wirklich war."

„Sie war es!"

„Dann überlass das mir und zankt euch nicht deswegen. Das ist sie doch gar nicht wert."

Jeannette packte Fuß am Arm. „Schick sie weg, droh ihr mit einer Anzeige, mach sie fertig, dieses kleine Miststück, sie soll verschwinden aus meinem Leben!"

Fuß runzelte die Stirn. „Was hat dir diese Frau eigentlich getan, außer dieser dämlichen Szene neulich abends?"

„Sie ist hinter Ralf her", stieß Jeannette hervor, „und ich will, dass sie verschwindet."

„Eifersucht ist eine Leidenschaft, die mit Eifer sucht, was Leiden schafft", kommentierte Fuß achselzuckend. „Jetzt beeil dich ein wenig. Ich werde unten gebraucht. Bei dem Wetter ist sicher wieder die Hölle los."

Bis Priebes auf der Terrasse auftauchten, hatten Jeannette und Ralf wortkarg beieinander gesessen und nur gelegentlich an ihrem Wein genippt.

„Ich glaube, wir bekommen heute noch ein Gewitter", stöhnte Ekki und ließ sich auf einem der beiden freien Plätze an Sieberts Tisch nieder. Sofort schielte er auf die Flasche im Weinkühler. „Gibt es hier auch etwas zu trinken?"

„Willst du einen Schluck?", fragte Ralf, der sah, dass Renate, die heute wieder auf der Terrasse bediente, alle Hände voll zu tun hatte.

Ekki zwinkerte vergnügt. „Wenn du mich so herzlich einlädst!"

„Priebesjen!", rief Emmy empört. „Du tust ja gerade so, als wärst du am Verdursten."

„Ist auch so!", verteidigte sich Ekki mit ernster Miene und schenkte sich ein Glas ein. „Willst du auch einen Schluck?"

Emmy schüttelte den Kopf. „Schrecklich, dieser Mann. Als wenn du nicht warten könntest, bis du etwas bekommst."

„Hier kriegt man ja auch sonst nichts", verteidigte sich Ekki und zwinkerte Ralf und Jeannette zu.

Damit war auch das Eis zwischen Jeannette und Ralf gebrochen, und es entwickelte sich eine angeregte Unterhaltung unter den vieren. Mit der Zeit trafen weitere Freunde und Bekannte ein. Keiner von ihnen bemerkte, dass sowohl Ralf als auch Jeannette immer wieder einen verstohlenen Blick zur Treppe hin warfen. Doch Tanja tauchte an diesem Abend nicht auf.

In der Nacht entlud sich über dem Moseltal ein schweres Gewitter. Tanja stand oberhalb von Alken auf einem kleinen Parkplatz, von dem aus man tagsüber einen herrlichen Blick über das Tal, die Eifel und einen Teil des Hunsrücks hatte. Fasziniert sah sie, wie die Blitze vom Himmel zuckten und die Nacht zum Tag machten. Der Regen trommelte wie Fäuste auf das Wagendach des Golfs. Tanja drehte die Lehne ihres Sitzes nach hinten und machte es sich bequem. Sie hatte sich ihr Vorgehen wohl überlegt.

Ihre Gedanken wanderten wieder zu ihrer Mutter, und wieder rief sie sich das Wenige in Erinnerung, was sie, hauptsächlich aus Charlys Erzählungen, von ihr wusste: Susanne war, als sie noch nicht Mahler, sondern Betz hieß, in einem Waisenhaus im Badischen aufgewachsen. Ihre Eltern hatte sie nie kennen gelernt, hatte nie erlebt, was es heißt, zu einer Familie zu gehören. Nach der Hauptschule hatte sie eine Lehre als Frisöse gemacht, war dann aber nach München gezogen und hatte in Schwabing als Bardame gearbeitet. In dieser Bar hatte sie Charly kennen gelernt, der für eine Kaffeerösterei durch die Gegend reiste und eines Abends einen seiner Vorgesetzten in die Bar ausführte, um Eindruck zu machen. Vielleicht hatte ihre Mutter ihn bereits an diesem Abend falsch eingeschätzt, denn Charly war alles andere als ein Bargänger. Jedenfalls hatte sie sich sofort mit ihm verabredet. Bald darauf war sie zu ihm nach Adlkofen gezogen und hatte bis zu ihrer Schwangerschaft in verschiedenen Bars und Gaststätten in der Nähe von Landshut gearbeitet. Als sie den Job nach der Geburt aufgab, wurde sehr schnell das Geld knapp …

Ein greller Blitz schoss auf den Golf zu und schlug in unmittelbarer Nähe ein. Erschrocken hielt sich Tanja die Ohren zu. Sie wusste, dass sie in einem Fahrzeug keine Angst haben musste, trotzdem ging ein leichtes Zittern durch ihren Körper. Hastig startete sie den Motor und setzte zurück, um die Straße weiter bergauf zu fahren.

Auf dem Bungert waren noch erstaunlich viele Fenster erleuchtet. Kein Wunder, wer konnte schon bei diesem Krach schlafen?, dachte Tanja. Einige Leute hatten in ihren Häusern vielleicht auch Probleme mit den Wassermassen, die vom Himmel fielen. Auch bei Sieberts brannte im oberen Stockwerk Licht. Wahrscheinlich war Mareike von dem Gewitter aufgewacht. Ob Ralf oder ihre Mutter sie tröstete?

Langsam verzog sich das Gewitter ins Rheintal hinüber. Irgendwann erlosch auch das Licht im oberen Stock. Tanja wartete noch eine Weile, dann zerrte sie einen Mantel vom Rücksitz, kuschelte sich hinein und versuchte zu schlafen. Doch es war mehr ein Zustand zwischen Halbschlaf und Wachen, den sie durchlebte.

Bereits im Morgengrauen wurde Nörtershausen lebendig. Menschen traten aus ihren Häusern, um ihren Hund Gassi zu führen, andere fuhren zur Arbeit. Im Rückspiegel beobachtete Tanja, wie die Müllabfuhr am Anfang der Straße begann, das Altpapier einzusammeln. Die Männer brauchten fast zehn Minuten, bis sie am Ende der Straße angelangt waren. Dann wurde es wieder ruhiger.

Tanja hielt den Blick auf das Haus von Sieberts gerichtet. Sie wusste von Ralf, dass seine Frau morgens mit dem Hund eine Runde ging. Auf diesen Moment wartete sie.

Was mochte sich jetzt hinter der schmucken Fassade abspielen? Kinder waren meist als Erste wach. Kroch die Kleine dann in Ralfs Bett, so wie Tanja es früher bei ihrem Vater so gerne getan hatte?

Plötzlich kam Leben in das Haus. Ein Fenster wurde gekippt, die Rollläden unten hochgezogen. Und dann war es endlich so weit: Die Haustür ging auf. Zuerst kam der Kurzhaardackel herausgeschossen, dann folgte sein Frauchen.

Tanja wartete, bis die beiden den Vorgarten durchquert hatten und den Bürgersteig betraten. Erst musste sie wissen, in welche Richtung es ging. Zufrieden stellte sie fest, dass Jeannette den Weg zu ihr hin einschlug. Sie startete den Motor und ließ den Golf langsam anrollen. Kein Gegenverkehr war in Sicht.

Tanja wechselte ruckartig die Fahrbahn, sodass ihre Reifen fast den gegenüberliegenden Bordstein berührten. Es gab kein Entrinnen. Ihre Blicke trafen sich. Tanja genoss den Gesichtsausdruck ihres Gegenübers, der zunächst zu einer Maske, dann zu einer Grimasse wurde. Dann trat sie auf das Gaspedal und schoss an Jeannette vorbei.

„Sie war wieder da, sie ist mir in einem weißen Wagen entgegengeschossen! Sie will mich fertig machen!"

Ralf stellte die Wasserkanne ab, die er gerade in die Kaffeemaschine füllen wollte. Er wusste sofort, wen Jeannette meinte.

„Wo ist sie?" Schon wollte er sich an seiner Frau vorbeischieben und zur Haustür eilen.

Doch sie hielt ihn fest. „Sie ist weg. Aber es muss etwas geschehen. Diese Frau ist eine Verrückte!“, schrie Jeannette, während Kaspar, der sich um seinen Morgenspaziergang betrogen fühlte, zu winseln begann.

„Fuß wird etwas unternehmen. Ich habe mit ihm gesprochen, und ich versichere dir, es wird die letzte Attacke sein“, versuchte Ralf seine Frau zu beruhigen. „Setz dich hin, ich werde schnell mit dem Hund Gassi gehen.“

Er nahm ihr die Leine ab und verließ mit Kaspar das Haus. Vielleicht war Tanja noch in der Nähe und würde kommen, wenn sie ihn sah.

Langsam ging er die Straße entlang bis ans Ende, machte eine Runde durch den Ort und stieß von der anderen Seite wieder auf den Anfang des Bungert. Doch von Tanja oder einem weißen Golf war nichts zu sehen.

Tanja war gerade eingeschlafen, als es an die Tür klopfte und Renate ihr zurief, dass der Oberkommissar sie sprechen wolle. Blinzelnd richtete sie sich auf. Sie hatte geträumt und musste erst einmal in die Wirklichkeit zurückfinden.

Fuß wartete oben im Wohnzimmer von Zerwas' auf sie und blätterte in der Zeitung.

„Spielen Sie so eine Art Susan Stahnke, die ihren leiblichen Vater sucht, um mal wieder auf sich aufmerksam zu machen?“, begann er. Die Information über die ehemalige Tagesschausprecherin hatte er soeben der Zeitung entnommen. „Oder was ist der Grund für den Wirbel, den Sie hier verbreiten?“

Tanja, immer noch nicht ganz wach, schaute ihn ratlos an.

„Soll ich euch einen Kaffee oder etwas anderes zu trinken bringen?“ Renate war im Türrahmen stehen geblieben, denn sie hatte nicht vor, sich an der Unterredung zu beteiligen.

„Wenn Sie einen Kaffee hätten“, lächelte Tanja dankbar.

Renate verließ den Raum und Fuß legte die Zeitung beiseite. Er deutete auf einen Stuhl neben sich hin und wartete, bis Tanja sich gesetzt hatte.

„Also“, begann er eindringlich und knetete den letzten Schlaf aus seinen Gesichtsfalten, „warum sind Sie hier und warum belästigen und provozieren Sie ganz offensichtlich die Familie Siebert?“

Tanja stützte ihren Kopf auf die Hände und strich sich die Haare aus dem Gesicht.

„Ich belästige und provoziere niemanden", wiedersprach sie. Ihre Stimme war leise, aber selbstsicher. „Ich bin hierher gekommen, um meine Mutter zu suchen. Das hat man Ihnen doch sicherlich erzählt?" Sie sah ihn direkt an. „Sind Sie eigentlich dienstlich hier oder privat?"

„Noch bin ich privat hier, als guter Freund der Familie Siebert", antwortete Fuß wahrheitsgemäß.

„Andernfalls hätte ich auch jedes Gespräch abgelehnt, denn ich habe mir nichts zu Schulden kommen lassen."

Fuß knetete erneut sein Gesicht. „Von Gesetzes wegen vielleicht nicht, noch nicht. Aber was Sie da treiben, ist wohl hart an der Grenze. Ich habe heute Morgen erneut einen Anruf erhalten und weiß, was sich in der Früh wieder abgespielt hat."

„Was hat sich denn da ‚abgespielt'?", erkundigte sich Tanja schnippisch.

„Gott, hören Sie doch auf mit dem Spielchen. Das wissen Sie doch besser als ich. Beantworten Sie mir einfach meine Frage: Was suchen Sie hier?"

„Das, was ich eben gesagt habe: meine Mutter!"

Renate kam mit dem Kaffee. Schweigend verfolgten die beiden, wie sie jedem eine Tasse eingoss und Milch und Zucker auf den Tisch stellte.

„Also gut, Sie suchen Ihre Mutter. Und was haben die Sieberts damit zu tun?", setzte Fuß die Unterredung fort, nachdem Renate aus dem Zimmer gegangen war.

„Ralf, also Herrn Siebert, habe ich über das Internet kennen gelernt. Er hat sich bereit erklärt, mir bei der Suche zu helfen ..."

„Gut, er hat sich zumindest an der Suchaktion beteiligt. Dabei haben Sie versucht, ihn sich zu angeln. Und jetzt provozieren Sie seine Frau, um in der Ehe Unfrieden zu stiften", stellte Fuß scharf fest.

„Das ist nicht wahr! Sie sind sein Freund, er hat sich Ihnen offenbar anvertraut, deshalb will ich Sie auch wie einen Freund behandeln!"

Sie machte eine Pause und sah, dass Fuß von ihrer Bemerkung beeindruckt schien. Offenbar hatte er einen solchen Gesprächsverlauf nicht erwartet.

„Das eine hat mit dem anderen nichts, aber auch gar nichts zu tun. Ich bin auf der Suche nach meiner Mutter. Und daran ist nichts Verbotenes. Oder können Sie nicht verstehen, dass ich als erwachsener Mensch die Frau kennen lernen will, die mich geboren, aber verlassen hat, als ich ein kleines Mädchen war, von jetzt auf gleich. Ich will dieser Frau ins Auge sehen und sie fragen, warum? Warum hat sie das getan, und weiß sie überhaupt, wie ich darunter gelitten habe? Weiß sie, dass ihr Mann einen Schlaganfall erlitten hat und seit fast zwanzig Jahren im Rollstuhl sitzt?"

Sie machte erneut eine Pause und nahm einen Schluck Kaffee, Fuß beobachtete sie schweigend. Wenn jemand zu reden begonnen hatte, sollte man ihn reden lassen. Das hatten ihm viele Jahre mit Befragungen und Vernehmungen gezeigt. Also wartete er geduldig, bis Tanja wieder zu sprechen begann.

„Das andere sind meine Gefühle zu Ralf. Ich hatte nie die Absicht, mich in ihn zu verlieben. Aber das ist nun einmal geschehen, meine Liebe ist echt und ehrlich, auch wenn es für Außenstehende anders aussehen mag. Nehmen Sie mir das bitte ab."

Fuß erwiderte nichts, sondern betrachtete sie nur wortlos. Ralf hat Recht, dachte er, sie ist ein bezauberndes Geschöpf, warum nur ist sie so ein Biest?

„Ich weiß nicht, ob Ralf Ihnen gesagt hat, dass wir ein Abkommen getroffen haben? Ich habe mir diese Woche Urlaub genommen und werde so lange hier bleiben. Er hat mir versprochen, dass ich mich noch einmal mit ihm treffen kann. Dann werde ich zurück nach München fahren und für immer aus seinem Leben verschwinden. Und das wiederhole ich auch Ihnen gegenüber. Geben Sie mir diese paar Tage, mehr will ich nicht."

Fuß wartete ab, ob sie noch etwas hinzufügen würde. Als Tanja schwieg, beugte er sich über den Tisch, um ihr in die Augen sehen zu können. Zu seinem Erstaunen entdeckte er Tränen darin.

„Und was wird aus Ihren Attacken gegen Jeannette, die mit all dem nichts zu tun hat? Die aber das Eheleben und die ganze Familie beeinträchtigen! Dazu möchte ich auch etwas hören", beharrte er.

Tanja hielt seinem Blick stand. Eine Träne lief über ihre Wange und tropfte neben der Kaffeetasse auf die Tischdecke. Tanja beachtete es nicht. Stattdessen streckte sie ihrem Gegenüber die Hand entgegen.

„Okay, ich werde ihr aus dem Weg gehen, versprochen! Und ich werde sie besuchen, bevor ich abreise, um mich bei ihr zu entschuldigen."

„Da machen Sie sich aber auf etwas gefasst. Die Frau ist wahnsinnig eifersüchtig. Und eifersüchtigen Frauen darf man nicht über den Weg trauen, das kann schlimm enden", lachte Fuß und sah Jeannette förmlich vor sich, wie sie auf ihre Rivalin eindrosch.

„Ich werde es hoffentlich überleben", antwortete Tanja und war mit ihren Gedanken schon ganz woanders.

Nachdem Fuß angerufen und von seinem Gespräch mit Tanja berichtet hatte, kehrte wieder etwas Ruhe im Hause Siebert ein. Ralf machte sich an seine Schreibarbeit, Jeannette fuhr mit Mareike zum Einkaufen.

Vor dem Rewe-Markt in Emmelshausen wurde sie jedoch erneut mit dem Thema Tanja konfrontiert. Sie entdeckte gleich zwei weiße Golfs, die dort parkten. Zu dumm, dass sie am Morgen nicht auf das Kennzeichen von Tanjas Wagen geachtet hatte!

„Am besten bleibst du im Auto sitzen", meinte sie zu Mareike. „Ich geh nur schnell einkaufen, bin gleich wieder da!"

Wenn sich diese Tanja im Supermarkt aufhielt, wollte sie nicht, dass ihre Tochter sich in der Nähe befand.

„Es ist so heiß im Auto, wenn die Klimaanlage nicht an ist", quengelte Mareike. „Ich will mit ins Geschäft!"

„Wenn dir zu heiß wird, mach das Fenster auf. Ich bringe dir auch ein Eis mit."

Das half. Jetzt blieb Mareike bereitwillig zurück im Fahrzeug und beobachtete, wie ihre Mutter sich einen Einkaufswagen holte und im Supermarkt verschwand.

Jeannette schaute sich vorsichtig im Laden um. An der Fleisch- und Wursttheke und den Tiefkühltruhen war keine Tanja zu sehen, ebenso wenig in der vorderen Regalreihe. Sie ging die Reihen durch und blickte auch in die abzweigenden Seitenreihen. Als sie gerade bei den Spirituosen angekommen war, meinte sie hinten an der Kühltheke eine Person mit langen braunen Haaren verschwinden zu sehen. Sofort lenkte sie ihren Einkaufswagen dorthin. Doch am Kühlregal entpuppte sich die Langhaarige als eine Mitvierzigerin mit Kind.

Jeannettes Herz klopfte wild. Sie ließ sich auf den Rand des Kühlregals sinken und tat, als studiere sie ihren Einkaufzettel.

„Dat is awer kane Sitzbank, junge Fra!", meinte ein älterer Herr, der sich an ihr vorbeizwängte, um einen Joghurt aus dem Regal zu nehmen.

Jeannette murmelte eine Entschuldigung und widmete sich wieder ihrem Einkauf. Doch es fiel ihr schwer, sich zu konzentrieren. Sie blickte immer wieder um sich und legte manchen Artikel in den Wagen, den sie bald darauf wieder zurück ins Regal stellte, weil sie ihn nicht brauchte.

Ungeduldig wartete sie an der langen Kassenschlange. Am liebsten hätte sie den Wagen einfach stehen lassen und wäre hinausgelaufen. Alle Leute um sie herum schienen sie anzustarren. Sie versuchte ein Lächeln, doch sie spürte selbst, dass es zur Grimasse erstarrte. Diese Tanja brachte sie noch um den Verstand!

Als sie schließlich an der Reihe war, merkte sie beim Umpacken auf das Förderband, dass sie einiges vergessen hatte. Egal, nur weg hier! Beim Bezahlen fielen ihr vor Erregung ein paar Münzen auf den Boden. Raus, nur raus!

Die weißen Golfs standen immer noch auf dem Parkplatz. Jeannette behielt die beiden Fahrzeuge unablässig im Blick, während sie die Einkäufe in den Kofferraum packte und sich wieder ans Steuer setzte. Beim Anlassen des Motors blinkte die Signalleuchte der Tankuhr und der Zeiger stand unterhalb der Null. Also noch rasch zur nahe gelegenen ED-Tankstelle.

Plötzlich fiel ihr ein, dass sie Mareike ein Eis versprochen hatte. Merkwürdig, dass die Kleine noch gar nicht danach gefragt hatte! Sie wandte sich zum Rücksitz und sah, dass ihre Tochter genüsslich eine Lakritzschnecke abwickelte und im Mund verschwinden ließ.

„Woher hast du schon wieder diese Lakritzschnecke?“, brüllte sie und erhob drohend die Hand.

Mareike hielt einen Arm schützend vors Gesicht. „Von der Frau aus Alken.“

Jeannette drehte sich wortlos um und ließ den Motor aufheulen. Ruckartig brachte sie kurz darauf den Wagen vor der Tanksäule zum Stehen. Sie stieg aus, tankte, schwang sich wieder ins Auto und gab Gas.

„Mama, was will der Mann von uns?“

„Was?“ Erneut trat Jeannette abrupt auf die Bremse. „Welcher Mann?“

Mareike deutete auf den Tankstellenhelfer, der aufgeregt in ihre Richtung gestikulierte. Sie hatte vergessen zu bezahlen! Rasch fuhr sie den Wagen auf die Seite und rannte zur Kasse. Sie wartete nicht auf die Quittung und hörte nicht mehr, wie die Kassiererin ihr nachrief: „Ihr Wechselgeld!“, sondern hastete zum Auto zurück und startete so heftig, dass die Reifen durchdrehten.

Kopfschüttelnd blickte ihr die Kassiererin hinterher und gab dem Tankstellenhelfer ein Zeichen, die Zulassungsnummer des Fahrzeugs zu notieren.

„Mama, ich hab Angst!", schrie Mareike und klammerte sich krampfhaft mit beiden Händen an die Seitenstützen des Kindersitzes.

Doch Jeannette schien sie nicht zu hören. Verbissen starrte sie auf die Fahrbahn und raste mit durchgetretenem Gaspedal über die Hunsrückhöhenstraße. Als in einer lang gezogenen Kurve ein LKW vor ihnen auftauchte, stieß sie einen leisen Fluch aus und setzte zum Überholen an. Im letzten Moment scherte sie wieder ein, um nicht mit einem entgegenkommenden Fahrzeug zu kollidieren. In ihrem Kopf drehte sich alles, wirre Bilder und Vorstellungen stürzten auf sie ein. Weg, weg, weg, war nur ihr einziger Gedanke.

Erst als sie in die Garageneinfahrt bog, löste sich die ganze Anspannung in einem Weinkrampf. Mareike stieg verängstigt aus und läutete an der Haustür.

„Papa, Papa, komm schnell! Die Mama weint!"

Ralf half seiner Frau behutsam beim Aussteigen. Er fragte nicht, was geschehen war, vermutete aber sofort einen Zusammenhang mit Tanja. Und während er Jeannette zum Sofa begleitete und dann den Kofferraum leerte, fasste er einen Entschluss. Es musste ein Schlussstrich gezogen werden, und zwar endgültig.

9.

Mareike schlief schon lange, Jeannette hatte vom Hausarzt Tropfen bekommen und lag ebenfalls im Bett. Ralf feilte noch an einem Artikel für die Rhein-Zeitung. Ein leiser Piepston signalisierte ihm den Eingang einer SMS:

Erbitte Ihren Rückruf morgen 14 Uhr.

Er nickte grimmig. Jetzt galt es nur noch einen glaubwürdigen Grund zu finden, warum er morgen am frühen Nachmittag wegmusste. Er würde einfach sagen, dass er nach Koblenz fahren und sich in der Landesbibliothek ein Buch besorgen müsse. Weder Jeannette noch Mareike würden sich darum reißen, ihn zu begleiten, denn seine meist sehr zeitaufwändigen Bibliotheksrecherchen waren für die beiden das Langweiligste, was sie sich vorstellen konnten.

Diesmal war er der Erste auf dem Waldparkplatz. Die Luft war wieder schwül, über der Eifel schien sich ein neues Gewitter zusammenzubrauen. Er stieg aus und ließ die Fahrertür offen. Dann lehnte er sich gegen den BMW und überdachte noch einmal sein Vorhaben.

Mit etwas Verspätung bog der weiße Golf auf den Parkplatz ein. Tanja stellte ihren Wagen dicht am Waldrand ab und stieg aus. Wahrscheinlich hoffte sie, dass Ralf ihr entgegengehen und sie dann wieder den Wald hinaufsteigen würden. Aber er blieb bei seinem BMW stehen und wartete.

Sie trug wieder den Hosenanzug, den sie am ersten Tag ihrer Begegnung getragen hatte. Zu seinem Erstaunen winkte sie ihm nicht wie sonst entgegen, sie flog ihm auch nicht in die Arme, sondern kam langsam auf ihn zu. In Höhe der Motorhaube blieb sie stehen und schaute ihn zurückhaltend an. Nur ihr Lächeln war da, wie immer.

„Wollen wir nicht einsteigen und uns in Ruhe unterhalten?“, fragte sie.

Ralf nickte und war froh, dass alles einen so ruhigen und sachlichen Verlauf zu nehmen schien.

„Ich bitte dich, mir zuzuhören und mich ausreden zu lassen", begann Tanja, als sie nebeneinander im Wagen saßen. „Danach kannst du sagen, tun oder lassen, was du willst. Das ist das Einzige, worum ich dich bitte: zuzuhören."

Das klang vernünftig. Er nickte gespannt.

„Alles, was ich dir gesagt habe, entspricht der Wahrheit. Ich bin hierher gekommen, um meine Mutter zu suchen, mehr nicht. Ich habe dich in den ersten beiden Tagen beobachtet und mich ehrlich in dich verliebt. Deine Art, dein ganzes Wesen – gut, ich will nicht abschweifen. Ich wünsche mir nichts sehnlicher, als mit dir leben zu können. Das klingt alles kitschig, das weiß ich. Aber ich kann mich nicht anders ausdrücken. Ich habe nicht die Schulbildung genossen wie du, habe kein Studium hinter mir. Aber ich habe immer versucht, natürlich und ehrlich zu bleiben."

Sie warf ihm einen kurzen Blick zu. „Ich muss dir gestehen, dass ich dich ein einziges Mal getäuscht oder belogen habe, nenn es, wie du willst. Ich bitte dich hierfür um Verzeihung. Frag nicht, wann und warum ich es getan habe. Aber es war wichtig für mich oder vielleicht für uns."

Sie schaute hinab auf ihre Hände.

„Ich wollte, dass du das weißt", fügte sie leise hinzu. „Wenn du mich jetzt wegschickst, werde ich noch heute abfahren, und ich verspreche dir, ich werde alles tun, um dir nie wieder zu begegnen! Mehr wollte ich dir nicht sagen. Außer eben … dass ich dich liebe."

Ralf öffnete rasch die Fahrzeugtür und stieg aus. Mein Gott, schon wieder lief alles anders, als er es geplant hatte! Er hatte ihr sagen wollen, dass es ihm vollkommen egal sei, weshalb sie nochmals von München hierher gekommen war – ob sie ihre Mutter suche oder es auf ihn abgesehen habe –, dass er Frau und Tochter liebe und den Psychoterror, den Tanja mit Jeannette veranstaltete, verabscheue. Dass es zwar mal Momente gegeben habe, in denen er sie begehrt hatte, aber dass sie sich in der Folge als eine ganz andere entpuppt hatte. Das alles hatte er ihr sagen und sie dann nie mehr sehen wollen. Doch jetzt …

Auch Tanja war ausgestiegen und schaute ihn über das Wagendach hinweg an.

„Was machen wir jetzt aus dieser Situation?", fragte sie, und Ralf glaubte eine Unsicherheit in ihrer sonst so selbstsicheren Stimme zu hören.

„Ich weiß es nicht, ich weiß es wirklich nicht!", antwortete er und blickte sehnsüchtig in ihre leuchtenden Augen.

Sie hielt seinem Blick stand. Dabei verschwand langsam das Lächeln aus ihrem Gesicht, ihre Züge wurden ernst, ihre Lippen öffneten sich.

„Du willst mit mir schlafen, stimmt's?", stellte sie fest.

Ralf glaubte, der Boden schwanke unter seinen Füßen. Sie hatte ausgesprochen, woran er nicht zu denken gewagt hatte. Einfach so, als sei es das Natürlichste der Welt. Er starrte sie an und sah, wie ihr Kopf langsam hinter dem Wagendach verschwand. Er war nicht fähig, sich zu bewegen. Seine Augen wanderten über das Wagendach ins Unendliche des Waldes, der an den Parkplatz grenzte.

Plötzlich spürte er ihre Hand an seiner Gürtelschnalle. Nein, schrie es in ihm, nicht so, nicht hier!

Hastig entzog er sich ihren Händen, stieg in den Wagen, startete den Motor und trat wie von Sinnen das Gaspedal durch. Die Reifen drehten auf dem sandigen Boden einige Male durch, bevor sie griffen. Mit einem gewaltigen Satz setzte sich der BMW in Bewegung.

Als Ralf wieder zu sich kam und den ersten klaren Gedanken fassen konnte, wurde ihm bewusst, dass die letzten Stunden sein Leben völlig verändern würden. Neben ihm lag das reizendste und aufreizendste Wesen, das ihm je in seinem Leben begegnet war. Er hatte ihre Zärtlichkeit und leidenschaftliche Hingabe ausgekostet bis in die hintersten Winkel seiner Gefühle, die tiefsten Tiefen seiner Sinne. Jetzt fühlte er sich kraftlos und ausgelaugt, aber überwältigt von Glück.

Nur vage erinnerte er sich, wie sie das Hotel gesucht und gefunden hatten, wusste kaum mehr, wie sie in das Zimmer gekommen waren. Er hatte nur noch ihre Hände, ihre Lippen, ihren Körper gespürt und den Duft ihrer Haut, der ihn immer tiefer in einen Taumel der Leidenschaft sog.

Sie lag in seinen Armen und schien zu schlafen. Er wagte nicht sich zu bewegen, aus Angst sie zu wecken. Auf ihrem Gesicht lag wieder dieses Lächeln. Als hätte sie seine Blicke gespürt, öffnete sie die Augen, ihre leuchtenden Augen. Langsam richtete sie sich auf, ohne diese Augen von ihm abzuwenden, stieg über ihn, ließ sich vorsichtig auf seinem Becken nieder und verhalf ihm dabei geschickt, wieder in ihren Körper einzudringen. Sie blieb aufrecht sitzen und schaute ihn nur an.

Als er begann sich in der Hüfte zu bewegen, schüttelte sie leicht den Kopf und drückte ihre Schenkel fester an seinen Körper.

„Ich muss dir etwas sagen! Ich glaube, es ist jetzt der richtige Moment“, sagte sie leise. „Bitte, unterbrich mich nicht, bevor ich ausgeredet habe.“

Ralf war plötzlich hellwach. Diese Worte hatte er heute schon einmal von ihr gehört. Was wollte sie ihm noch sagen? War in den letzten Stunden nicht alles gesagt worden?

„Auf diesen Moment, Ralf, habe ich viele Jahre gewartet. Er ist meine Rache an meiner selbstsüchtigen Mutter, die mein Leben zerstört hat. Und das Leben meines Vaters.“

„Aber … wieso? Was hat das alles mit uns zu tun … was habe ich mit deiner Rache zu tun?“, stammelte Ralf. „Du suchst deine Mutter nur, um …?“

„Ich habe meine Mutter gefunden!“, unterbrach sie ihn.

„Gefunden?“ Er wollte sich aufrichten, doch Tanjas erneuter Schenkeldruck veranlasste ihn, liegen zu bleiben.

„Und ich habe meine Rache an ihr vollzogen.“

Ralf schüttelte verzweifelt den Kopf. Was ging in Tanja vor, was bedeutete das alles?

Plötzlich begann sie ihr Becken rhythmisch zu bewegen. Ihre Bewegungen wurden immer schneller und heftiger, und mit jeder Bewegung ergoss sie ihre Worte über Ralf.

„Meine Mutter … hat mich und meinen Vater verlassen … wegen eines Mannes … den sie im Urlaub kennen gelernt hat … so wie du mich jetzt kennen gelernt hast … so wie du sie damals kennen gelernt hast … meine Mutter … ist deine Frau … und jetzt werde ich dich … ihr wegnehmen … für immer … immer … immer … nur eines wird … anders sein … ich … liebe … dich … wirklich.“

Ihre Bewegungen waren so schnell, so intensiv geworden, dass er gar nicht anders konnte, als ihnen zu folgen. Ihr Stöhnen wurde lauter, die Atemstöße kürzer, es war wie ein Zwang, der sich auf ihn übertrug und schließlich in einem erlösenden Aufschrei aus beiden Kehlen endete.

Dann ließ sich Tanja der Länge nach auf Ralfs Körper sinken und berührte seine Lippen mit ihren.

„Aber eines musst du mir glauben“, flüsterte sie erschöpft, „ich liebe dich wirklich.“

Schweigend hatten sie geduscht, sich wieder angekleidet. Jetzt saß Tanja mit angezogenen Beinen auf dem Sessel und genoss den leichten Wind, der durch das geöffnete Fenster kam. Ralf hatte sich auf den Teppichboden gesetzt und versuchte zu begreifen, was sie ihm eben stoßweise vermittelt hatte, das Unglaubliche, Unbegreifliche.

„Das kann doch alles nicht wahr sein", murmelte er.

Jeannette – Tanjas Mutter? Sicher, eine gewisse Ähnlichkeit mochte es geben. Zumindest früher, als er Jeannette kennen gelernt hatte. Vor allem die schönen Augen. Aber die hatte Mareike auch. Nun sollten Tanja und Mareike Halbschwestern sein … kaum vorstellbar!

Nein, es konnte alles so nicht stimmen. Richtig war, dass er Jeannette im Urlaub kennen gelernt hatte. Aber Jeannette Palladu war nicht Susanne Mahler. Er hatte Jeannette Palladu geheiratet, mit allen Papieren!

„Das kann alles nicht wahr sein", beharrte er.

„Es ist wahr, glaub mir. Es ist verrückt, aber wahr …"

Das Telefon läutet. Warum geht Charly nicht an den Apparat? Tanja springt auf. Im gleichen Moment kommt Charly aus der Küche, wo er das Mittagessen zubereitet, und hebt den Hörer ab.

Tanja hört, wie er „Um Gottes Willen!" ruft und dann beginnt, leise und eindringlich zu sprechen. Enttäuscht geht sie wieder in ihr Zimmer zurück. Sie hat gehofft, Mama wäre am anderen Ende und wolle auch mit ihr reden. Dann kommt Charly ins Zimmer. Sein Gesicht ist kreidebleich.

„Mama und ihre Freundin sind mit dem Auto verunglückt. Mama geht es soweit gut, ihr ist nicht viel passiert."

„Und Tante Jeannette?", fragt Tanja sofort.

„Tante Jeannette ist … tot." Charly nimmt sie behutsam auf den Arm, wie er es getan hat, als sie noch ein Baby war.

„Wie ist das passiert?", will Tanja wissen.

„Mama kommt morgen zurück. Sie wird es uns erzählen. Ich weiß es selbst nicht genau. Die Verbindung nach Frankreich war nicht sonderlich gut, ich habe sie kaum verstanden. Vielleicht ist sie auch verletzt und kann nicht richtig sprechen."

Er trägt Tanja in die Küche. Der Qualm und Gestank von Verbranntem schlägt ihnen entgegen. Entsetzt reißt Charly die Pfanne vom Herd. Aber es ist zu spät. Die Bratwurst kann keiner mehr essen.

„Heute ist mir klar, dass meine Mutter gleich nach dem Unfall den Plan gefasst hat, mit den Papieren ihrer Freundin ein neues Leben zu beginnen“, sagte Tanja und zog die Beine noch enger an ihren Körper. „Als sie am nächsten Tag nach München kam, hat sie ihre Koffer gepackt. Charly und ich haben nichts von allem geahnt. Erst viel später haben wir uns zusammengereimt, wie es gelaufen sein musste. Wie meine Mutter das bewerkstelligt hat, wird sie uns wohl nie erzählen. Ich habe auch schon gedacht, wenn sie am Steuer war, hat sie vielleicht absichtlich den tödlichen Unfall herbeigeführt oder zumindest nachgeholfen. Sie muss wie besessen gewesen sein von ihrem Ziel!“

Ralf schüttelte ungläubig den Kopf. „Du traust Jeannette doch wohl nicht einen Mord an ihrer Freundin zu!?“

Tanja antwortete nicht. Für eine Weile blieb es still im Raum.

„Dann hast du gar nicht deine Mutter gesucht?“, brach Ralf schließlich das Schweigen. „Du hast ganz gezielt deine Mail an mich verschickt?“

Tanja löste sich aus ihrer Kauerstellung auf dem Sessel und ließ sich neben ihm auf dem Teppichboden nieder.

„Ich wollte den Mann kennen lernen, wegen dem meine Mutter ihre Familie Hals über Kopf verlassen hat.“ Sie schmiegte sich zärtlich an ihn. „Aber der Weg bis dahin war lang. Erst einmal hatten Charly und ich wirklich nicht die geringste Ahnung, wohin sie gezogen war. Boppard war nur eine Möglichkeit, ein Wort, das ich als Kind aufgefangen hatte. Als wir dann umzogen, fand mein Vater beim Abbauen des Kleiderschranks eine Visitenkarte. Deine Visitenkarte! Er hat sie weggeworfen, aber ich habe ihn dabei beobachtet und die Karte heimlich aus dem Müll geholt. Ich habe sie gehütet wie einen Schatz! Irgendwann wollte ich dich finden, diese Idee nahm immer mehr Gestalt in mir an. Nach dem Schlaganfall meines Vaters war der Zeitpunkt gekommen. Aber ich wusste nicht so recht, wie ich es anfangen sollte. Ich suchte zunächst nach Susanne Mahler, die ja immer noch mit meinem Vater verheiratet ist. Erst als ich begriff, was in Frankreich wahrscheinlich wirklich geschehen war und dass sie möglicherweise mit falschen Papieren wieder geheiratet hatte, kam ich voran. Ich fand deine Homepage, und dann hat es noch einige Zeit gedauert, bis ich den Mut hatte, Kontakt mit dir aufzunehmen. Aber sicher“, ihre Miene verriet einen heimlichen Triumph, „ganz sicher war ich erst, als ich von dir erfuhr, dass deine Frau sich Jeannette nannte!“

Ralf nickte versonnen. Seine Gedanken verloren sich in der Zeit, als er Jeannette kennen gelernt hatte.

Er sitzt in der Morgensonne auf der Terrasse des Hotels Bellevue au Lac und schaut hinaus auf das blaugrüne Wasser des Luganer Sees. Seine Arbeit ist getan, sein Bericht über dubiose Geldgeschäfte Luganeser Banken bereits auf Floppy-Disk und auf dem Postweg zur Redaktion nach Frankfurt. Wegen des schönen Wetters gönnt er sich noch zwei Tage Urlaub.

„Entschuldigen Sie bitte, ist hier noch frei?"

Er richtet sich auf und blickt in die leuchtenden Augen einer Brünetten, die ihn sofort zu einem einladenden „Ja!" veranlassen.

Die hübsche junge Frau lässt sich ihm gegenüber nieder. „Sie wohnen hier im Hotel?"

„Seit vierzehn Tagen!"

Die junge Frau lässt ihre Augen über die Fassade des Vier-Sterne-Hotels gleiten. „Ganz schön teuer!", meint sie und winkt einen Kellner herbei.

Ralf kommt ihr zuvor. „Was darf ich Ihnen bestellen?"

Sie gibt ein überraschtes „Oh!" von sich und wirft einen Blick auf die Kleine Karte.

„Einen Orangensaft mit einem Schuss Sekt, wenn ich wählen darf."

Ralf gibt die Bestellung auf und ordert für sich noch ein Kännchen Kaffee.

„Sie wohnen nicht hier im Hotel?", erkundigt er sich.

Sein Gegenüber schüttelt den Kopf und streicht sich lächelnd die Haare aus dem Gesicht. „Um Gottes Willen, nein, so ein Hotel kann ich mir nicht leisten. Außerdem bin ich erst eben angekommen und habe hier in Lugano noch gar kein Zimmer. Wahrscheinlich werde ich etwas außerhalb übernachten. Die Schweiz ist so entsetzlich teuer."

„Sie sind das erste Mal in Lugano?"

Sie nickt. „Und Sie?"

„Ich war schon öfter hier, aber diesmal zum ersten Mal beruflich. Aber seit heute Morgen habe ich sozusagen Urlaub – noch für zwei Tage."

Der Kellner bringt die Getränke und räumt den Rest des Frühstücksgeschirrs ab.

„Und was macht man hier so ‚beruflich'?", forscht die junge Frau weiter.

„Ich bin freier Journalist – übrigens, darf ich mich vorstellen? Mein Name ist Ralf Siebert."

Er reicht der jungen Dame seine Visitenkarte.

Sie blickt beeindruckt darauf. „Nennen Sie mich einfach Muck!“, sagt sie dann. „Alle nennen mich so.“

„Dann bleiben Sie auch bei Ralf“, bittet er. „Wie kommt man zu diesem Kosenamen?“

Muck verdreht lachend die Augen. „Sie kennen das Hauff-Märchen ‚Der kleine Muck‘? Als kleines Mädchen fand ich das ganz toll, habe sogar einen Vers daraus auswendig gelernt:

Kleiner Muck, kleiner Muck,
Wohnst in einem großen Haus,
Gehst nur all vier Wochen aus,
Bist ein braver, kleiner Zwerg,
Hast ein Köpflein wie ein Berg,
Schau dich einmal um und guck,
Lauf und fang uns, kleiner Muck!

Alle waren begeistert, dass ich diesen Vers auswendig aufsagen konnte – und da war es geschehen.“

Ralf hat die junge Frau nachdenklich betrachtet, während sie den Vers aufsagte. „Irgendwie passt der Name aber gar nicht zu Ihnen“, stellt er fest, was bei ihr wieder ein herzhaftes Lachen auslöst.

„Sie haben Recht, weder besitze ich ein großes Haus noch bin ich ein Zwerg, und ich habe auch keinen Wasserkopf!“

Mit einem Seufzer löste er sich aus seinen Erinnerungen.

„Als ich sie am Luganer Bahnhof verabschiedete, vereinbarten wir sozusagen in letzter Sekunde ein Wiedersehen. Ich schrieb ihr, als der Zug schon zur Abfahrt bereit war, hastig den Namen eines Nürnberger Hotels auf die Rückseite meiner Visitenkarte, in dem ich wenige Wochen später übernachten wollte.“

Tanja hatte sich hinter ihn gekniet und umschlang seinen Oberkörper mit beiden Armen.

„Wie war das, als ihr zum ersten Mal miteinander geschlafen habt?“, fragte sie unverblümt und schmiegte ihre Wange an seine.

Er musste lachen. Ihre direkte Art war wirklich unnachahmlich! „Du wirst es vielleicht nicht glauben, aber die erste Zeit haben wir beide überhaupt nicht daran gedacht! Wir haben zwei schöne Tage in Lugano verbracht, und danach hat Muck – so nannte sie sich – öfter mal bei mir angerufen. Sie hatte ja sogar zwei Visitenkarten von mir. Ich wusste von ihr nichts als diesen Namen."

Tanja runzelte ungläubig die Stirn. „Sie ist nicht sofort mit dir ins Bett gegangen?"

Er drehte sich lächelnd zu ihr um. „Sie wollte nicht einmal, dass ich sie umarme, geschweige denn küsse!"

„Und das hast du mitgemacht?"

„Ich hatte das Gefühl, sie braucht einfach Zeit, vielleicht weil sie noch in den Trümmern einer anderen Beziehung lebt oder so. Aber geredet haben wir nie über solche Dinge."

„Was habt ihr denn miteinander gemacht, wenn ihr nicht miteinander geredet und auch nicht miteinander geschlafen habt?", bohrte Tanja weiter.

Wieder musste Ralf lachen. „Da gibt es schon noch ein paar Möglichkeiten", sagte er. „Wir haben uns dann tatsächlich in Nürnberg getroffen, wo ich beruflich zu tun hatte. Und wenn ich keine Termine hatte, haben wir uns die Stadt angesehen oder zusammen was gegessen ... was man halt so macht in einer fremden Stadt!"

„Aber irgendwann ... irgendwann habt ihr doch ein bisschen mehr gemacht als euch Städte anzusehen", beharrte Tanja. „Wann war euer erstes Mal?"

„Das war erst nach dem Unfall. Ich hatte längere Zeit nichts von ihr gehört, sie war auch nicht zu unserer nächsten Verabredung nach Straßburg gekommen. Aber dann rief sie mich plötzlich zu Hause an. Ihre Stimme klang ganz anders als sonst, traurig und erschöpft. Sie weinte und erzählte mir, dass ihre Eltern mit dem Auto verunglückt seien. Das war überhaupt das Erste, was ich aus ihrem Privatleben erfuhr! Ich habe sie dann gefragt, ob ich sie abholen kommen soll. Aber das wollte sie auf keinen Fall. Am Abend stand sie dann plötzlich mit ihren Koffern vor meiner Tür. Sie wirkte um Jahre gealtert, hatte abgenommen, auch das Leuchten war aus ihren Augen verschwunden, die ganze Fröhlichkeit war weg. Wir haben dann Wein getrunken, und sie hat mir von ihren Eltern erzählt: ihr Vater war Franzose, ihre Mutter Deutsche. Auf einer kleinen Straße bei Gordes sei es passiert. Die Polizei sagte, eine Ölspur sei schuld gewesen. Ihr Vater war sofort tot, ihre Mutter ist im Krankenhaus gestorben."

„Und dann hast du aus lauter Mitleid mit ihr geschlafen", stellte Tanja fest.

„Es ging gar nicht von mir aus“, erinnerte er sich. „Jeannette war wie versessen auf körperlichen Kontakt. Kein Wunder, nach dem Trauma, das sie hinter sich hatte!“

Tanja sprang auf. „Alles Lug und Trug!“, stieß sie wütend aus. „Jeannette war verunglückt, meine Mutter ist in einem Waisenhaus groß geworden. Sie kennt ihre Eltern nicht einmal!“

Ralf schüttelte nachdenklich den Kopf. „Am nächsten Morgen hat sie mir erzählt, dass sie Jeannette Palladu heißt.“ Er schaute fragend zu Tanja auf. „Wieso konnte ihr dieser Rollentausch so perfekt gelingen? Es gab auch später niemals irgendeinen Verdacht ...“

Tanja lachte spöttisch. „Ich weiß nur, dass Jeannette meiner Mutter recht ähnlich sah. Mein Vater hat mal gesagt, die beiden könnten Schwestern sein.“

„Aber all die Papiere ...“

„Da ist noch manches im Dunkel. Aber das will und werde ich auch noch herausbekommen!“

Sie reichte Ralf entschlossen beide Hände und wollte ihn umarmen. Doch er löste sich von ihr. Das Ganze erschien ihm fast wie ein böser Traum. Von Wolke sieben in Tanjas Armen war er in einen düsteren Abgrund gestürzt. Jeannette war nicht Jeannette, sondern Susanne!? Mareike hatte eine Halbschwester, mit der er soeben hingebungsvoll geschlafen hatte und die darin einen Akt der Rache an ihrer Mutter sah!?

„Das begreife einer!“, stöhnte er und blickte auf seine Rolex.

„Es ist ganz leicht zu begreifen“, meinte Tanja. „Meine Mutter hat immer nur eines gewollt: leben, sorgenfrei leben! Und das hast du ihr geboten. Zuerst dachte ich immer, ihre Ausflüge und Abende in Schwabing, das war einfach, weil sie viel jünger als mein Vater war und keine Lust hatte, abends alleine zu Hause zu sitzen. Aber als ich größer war, wurde mir klar, sie war einfach immer auf Männersuche. Glaub ja nicht, dass sie dich jemals wirklich geliebt hat. Meine Mutter kann nicht lieben!“

Ralf wusste darauf nichts zu antworten. Plötzlich stand ihm wieder die Szene in der Straußwirtschaft vor Augen, als Jeannette so offen mit diesem Fremden geflirtet hatte – in Gegenwart von ihm und ihren gemeinsamen Freunden! Langsam, ganz langsam setzten sich die Puzzleteile zusammen und ergaben ein Bild. Konnte er seiner Frau überhaupt noch unbefangen in die Augen sehen? Musste er sie nicht noch heute zur Rede stellen? War er überhaupt vor dem Gesetz mit ihr verheiratet?

Tanja schien seine Gedanken zu erraten. „Du bist frei und unverheiratet, hast eine nicht ehelich geborene Tochter ... Was hast du jetzt vor?“

„Ich weiß es nicht“, gestand Ralf.

Sie ging zu ihrem Koffer und entnahm ihm einen Umschlag.

„Diese Fotos konnte ich vor der Vernichtung durch Charly retten“, sagte sie, zog ein Foto nach dem anderen aus dem Umschlag und reichte es Ralf.

Er erkannte Jeannette sofort, so, wie er sie damals in Lugano kennen gelernt hatte. An der Hand hielt sie ein kleines, pummeliges Mädchen mit blonden Locken, das musste Tanja sein, und auf der anderen Seite Tanjas Vater.

„Du hast dich sehr verändert“, sagte er verwundert.

Tanja nickte grimmig. „Kein Wunder, dass meine Mutter mich nicht sofort erkannt hat.“

Er runzelte die Stirn. Jetzt wurde ihm klar, warum Jeannette sofort wie hysterisch reagiert hatte, als er ihr den Namen Tanja Mahler nannte! Von diesem Moment an musste sie gewusst haben, dass ihre Tochter ihr auf der Spur war.

„Und warum hast du diese Show in der Straußwirtschaft abgezogen“, fragte er.

Tanja zuckte die Achseln. „Ich wusste ja, dass du ihr von meiner ersten Mail erzählt hattest. Da wollte ich, dass sie sich sicher ist, dass ich eine andere bin. Sie sollte denken, diese Mail wäre nur ein missglückter Versuch ihrer Tochter gewesen, sie zu finden. Und sie scheint darauf reingefallen zu sein, sonst hätte sie anders reagieren müssen! Aber ganz in Sicherheit sollte sie sich auch nicht wiegen. Deshalb habe ich ein paar kleine ‚zufällige‘ Begegnungen arrangiert ...“

Sie reichte ihm ein Foto mit einer anderen Frau, die Jeannette tatsächlich verblüffend ähnlich sah, die echte Jeannette Palladu. Und schließlich das Bild eines Mannes im Rollstuhl, gezeichnet von seinem Schicksal und seiner Krankheit.

Tanja beugte sich über Ralf, als er das letzte Foto betrachtete. „Verstehst du mich jetzt?“

10.

Auf dem Wohnzimmertisch lag ein Zettel: Jeannette und Mareike waren mit Kaspar und Mareikes Kindergartenfreundin spazieren gegangen. Ralf war froh darüber. So hatte er Gelegenheit, noch einmal über all das nachzudenken, was er an diesem Tag erfahren und erlebt hatte.

Mit schlechtem Gewissen betrat er sein Arbeitszimmer. Er hatte einen ganzen Tag verloren, die Zeit war kaum aufzuholen. Aber wie hatte dieser Tag alles verändert!

Unruhig ging er vor seinem Schreibtisch auf und ab. Hatte er fast zwanzig Jahre mit einer Frau zusammengelebt, war gut fünfzehn Jahre davon sogar mit ihr verheiratet gewesen, die in Wahrheit eine ganz andere war? Er konnte es nicht fassen.

„Papa, wir sind wieder da!"

Mareike polterte wie gewöhnlich die Treppe hinauf, gefolgt von einem hechelnden Kaspar. Ralf nahm seine Tochter auf den Schoß und drückte sie fest an sich. Was würde nun aus ihr werden?

„Papa hat dich sehr, sehr lieb", flüsterte er ihr ins Ohr, drückte ihr einen Kuss auf die Wange und strich ihr liebevoll über die Haare.

Jeannette betrat den Raum.

„Du bist noch am Arbeiten?", fragte sie erstaunt und schaltete das Licht an.

Ralf hatte gar nicht gemerkt, dass es bereits dunkel im Raum geworden war. Das Licht tat seinen Augen weh.

„Wollen wir noch zum Fuß fahren?"

Alles, nur das nicht! Ralf stand auf und tat so, als sortiere er Papiere auf seinem Schreibtisch. Er konnte Jeannette nicht in die Augen schauen. Wie sollte es nur weitergehen?

„Ich bin müde", antwortete er und räkelte sich demonstrativ.

„Wir brauchen ja nur eine Kleinigkeit zu essen und fahren dann gleich wieder heim", versuchte Jeannette ihn zu überreden. „Vielleicht taucht ja auch diese Verrückte wieder auf. Mal sehen, was sie diesmal von sich gibt."

Verdammt, war das ein Katz-und-Maus-Spiel? Hatte Jeannette ihre Tochter erkannt? Ohne es eigentlich zu wollen, drehte er sich um und sah Jeannette an. Doch sie wirkte gleichgültig, ohne jeden Hintergedanken. Was für eine Schauspielerin musste sie sein, ging es ihm durch den Kopf. All die Jahre hatte sie ihm etwas vorgespielt, ihm und allen anderen.

Er fasste einen Entschluss. Er würde sie in die Enge treiben, bis sie ihm alles gestand. Alles! Das war er dem kleinen pummeligen Mädchen auf dem Foto schuldig ...

„Was meinst du mit ‚diesmal von sich gibt'? Spielst du da auf etwas Bestimmtes an?" Es kostete ihn einige Anstrengung, ruhig zu bleiben und eine sichere Stimme zu behalten.

Jeannette zuckte gleichmütig die Achseln. „Ich habe nicht genug Fantasie mir auszudenken, was so einer Irren alles einfallen kann. Ich weiß nur, dass solche Menschen gefährlich sind." Sie warf ihm einen viel sagenden Blick zu. „Ich habe dich immer gewarnt, vor dieser Tanja und dann vor dieser Sandra, falls es sich nicht um ein und dieselbe Person handelt."

Ralf biss sich auf die Lippen. Wenn dies ein Katz-und-Maus-Spiel war, hatte er sich möglicherweise bereits verraten. Er merkte, dass ihm die Übung zu so etwas fehlte.

„Wann fahren wir denn endlich zum Fuß?", fragte Mareike ungeduldig.

„Papa ist müde", behauptete Jeannette. „Ich koche dir ein paar Nudeln mit Tomatensoße, die isst du doch gern, und wir lassen Papa sich entspannen."

Ralf zwinkerte seiner Tochter zu. „Mama hat Recht. Ich werde nur noch meinen Schreibtisch aufräumen und komme dir dann Gute Nacht sagen, wenn du zu Bett gehst."

Nachdem sich Tanja von Ralf verabschiedet hatte, war sie zunächst noch in Brodenbach an der Mosel entlangspaziert. Sie brauchte frische Luft und Bewegung, um ihre Gedanken zu ordnen.

Hätte sie sich nicht in Ralf verliebt, wäre alles so gelaufen, wie sie es sich bei der Abreise in München vorgestellt hatte: Nach ihrer ersten Nacht mit dem Mann ihrer Mutter wollte sie zu ihr gehen, ihr alle Lügen ins Gesicht schleudern und mit Genugtuung sehen, wie ihre

Mutter zunächst versuchen würde, sich herauszuwinden, um schließlich unter der Last der Beweise zusammenzubrechen und doch alles gestehen zu müssen. Sie hatte sich genau erkundigt. Die jetzige Ehe ihrer Mutter würde für ungültig erklärt, man würde sie nicht nur wegen Bigamie zur Rechenschaft ziehen, sondern auch wegen ihrer falschen Papiere. Außerdem würde man endlich aufklären können, was damals in Frankreich wirklich geschehen war.

Doch jetzt war alles anders gekommen. Sie konnte Ralf das nicht antun. Alles, was jetzt geschah, musste still und wohl überlegt vollzogen werden. Sie wollte Ralf auf keinen Fall verlieren. Sie würde ihm Zeit lassen, sich von ihrer Mutter zu trennen, auch wegen Mareike. Es würde ihr größter Triumph werden zuzusehen, wenn ihre Mutter begriff, dass alles umsonst gewesen war. Kein abgesichertes Wohlstandsleben mehr, keine Reisen in ferne Länder …

Ihr Rachefeldzug neigte sich dem Ende zu. Was übrig bliebe an Gefühlen für diese Frau, würde Gleichgültigkeit sein. Es war zu wenig Zeit gewesen, mit Ralf über all das zu sprechen. Vor allem, er musste jetzt erst einmal verarbeiten, was er heute erfahren hatte. Sie musste ihm Zeit geben, viel Zeit.

Irgendwann kehrte sie um und fuhr mit ihrem Golf zurück nach Alken. Ralf hatte zwar nichts gesagt, aber sie ging davon aus, dass er abends wieder mit seiner Familie in der Straußwirtschaft auftauchen würde, und sie war fest entschlossen, ebenfalls dorthin zu gehen. Sie hatte bereits gesiegt – nur ihre Mutter ahnte noch nichts davon.

Renate hatte dienstfrei. Die Zahl der Gäste hielt sich in Grenzen, und Erika hatte ihr telefonisch Bescheid gegeben, dass sie die Bewirtung heute ohne ihre Hilfe vornehmen konnte. So machte sich Tanja von Zerwas' aus alleine auf den Weg in die Straußwirtschaft.

Ralf und ihre Mutter waren noch nicht eingetroffen. Tanja setzte sich an den freien Tisch gleich neben dem Eingang. Dabei wählte sie den Platz so, dass sie bereits durch die Glasscheibe sehen konnte, wer die Straußwirtschaft betrat, noch bevor ein Gast die Tür öffnete. Sie wollte das Erstaunen in den Augen ihrer Mutter auskosten, wenn sie feststellte, dass sie immer noch da war und sich damit für ihre Mutter das Ende all der Lügen ankündigte.

Im Laufe der Zeit kamen und gingen einige Gäste, die Tanja bereits vom Sehen kannte. Sie grüßten freundlich, aber keiner sprach sie an. Erika hatte trotz der überschaubaren Gästezahl alle Hände voll zu tun, denn sie bediente an allen Tischen, drinnen wie draußen, da ihr Mann noch im Dienst war.

Mehr aus Nervosität und Ungeduld als aus Hunger bestellte Tanja eine Sauerkrautsuppe und dann ein Käsebrot und genehmigte sich sogar einen zweiten und dritten Schoppen.

Statt Ralf und ihrer Mutter kam schließlich Fuß. Er schaute etwas verwundert, als er Tanja sah.

„Das passt aber nicht ganz in unsere Abmachungen“, meinte er ungehalten.

„Es ist etwas eingetreten, über das ich gern mit Ihnen reden möchte“, antwortete Tanja und merkte, dass der dritte Schoppen Wirkung zeigte. Sie war Alkohol in diesen Mengen nicht gewöhnt.

„Ich komme gleich. Ich muss erst mal nach dem Rechten schauen“, meinte der Oberkommissar und ging die wenigen besetzten Tische ab, um seine Gäste zu begrüßen.

Tanja verfolgte mit den Augen, wie er begann, leere Flaschen in einem Drahtgestell wegzutragen, und wie er dann mit vollen Flaschen aus dem Keller zurückkehrte. In seiner Winzerschürze wirkte er ganz anders, als sie ihn bei Zerwas' erlebt hatte. Schließlich ging er von Tisch zu Tisch, zündete die Kerzen an und hielt bei dem einen oder anderen Gast ein kleines Schwätzchen.

„Ich komme gleich“, rief er Tanja ein zweites Mal zu, als er an ihrem Tisch vorbeikam und sah, dass ihre Kerze bereits brannte.

„Bringen Sie mir dann bitte eine Flasche Mineralwasser mit“, bat sie ihn.

Fuß brummte etwas vor sich hin und setzte seinen Rundgang in dem oberen Raum fort. Ein Blick auf ihre Armbanduhr sagte ihr, dass Ralf und ihre Mutter an diesem Abend sicherlich nicht mehr auftauchen würden. Vielleicht war das auch gut so.

Sie musste noch einige Zeit warten, bis Fuß tatsächlich kam. Er brachte nicht nur die bestellte Flasche Mineralwasser mit, sondern auch eine Weinflasche und zwei frische Gläser.

„Den müssen Sie unbedingt probieren, das ist der Neue vom letzten Jahr!“ Er goss im Stehen zwei Gläser ein und hielt sein Glas gegen das Licht. „Das wird ein guter Jahrgang“, meinte er und nahm einen Schluck.

Auch Tanja nippte an ihrem Glas, griff aber dann zum Mineralwasser.

„Also, was ist passiert?“, erkundigte sich Fuß, nachdem er das Glas abgestellt und gegenüber von Tanja am Tisch Platz genommen hatte.

Sie begann zu erzählen. Wieder hörte ihr der Oberkommissar schweigend zu. Nur ab und zu hatte sie das Gefühl, dass er ein wenig den Kopf schüttelte.

„Natürlich kann nicht alles wie bisher weitergehen“, schloss sie leise, „aber was geschieht mit Ralf, seiner Tochter und meiner Mutter, wenn jetzt alles auffliegt?“

Bevor Fuß antwortete, goss er sein Glas wieder voll und hielt auch Tanja die Flasche entgegen. Doch sie lehnte dankend ab. Sie wollte einen möglichst klaren Kopf haben, wenn er ihr jetzt eine Antwort, vielleicht sogar einen Rat geben würde.

„Das ist natürlich eine fast unglaubliche Geschichte …“, begann er.

„Ich kann Ihnen gern meinen Ausweis zeigen“, fiel ihm Tanja ins Wort.

Fuß lächelte sie an. „Glauben Sie mir, ich weiß, wann man mich belügt, und ich weiß, dass Sie mich gestern und heute nicht belogen haben.“

Er nahm einen Schluck und rieb sich dann mit seiner großen Hand über den kurz geschnittenen Bart. „Sie müssen drei Dinge unterscheiden: zum einen die Sache zwischen Ihnen und Ihrer Mutter, dann die Situation zwischen Ralf und Jeannette und schließlich zwischen Ihnen und Ralf. Letzteres sollten wir vorerst einmal außer Acht lassen. Das ergibt sich später von selbst oder auch nicht. Jeannette“, er schüttelte heftig den Kopf, „Ihre Mutter ist in vielfacher Hinsicht straffällig geworden, darüber müssen Sie sich im Klaren sein, auch, dass Sie der Auslöser ihrer Bestrafung sind. Wären Sie nicht hier aufgetaucht …“

Tanja nickte. „Ich weiß.“

„Gut, es gibt zwei Möglichkeiten. Entweder Sie erstatten Anzeige gegen Ihre Mutter, nachdem Sie sicher sind, dass Jeannette tatsächlich Ihre Mutter ist. Oder Sie stellen Ihre Mutter zur Rede, und man wird sehen, wie sie sich dann verhält. Immerhin besteht ja die Möglichkeit, dass sie sich offiziell von Ralf scheiden lässt und wieder als Frau …?“

„Mahler!“

„… in München auftaucht. Das wäre vielleicht die eleganteste und vor allem die leiseste Lösung und würde sie möglicherweise vor strafrechtlichen Folgen bewahren.“

„Aber Sie sind doch Kriminalbeamter …“

„Also, bisher wurde ich als Freund um Rat gebeten. Sollte eine Anzeige vorliegen oder sollte ich gesicherte strafrechtliche Fakten erfahren, muss ich natürlich dienstlich werden. Dies ist bisher nicht geschehen, oder habe ich etwas überhört?"

Freundlich grüßte er einen Gast, der sich verabschiedete. Zu Tanja gewandt fuhr er nachdenklich fort:

„Schwieriger ist da schon die Situation zwischen Ralf und Jeannette. Man muss sich einmal vorstellen, die leben seit fast zwanzig Jahren zusammen, und jetzt das! Ralf wird darüber hinwegkommen. Aber zuerst muss zwischen den beiden das Thema auf den Tisch. Das heißt, einer von euch, Ralf oder Sie, muss Jeannette sagen, was Sache ist. Ich kann das nicht tun und will es auch nicht, denn dann, befürchte ich, kommen Dinge zur Sprache, bei denen ich einfach dienstlich werden muss, wenn Sie verstehen, was ich damit meine."

Tanja wusste genau, was er meinte.

„Mein ganz persönlicher Rat: Sprechen Sie mit Ralf so schnell wie möglich genau Ihre Vorgehensweise ab. Lassen Sie diese Spielchen mit da und dort auftauchen und diesem vermeintlich psychologischen Firlefanz. Ich bin überzeugt, Ihre Mutter weiß längst, was Sache ist, und rechnet sich nur noch eine Chance darauf aus, dass Sie sich Ihrer Sache nicht ganz sicher sind und aufgeben oder einen Fehler machen, der Sie in ein falsches Licht rückt und unglaubwürdig macht. Ihre Mutter muss krankhaft veranlagt sein, sonst hätte sie dies alles nicht getan."

Tanja war Fuß sehr dankbar, dass er alles so klar und offen aussprach. Er hatte nicht ihre Rachegefühle in sich, hatte nicht die Wut im Bauch wie sie. Und sie wusste, auch Ralf würde den Rat seines Freundes befolgen.

„Können Sie nicht wenigstens dabei sein, wenn Ralf und ich miteinander reden?"

Fuß blickte Tanja lange an. Es schien für ihn wirklich eine schwere Entscheidung zu sein. Doch schließlich nickte er bedächtig.

„Also gut. Sehen Sie zu, dass ihr morgen Vormittag hier vorbeikommt. Ich habe morgen Nachtdienst und muss vorher noch in den Weinberg."

„Rufen Sie Ralf an? Ich möchte nicht …"

Fuß hatte verstanden. Es war sicherlich besser, wenn er anrief.

Am nächsten Tag trafen Ralf und Tanja fast gleichzeitig in der Straußwirtschaft ein. Erika und Katharina waren in der Küche damit beschäftigt, die Tagessuppe zu kochen und Kartoffelsalat zu machen. Fuß schloss die Tür zur Küche hinter sich und deutete nach oben.

„Lasst uns oben in mein Büro gehen, da hört und stört uns niemand."

Sie stiegen die Treppe hinauf und nahmen in dem kleinen Büro Platz, von dem aus man hinunter in den Hof blicken konnte.

„Ich kann es immer noch nicht begreifen", begann Fuß und blickte Ralf an. „Wie fühlt man sich, wenn man plötzlich feststellen muss, dass man gar nicht rechtmäßig verheiratet ist?"

Er versuchte aufmunternd zu wirken und die Sache locker anzugehen. Doch Ralf und Tanja blieben ernst und schauten sich nur schweigend an. Keiner von beiden wusste, was er sagen sollte. Also ergriff Fuß erneut das Wort.

„Ich habe es Tanja gestern Abend schon gesagt: Ihr müsst offen mit Jeannette reden. Am besten wäre, Ralf tut es, denn er ist hierbei zunächst einmal der Betrogene. Ich weiß, dass es schwer sein wird. Bring vor allem erst mal Mareike aus dem Schussfeld. Für das Kind ist die Situation ja noch viel dramatischer. Sie muss das nicht alles mitbekommen. Bring sie zu uns …"

„Sie fährt am Freitag sowieso zu den Großeltern", unterbrach ihn Ralf.

„Umso besser! Dann warte das Wochenende ab. Nach all den Jahren kommt es auf einen Tag auch nicht mehr an. Vor allem brauchst du auch Zeit, dich mental auf das Gespräch vorzubereiten."

Ralf seufzte auf. „Ich habe gestern Abend und heute Morgen Jeannette angeschaut und mir immer und immer wieder gesagt: Dies ist Susanne Mahler, die dich zwanzig Jahre belogen und betrogen hat – die mit einem Mann verheiratet ist, der in München im Rollstuhl sitzt! Du bist gar nicht mit ihr verheiratet, sie hat eine erwachsene Tochter, die sie dir verschwiegen hat, sie …" Er brach ab, weil ihm die Stimme versagte.

Tanja legte vorsichtig ihre Hand auf sein Knie. „Wenn du willst, können wir das Gespräch auch gemeinsam führen."

Ralf schüttelte energisch den Kopf. „Auf keinen Fall, das werde ich schon alleine machen, nur es muss alles erst einmal hier herein!" Er trommelte mit der Faust gegen seine Stirn. „Das ist alles so unglaublich!"

„Es gibt natürlich auch die Möglichkeit, dass Tanja einfach zu uns ins Präsidium kommt und offiziell den Sachverhalt zu Protokoll gibt. Dann läuft alles seinen üblichen Weg. Jeannette beziehungsweise Susanne wird dazu gehört. Natürlich wirbelt das viel mehr

Staub auf, so etwas bleibt nicht geheim. Und gerade du als Journalist weißt, was dann geschieht. Das solltest du deiner Tochter besser nicht antun."

„Auf keinen Fall", bestätigte Ralf energisch und stand auf. „Ich werde noch heute Mareike zu meinen Eltern fahren. Dann habe ich mehr Zeit, einen günstigen Moment abzupassen, in dem ich Jeannette zur Rede stellen werde."

„Das wäre natürlich die beste Lösung. Mach ihr das Angebot, dass von einer Anzeige abgesehen wird, wenn sie in eine offizielle Scheidung einwilligt und Mareike im Rahmen einer Scheidungsvereinbarung bei dir bleibt. Das wird auch in ihrem Sinne sein, so wie ich sie jetzt einschätze. Was sie nach der Scheidung macht, soll euch doch egal sein."

„Und wenn sie dann wieder als Jeannette Palladu, geschiedene Siebert, erneut einen Mann heiratet?", gab Tanja zu bedenken. „Dann fängt das ganze Spiel von Neuem an."

„Die sauberste Lösung wäre, sie verwandelt sich wieder in den Menschen, der sie wirklich ist. Vielleicht kann man sie dazu bewegen oder muss sie sogar dazu zwingen." Auch Fuß war aufgestanden. Nachdenklich betrachtete er die jungen Trauben des Rebstocks im Hof. „Man kann es drehen und wenden, wie man will, es ist und bleibt eine beschissene Situation."

Ralf war allein zu seinem Wagen gegangen. Er und Tanja hatten beschlossen, sich so wenig wie möglich gemeinsam in Alken blicken zu lassen. Wie verabredet fuhr er zu dem großen Parkplatz am Ende des Ortes. Tanja folgte ihm kurze Zeit später zu Fuß und stieg bei laufendem Motor rasch zu ihm in den BMW. Schweigend fuhren sie moselabwärts.

Ralf konnte immer noch keinen klaren Gedanken fassen und hatte kein konkretes Fahrziel. Einfach nur in der Nähe von Tanja sein, weit weg von Jeannette, die urplötzlich Susanne hieß.

Tanja hingegen begann sich Vorwürfe zu machen, was sie angerichtet hatte. Ihre „Rache" an ihrer Mutter schien ihr auf einmal albern, ihr Plan kindisch und unüberlegt. Was hatte sie schon erreicht?

Die Brücke über die Mosel nach Kobern-Gondorf war gesperrt. Also fuhr Ralf ziellos weiter geradeaus. Er warf einen Blick zu Tanja und sah, dass sie feuchte Augen hatte. In Dieblich hielt er an und nahm sie in den Arm.

„Ich habe alles falsch gemacht", flüsterte sie und ließ ihren Tränen freien Lauf.

Er wusste nicht, was er ihr darauf antworten sollte. Nur eines wusste er genau: dass er Mareike so schnell wie möglich zu seinen Eltern bringen musste.

Ralf hatte Tanja nach Alken zurückgebracht, nachdem sie in Dieblich gewendet hatten. Unter dem Vorwand, er müsse für ein paar Tage mit Jeannette verreisen, kündigte er seiner Mutter an, Mareike bereits am Nachmittag vorbeizubringen. Seine Mutter zeigte sich erfreut und begann sofort einen Erdbeerkuchen zu backen, den die Kleine so liebte.

Ralf steckte den Kopf ins Kinderzimmer, doch es war leer. Er griff den kleinen roten Koffer, den Mareike immer mit auf Reisen nahm, um Spielzeug hineinzupacken. In einer Schublade, unter Puppenkleidern versteckt, stieß er plötzlich auf das Teil der Brosche, das sie in Gordes gefunden hatten. Instinktiv ließ er es in seine Jackentasche gleiten. Vielleicht würde es ihm helfen, den Anfang zu einer Aussprache mit Jeannette zu finden.

Gedankenversunken ging er hinunter und wäre beinahe über Kaspar gestolpert, der sich am Treppenabsatz zum Mittagschlaf niedergelegt hatte.

Jeannette saß im Wohnzimmer und blätterte wie so oft in einem Modejournal, während Mareike sich im Kinderkanal einen Trickfilm anschaute.

„Oma hat gerade angerufen. Sie möchte gern, dass du schon heute zu ihr kommst! Sie hat frische Erdbeeren gekauft und backt einen Kuchen für dich."

Begeistert sprang seine Tochter auf. „Wann fahren wir?"

„Sobald Mama den Koffer für dich gepackt hat."

„Muss ich mit?" Jeannette blickte ungehalten von ihren Hochglanzmagazinen auf.

Fast hätte Ralf gesagt, dass jeder unnötige Kontakt zu seinen Eltern und auch zu Mareike unerwünscht war. Doch er schüttelte nur den Kopf.

„Es reicht, wenn du schnell den Koffer packst. Ich fahre auch gleich wieder zurück, weil ich noch einiges arbeiten muss."

Eine halbe Stunde später verließen Ralf und seine Tochter das Haus. Jeannette konnte es kaum erwarten, in Ralfs Arbeitszimmer zu gehen, um seine Mails abzufragen. Doch wieder konnte sie nichts Verdächtiges entdecken. Sie suchte hastig in seinen Schubladen – nichts. Schließlich schaltete sie auch noch sein Handy ein, das er wieder mal auf dem Schreibtisch liegen gelassen hatte. Sofort kam ein Zittern in ihre Nasenflügel. Im Speicher des Handys erkannte sie, dass nicht ihre Schwiegermutter angerufen hatte, sondern dass Ralf selbst den Anruf bei seiner Mutter getätigt hatte. Warum hatte er gelogen?

Ihre Erregung steigerte sich noch, als sie beim Durchtippen der Menütaste die nicht gelöschte SMS von Tanja entdeckte. Sie notierte sich die Anrufernummer und gab sie mit zitternden Fingern in das Handy ein.

„Hallo, Ralf!", meldete sich Tanja erfreut.

Jeannette beendete die Verbindung sofort. Also doch! Die Stimme ließ keinen Zweifel zu. Man hatte also miteinander SMS ausgetauscht und telefoniert. Wütend schleuderte sie das Handy gegen die Wand und rannte aus dem Zimmer.

Es half alles nicht, jetzt musste sie handeln. Sie versuchte sich noch einmal alle Momente zu vergegenwärtigen, in denen Tanja und Sandra aufgetaucht waren. Sie konnte sich noch genau erinnern, wie Ralf sie im Eiscafé Wingen nach Susanne Mahler gefragt hatte. Damit hatte alles angefangen.

Sie nahm einen Taschenkalender und rechnete den Tag zurück, machte sich daneben Notizen auf einem Blatt. Sie musste herausbekommen, ob Tanja und Sandra ein und dieselbe Person waren! Am Wochenende darauf wollte Tanja kommen. Auch diesen Termin notierte sie sich. Dann war diese Sandra in Alken aufgetaucht.

Jeannette schaltete wieder Ralfs Computer ein und verglich die Daten, die sie notiert hatte, mit den Bearbeitungsdaten seiner Manuskripte. Langsam vervollständigten sich ihre Aufzeichnungen, und sie kam zu dem Schluss, dass Ralf sie belogen hatte: Tanja schien tatsächlich gekommen zu sein und sich in Alken als Sandra ausgegeben zu haben. Ihr Gefühl hatte sich also von Anfang an nicht getäuscht: Sandra war Tanja! Aber warum hatte sie den Namen gewechselt? Ralf hatte Tanja doch sicherlich berichtet, dass er sie nach Susanne Mahler gefragt hatte. Wollte man sie nur täuschen und in Sicherheit wiegen? Dieses miese kleine Miststück würde sich noch wundern!

Sie verließ das Arbeitszimmer und ging hinunter in den Keller. Den alten Schrank aus München hatte sie damals von den Umzugshelfern gleich hier aufschlagen lassen, er diente seither als Wechselschrank für die Sommer- und Wintergarderobe. Sie nahm einen Besen und zog eine schwere Metallkassette unter dem Schrank hervor. Seit ihrer Hochzeit bewahrte sie die Kassette dort auf und seither hatte sie diese nicht geöffnet. Staub und Dreck all dieser Jahre lagen auf dem Deckel. Vorsichtig trug sie die Kassette nach oben in die Küche und säuberte sie. Dann ging sie erneut in den Keller und holte aus einer Schublade des Werkzeugschranks zwei kleine Schlüssel, die an einem Ring hingen. Sie öffnete die Kassette mit dem etwas größeren Schlüssel und breitete den Inhalt vor sich auf dem Wohnzimmertisch aus. Als sie endlich den verschlossenen Umschlag entdeckte, den sie suchte, legte sie die anderen Utensilien zurück in die Kassette, verschloss sie mit dem kleineren der beiden Schlüssel. Diesen ließ sie im Schloss der Kassette stecken und räumte sie in das oberste Fach des Sideboards. Den größeren Schlüssel drückte sie tief in die Blumentopferde des Ficus Benjamini neben dem Sideboard und strich die Erde darüber wieder sorgfältig glatt.

Mit einem Kerzenanzünder und dem Umschlag ging sie in den Garten. Sie betrachtete noch einmal nachdenklich die verfärbten und verblassten Fotos und legte sie dann nebeneinander auf die Reste der Holzkohle, die sich noch in dem Grill befanden. Dann zündete sie ein Foto nach dem anderen an und wartete, bis es vollständig verbrannt war. Nichts sollte davon übrig bleiben. Mit einem Holzscheit zerdrückte sie die Aschereste in mikroskopisch kleine Teile.

„Wieso hast du mich belogen?“, empfing sie ihren Mann, als er von seinen Eltern zurückkehrte.

Ralf blieb in der Wohnzimmertür stehen. „Wie meinst du das?“

„Deine Mutter hat dich gar nicht angerufen, sondern du hast sie angerufen!“

„Wo ist da der wesentliche Unterschied? Den Inhalt des Gesprächs habe ich doch richtig wiedergegeben.“

„Der Unterschied liegt darin, dass du wolltest, dass Mareike schon heute zu deinen Eltern fahren konnte, und dass nicht deine Eltern auf diese Idee gekommen sind. Was war denn so wichtig für dich, hier wegzukommen? Etwa die Bitte um einen Rückruf um vierzehn Uhr? Aber die hast du wahrscheinlich pünktlich erfüllt.“

Ralf ließ sich in den Sessel fallen und versuchte Ruhe zu bewahren. Er hatte vergessen die SMS zu löschen! Und Jeannette hatte ihm nachspioniert und ihre Rückschlüsse gezogen. Vielleicht war das nicht der schlechteste und vor allem der kürzeste Weg über alles zu reden. Dann hatte man es hinter sich und musste nicht weiterhin Versteck spielen.

Er beschloss, gleich zum Frontalangriff überzugehen.

„Der Name Susanne Mahler ist dir immer noch unbekannt?"

Seine Frau setzte ein merkwürdiges Lächeln auf und nickte. „Die Mutter von Tanja Mahler, ich weiß."

„Die du angeblich nicht kennst!"

„Ich war damals so überrascht, nach all den Jahren diesen Namen wieder zu hören, dass ich erst einmal wissen wollte, was der Hintergrund deiner Frage war. Immerhin ist Susanne damals auf sehr merkwürdige Weise verschwunden."

„Auf sehr merkwürdige Weise!", erwiderte Ralf zynisch. „Sie hat sozusagen eine Personenwandlung durchgemacht."

„Hat sie? Dann weißt du mehr als ich!"

Ralf platzte der Kragen. „Jeannette!", schrie er. „Lass doch endlich dieses Theater und spiel mit offenen Karten. Du bist Susanne, du bist Tanjas Mutter!"

Die Reaktion seines Gegenübers war alles andere als das, was er erwartet hatte. Seine Frau begann laut zu lachen.

„Wer hat dir denn diesen Blödsinn erzählt? Doch nicht diese Verrückte, diese Sandra oder Tanja?"

„Tanja ist keine Verrückte, sie hat dein verlogenes Spiel aufgedeckt, und es ist an der Zeit, dass wir dem ein Ende bereiten!" Er wartete, bis sie aufgehört hatte zu lachen. „Du hast die Papiere deiner toten Freundin an dich genommen und bist hier bei mir als Jeannette Palladu aufgetaucht."

Zu seinem Erstaunen sah er, dass seine Frau oder die Person, von der er bisher angenommen hatte, dass sie seine Frau war, ruhig und gelassen in ihrem Sessel sitzen blieb und sich scheinbar immer noch über seine Offenbarungen amüsierte.

„Du solltest jetzt wirklich endlich deine Maske fallen lassen und begreifen, dass das Spiel zu Ende ist. Und dann solltest du mit mir diskutieren, wie du den Kopf möglichst unbeschadet aus der Schlinge ziehen kannst."

Jeannette schüttelte bedächtig den Kopf.

„Ralf, ich weiß nicht, was alles in deinem Kopf vorgeht, aber ich bin Jeannette Siebert, geborene Palladu. Susanne Mahler war einmal eine Freundin von mir, in München verheiratet mit einem Vertreter und einer Tochter namens Tanja. Ob es sich dabei um diese Tanja oder Sandra handelt, die hier aufgetaucht ist, weiß ich nicht."

Ralf musste sich sehr beherrschen, um nicht loszubrüllen. Dass Jeannette so hartnäckig ihre wahre Identität abstreiten würde, darauf war er nicht gefasst gewesen. Sie musste doch wissen, dass sie keine Chance mehr hatte. Er nahm erneut Anlauf, sie in die Enge zu treiben.

„Also gut, dann wirst du ja nichts dagegen haben, wenn ich morgen den anderen Weg wähle und Anzeige wegen Betrugs und Bigamie gegen dich erstatten werde. Dann wird man deine Papiere exakter prüfen als bei unserer Hochzeit, und das wird schnell ans Tageslicht bringen, wer du bist. Ist dir das lieber?"

„Sehr lieb sogar, damit endlich der ganze Unsinn aufhört", antwortete sie gelassen.

Ralf verschlug es die Sprache. Ihr sicheres Auftreten machte ihn plötzlich unsicher, welche der beiden Frauen ihn belog. Was konnte er unternehmen, um endlich Licht in das Verwirrspiel zu bringen? Ihm blieb nichts anderes übrig, als abzuwarten, ob Jeannette in letzter Sekunde versuchen würde, sich vor der kriminaltechnischen Prüfung der Papiere zu drücken. Das Spiel würde also noch ein paar Stunden oder Tage so weitergehen.

Zu seinem großen Erstaunen beobachtete er, wie Jeannette aufstand und zum Telefon ging.

„Hallo Ek, kann ich mal kurz deinen Mann sprechen?"

Ralf glaubte seinen Ohren nicht zu trauen. Jeannette besaß auch noch die Kaltblütigkeit, Fuß in ihr Spiel einzubeziehen!

„Das trifft sich gut, dann rufe ich ihn direkt im Präsidium an."

Sie legte auf, nahm das Telefonbuch und blätterte darin. Sprachlos verfolgte Ralf, wie sie eine weitere Nummer wählte und ihm, während sie auf das Abheben des Teilnehmers wartete, einen spöttischen Blick zuwarf.

„Hier Jeannette Siebert, könnte ich bitte Oberkommissar Fuß sprechen? Man sagte mir, er habe heute Nachtdienst ... Danke."

Offenbar ließ sie sich tatsächlich mit Fuß verbinden.

„Hallo, hier ist Jeannette. Können Ralf und ich jetzt gleich bei dir vorbeikommen? Ich möchte, dass du ein Protokoll anfertigst. Und ich will dir ein paar Unterlagen geben und von mir eine DNA-Probe nehmen lassen."

Sie legte den Hörer auf. Mit einem überlegenen Lächeln nahm sie die Kassette aus dem Sideboard, öffnete sie und entnahm ihr vor Ralfs erstaunten Augen einen Stapel Papiere, die mit einem roten Seidenband zusammengehalten wurden.

Eine gute Stunde später saßen sie Fuß im Polizeipräsidium Koblenz gegenüber. Der Oberkommissar hatte den Stapel mit dem roten Seidenband vor sich liegen, den ihm Jeannette überreicht hatte. Die Sache mit der Speichelprobe hatte er ihr sofort als nicht praktikabel ausgeredet. Auch er schaute etwas verwirrt drein. Die Hartnäckigkeit dieser Frau, die er bisher nur als Jeannette Siebert gekannt hatte, verblüffte selbst ihn.

Er schaute sie prüfend an. „Wenn ich jetzt diese Dokumente den Kollegen übergebe, kommt ein Stein ins Rollen, von dem keiner weiß, wo er landet und wen er überrollt. Noch liegen die Sachen hier bei mir auf dem Tisch. Noch ist das Protokoll, das ich aufgenommen habe, nicht unterschrieben ..."

„Bitte, lass es mich jetzt endlich unterschreiben und uns dann nach Hause fahren, ich bin hundemüde", unterbrach ihn Jeannette und stand auf.

„Wie du willst. Aber ich hoffe, du weißt, worauf du dich einlässt."

„Natürlich weiß ich das und ich will es!", entgegnete Jeannette ungehalten.

„Dann lese ich dir nochmals das Protokoll vor."

Fuß warf Ralf einen verzweifelten Blick zu und begann zu lesen.

„Heute um 21 Uhr 30 erschien bei dem Unterzeichnenden Frau Jeannette Siebert, geborene Palladu, deutsche Staatsangehörige, ausgewiesen durch den Bundespersonalausweis Nummer ..."

Er verglich noch einmal die Nummer mit dem vor ihm liegenden Original, fuhr dann mit den Daten zur Person fort und verlas schließlich den Text, den sie zu Protokoll gegeben hatte:

„Ich habe seit 1965 mit Susanne Betz in Achern die Grundschule besucht. Susanne Betz war damals Heimkind, während ich bei meinen Eltern wohnte. 1971 zogen meine Eltern nach Frankreich, mein Vater war gebürtiger Franzose. Ich verlor dadurch Susanne Betz aus den Augen. Wir trafen uns auf der so genannten Landshuter Hochzeit wieder. Das muss im Sommer 1981 gewesen sein. Susanne war damals mit einem Mann namens Karl Mahler verheiratet und hatte eine kleine Tochter namens Tanja. Kurz nachdem wir uns wiedergetroffen hatten, zog Susanne mit ihrer Familie nach München. Von diesem Zeitpunkt an bis zum Frühjahr 1984 habe ich sie mehrfach gesehen und auch gemeinsame Urlaube mit ihr verbracht. Der Kontakt brach unerwartet plötzlich ab, was ich zunächst auf meinen Umzug in den Hunsrück zurückführte. Als ich mich etwa ein Jahr später wieder einmal in München aufhielt und sie besuchen wollte, erfuhr ich von Nachbarn, dass Susanne von einem auf den anderen Tag verschwunden und ihr Mann kurze Zeit später mit seiner Tochter ausgezogen sei. Vor einigen Wochen erhielt mein Mann, der Journalist Ralf Siebert, von einer Tanja Mahler eine Mail mit dem Inhalt, sie sei auf der Suche nach ihrer Mutter. Ob es sich hierbei tatsächlich um die Tochter von Susanne Mahler gehandelt hat, weiß ich nicht. Tanja Mahler oder Sandra Berger, wie sie sich mir später bei einer Begegnung in Alken vorgestellt hat, behauptet öffentlich, ich sei ihre Mutter. Wegen dieser Unterstellung übergebe ich dem unterzeichnenden Beamten meine sämtlichen verfügbaren Papiere, die im Einzelnen sind …"

Wieder verglich Fuß die im Protokoll aufgeführte Aufstellung mit den vorliegenden Dokumenten.

„… zur kriminaltechnischen Prüfung und Widerlegung der von Tanja Mahler alias Sandra Berger aufgestellten Behauptung."

Fuß schaute Jeannette noch einmal prüfend an, dann schob er ihr mit einem hörbaren Seufzer das Protokoll zur Unterschrift hin.

11.

Tanja hatte sich nach Ralfs Anruf nur einen Mantel über die nackte Haut geworfen und war barfuß aus dem Haus geschlichen, um niemanden der Familie Zerwas zu wecken. Bis zu seinem BMW waren es nur wenige Meter. Die Straßen waren menschenleer.

In kurzen Worten berichtete Ralf ihr, was sich seit dem Vormittag ereignet hatte.

„Ich begreife es nicht", schloss er und sah im fahlen Mondlicht, dass auch Tanja blass geworden war. „Will sie Zeit gewinnen oder was hat sie vor?"

„Ich weiß es auch nicht", stöhnte Tanja und begann trotz der milden Nachtluft in ihrem dünnen Mantel zu frieren. „Irgendetwas ist an der Sache faul. Nur was?"

„Kann uns dein Vater nicht irgendetwas sagen, womit wir sie überführen können? Ein Muttermal, eine Narbe, was weiß ich?" Ralf war der Verzweiflung nahe.

Tanja schüttelte traurig den Kopf. „Wenn er von meiner Mutter sprach, dann schwärmte er immer von ihrem makellosen Körper. Wir werden die Prüfung der Papiere abwarten müssen."

„Ich habe mir auch schon den Kopf zermartert, was seinerzeit kurz nach unserer Hochzeit bei unserem Besuch in München war", seufzte er. „Sie hat jetzt zu Protokoll gegeben, damals angeblich deine Mutter gesucht zu haben. Ich kann mich aber überhaupt nicht an so etwas erinnern! Es ist schon merkwürdig, dass sie mir damals nichts von ihrer Suche nach einer Freundin erzählt hat. Das wäre mir in Erinnerung."

„Wie sollte sie auch", fuhr Tanja hoch. „Die Suche hat sie doch frei erfunden. Sie ist meine Mutter! Es passt alles haargenau zusammen. Meine Mutter war damals fünfundzwanzig. Sie suchte die Freiheit, das lockere Leben. Sie ging ständig aus, was vor allem nach meiner Geburt finanziell immer schwieriger wurde. Vielleicht ließ sie sich auch von anderen Männern aushalten, ich weiß es nicht. Aber ihr war klar, mein

Vater würde ihr das alles nie bieten können. Dann traf sie dich irgendwo in der Schweiz …"

Sie lächelte Ralf an. „Ein erfolgreicher Journalist, wesentlich jünger als ihr Mann, eigenes Haus, schickes Auto und vieles andere mehr. Scheidung von meinem Vater? Das würde zu lange dauern, sie musste schnell handeln, bevor du eine andere Frau kennen lernen würdest! Da kam ihr das Schicksal zur Hilfe, und zwar in Gestalt dieser Freundin, die während ihrer gemeinsamen Urlaubstage tödlich verunglückte. Da sah sie plötzlich ihre Chance, ihre krankhafte Sucht nach einem sorgenfreien Leben zu befriedigen. Wahrscheinlich hat sie die Papiere noch an der Unfallstelle ausgetauscht. Für ihre Familie tauchte sie danach einfach unter und bei dir als eine andere auf. Es war wie das Häuten einer Schlange!" Tanja zog die Augenbrauen hoch. „Man sollte die Papiere mal nach Blut untersuchen lassen!"

Ralf nickte grimmig. „Und mir hat sie den Unfall als einen ihrer Eltern dargestellt, um Mitleid zu erregen und zu begründen, warum sie von heute auf morgen bei mir einzog", ergänzte er.

„Was ist eigentlich mit den Dingen geschehen, die sie aus unserer Wohnung in München mitgenommen hat?", wollte Tanja wissen. „Vielleicht bietet das einen Ansatzpunkt, um ihre wahre Identität zu beweisen?"

Ralf schnippte mit den Fingern. „Das ist es: Boppard!" Seine Miene hellte sich auf. „Sie ließ damals, als sie angeblich ihre Wohnung auflöste, ihre Möbel und all die Dinge nicht durch einen Spediteur kommen. Sie meinte, dafür sei es zu wenig, und es gäbe Schwierigkeiten mit dem Zoll. Sie wollte sich auch von vielen Dingen trennen, da mein Haus bereits voll eingerichtet war. Zwei junge Männer, ich nehme mal an: Studenten, brachten die Sachen in einem Kleintransporter. Und einer dieser Studenten stammte aus Boppard, daran kann ich mich noch genau erinnern!"

„Du siehst, es passt alles lückenlos aneinander. Jeannette ist in Wahrheit Susanne, meine Mutter!", rief Tanja erregt.

Er nahm sie in den Arm und merkte, dass sie zitterte. War es die Aufregung oder die Kälte? Er küsste sie zärtlich.

„Ich bin sicher, die Polizei wird sehr schnell feststellen, dass die wahre Besitzerin der Papiere längst tot ist", sagte er leise. „An einige Papiere der Toten kann deine Mutter nicht herangekommen sein. Die wird sie nicht vorlegen können. Oder sie sind gefälscht!"

Am nächsten Morgen herrschte eisiges Schweigen im Hause Siebert. Ralf hatte sich über Nacht in Mareikes Zimmer einquartiert und ausgeschlafen, nachdem er erst im Morgengrauen aus Alken zurückgekehrt war. In seinem Arbeitszimmer sah er das Handy am Boden liegen, das in mehrere Teile zerborsten war. Die Telefonkarte schien allerdings unbeschädigt zu sein.

Mehr und mehr lernte er jetzt eine ganz andere Jeannette kennen, hemmungslos und jähzornig. Mit einem tiefen Seufzer warf er das kaputte Handy in den Papierkorb und suchte in seinen Schreibtischschubladen nach dem alten Handy, das ihm bis vor einigen Wochen treu gedient hatte. Es war immer noch funktionsfähig, wenn auch der Akku nach dem Laden nicht mehr die gewünschte Kapazität hatte.

Dann ließ er sich nachdenklich am Computer nieder. Unten hörte er Jeannette umherlaufen. Was sollte er nach diesem Abend noch mit ihr reden? Außerdem konnte sie sich an fünf Fingern ausrechnen, dass er sich noch mit Tanja getroffen hatte, nachdem er sie vom Polizeipräsidium nach Hause gebracht hatte und dann gleich weitergefahren war.

Gegen zehn Uhr verließ Jeannette das Haus. Er schaute aus dem Fenster und wartete, bis ihr Wagen außer Sichtweite war, dann ging er nach unten und machte sich einen Kaffee. Mehr brauchte er nicht zum Frühstück. Im Wohnzimmer suchte er die Kassette, aus der Jeannette am Abend zuvor ihre Papiere genommen hatte. Merkwürdig, er hatte diese Kassette zuvor noch nie gesehen. Vielleicht war noch mehr darin, was ihre wahre Identität belegte?

Er musste nicht lange suchen. Die Kassette stand nach wie vor im Sideboard, der Schlüssel steckte noch. Aber sie war leer. Ralf war überzeugt, dass gestern noch einiges mehr darin gewesen sein musste als nur die Papiere, die sie Fuß übergeben hatte. Was auch immer es gewesen war, sie hatte es sicherlich inzwischen verschwinden lassen, und es machte wenig Sinn, sich auf die Suche danach zu begeben. Vielleicht hatte sie es sogar eben mitgenommen und brachte es jetzt irgendwo anders in Sicherheit?

Als er im Büro sein Handy läuten hörte, eilte er nach oben. Das war sicherlich Tanja! Doch statt ihrer meldete sich Kriminalhauptmeister Wagner und teilte ihm mit, dass er soeben „auf dem kleinen Dienstweg“ mit einem Kollegen in Avignon telefoniert und ihm die wichtigsten Dokumente aus der Präfektur von Gordes zugefaxt habe. Wann man ihm ein erstes Ergebnis mitteilen könne, wisse er nicht. Die Originaldokumente von Jeannette werde er noch am gleichen Tag zusammen mit den Faxen zum LKA nach Mainz weiterleiten.

Ralf bedankte sich bei Wagner und rief Tanja an.

Sie hatte vor Aufregung die ganze Nacht nicht schlafen können, erzählte sie ihm. Schließlich sei sie aufgestanden und habe einen Spaziergang an der Mosel unternommen. Auf dem Rückweg war ihr Fuß über den Weg gelaufen, der gerade vom Nachtdienst zurückkam. Doch auch das Gespräch mit ihm hatte keine neuen Aspekte gebracht. Man musste abwarten. Fuß hatte Tanja gebeten, ihm alle Fotos aus der damaligen Zeit vorbeizubringen, die sie besaß. Vielleicht konnten die Fotos von Susanne und Jeannette für die Untersuchung nützlich sein.

Sie verabredeten sich für den Abend in der Straußwirtschaft. Ralf versprach Tanja, diesmal ohne Jeannette hinzukommen. Nachdem Jeannette den offiziellen Weg eingeschlagen hatte, konnte man sie ruhig auch zusammen sehen.

Am Abend war Jeannette immer noch nicht zurück. Ralfs Unruhe wuchs. Hatte sie sich bereits abgesetzt, weil sie sich natürlich denken konnte, zu welchem Ergebnis die Untersuchung ihrer Papiere führen würde?

Gegen halb acht fuhr er in die Straußwirtschaft. Tanja wartete bereits ungeduldig. Sie begrüßten sich bewusst zurückhaltend und ohne Kuss, doch Ralf hatte trotzdem das Gefühl, dass sich einiges bereits in einem bestimmten Personenkreis in Alken herumgesprochen hatte.

Auf dem Weg zum Nachtdienst setzte sich Fuß kurz zu ihnen an den Tisch.

„Hat Jeannette noch etwas gesagt?“

„Ich habe sie heute gar nicht gesehen. Sie ist am Vormittag gegen zehn weggefahren und bis eben nicht zurückgekehrt.“

Auch Fuß hatte sofort den Gedanken, dass sie sich wohl aus gutem Grunde abgesetzt hatte.

„Wenn sie heute Nacht nicht zurückkommt, melde sie morgen Früh ganz offiziell als vermisst“, sagte er und erhob sich. „Dann schreiben wir sie zur Fahndung aus.“

Dankend nahm er den Umschlag mit den Fotos entgegen, die Tanja wie versprochen für ihn mitgebracht hatte, verabschiedete sich von den beiden und machte sich auf den Weg ins Koblenzer Polizeipräsidium.

„Hast du nochmals mit deinem Vater gesprochen?“, fragte Ralf leise.

Sie nickte. „Charly sagt, es ist alles so lange her, und durch seinen Schlaganfall hat auch sein Erinnerungs- und Konzentrationsvermögen etwas gelitten. Aber er hat mir versprochen, sofort anzurufen, wenn ihm irgendetwas einfällt."

Ralf bestellte bei Erika einen zweiten Kerner und einen halbtrockenen Schoppen für Tanja.

„Wenn ich hier wohnen würde, ich glaube, ich würde zur Alkoholikerin", lachte sie. „Ich habe mein ganzes Leben noch nicht so viel Wein getrunken wie in den Tagen hier an der Mosel!"

Ralf war mit seinen Gedanken schon woanders. Er hatte aus der Innentasche seiner Jacke einen kleinen Kalender gezogen und blätterte darin.

„Vielleicht sollte ich mal selbst nach Gordes fahren und dort recherchieren ...", murmelte er.

„Nach Gordes?" Tanja runzelte die Stirn. „Muss das jetzt sein?"

„Ich muss einfach wissen, mit wem ich verheiratet oder nicht verheiratet bin und mit welchen Lügen ich all die Jahre gelebt habe!" Er seufzte und klappte den Kalender wieder zu. „Es geht sowieso nicht. Ich kann Mareike nicht über längere Zeit bei meinen Eltern lassen. Dafür sind sie zu alt. Und wer weiß, was mit Jeannette oder besser gesagt Susanne ist. Vielleicht ist sie ja schon über alle Berge."

Als er nach Hause kam, war Jeannette noch immer nicht zurück. Hatte sich damit schon ihre wahre Identität geklärt?

Er schlief wie nachts zuvor in Mareikes Zimmer. Doch er fand keine Ruhe, zu viele Gedanken gingen ihm noch durch den Kopf. Erst jetzt wurde ihm bewusst, wie wenig seine Frau ihm eigentlich über ihre Vergangenheit erzählt hatte. Genau genommen wusste er so gut wie gar nichts von ihr. Man hatte wenig von ihren Eltern gesprochen, was er sich immer mit dem Unfalltrauma erklärt hatte. Auch dass sie praktisch keine Freunde hier hatte, war ihm plausibel erschienen, denn sie hatte zu ihm stets genau das Gleiche gesagt, wie sie es jetzt auch Fuß zu Protokoll gegeben hatte: dass sie nur in ihrer frühesten Jugend ein paar Jahre in Deutschland gelebt hatte, ansonsten überwiegend in Frankreich. Ihre Mentalität und ihre ganze Art, die ihm besonders zu Anfang deutlich französisch geprägt schien, hatte ihm das bestätigt, wenngleich sie akzentfrei deutsch sprach. Aber war es nicht merkwürdig, dass sie bei ihrem Frankreichurlaub vergangene Woche nicht mal dem ein oder anderen Bekannten von früher einen Besuch abgestattet hatte? Wenn sie allerdings Susanne Mahler war, dann erklärte das alles.

Unvermittelt erinnerte er sich an den Tag vor ihrem Aufgebot. Hätte er da nicht bereits einen Hinweis auf Jeannettes Lügenwelt erkennen müssen?

Jeannette ist sehr nervös. Sie lässt bereits am frühen Morgen eine Skulptur fallen, die Ralf einmal vom Chef eines großen Konzerns geschenkt bekommen hatte. Damals ging es um Insolvenzgerüchte, die sich hartnäckig in der Branche hielten, an denen aber wirklich nichts dran war. Ralf hatte recherchiert, woher die Gerüchte kamen und wie sie entstanden waren, und dann konnte er im „Spiegel“ einen viel beachteten Artikel über den Konzern veröffentlichen. Das Geschenk des Konzernchefs war die Miniaturausgabe einer Skulptur, die im Konzernhaus im Foyer stand und die Ralf bei seinen Besuchen immer bewundert hatte.

Jeannette ist todunglücklich über den Schaden, den sie angerichtet hat. Doch Ralf nimmt sie in die Arme.

„Scherben bringen doch Glück“, lächelt er sie an.

Schluchzend hebt sie die einzelnen Teile auf und legt sie vorsichtig auf den Tisch, neben die Unterlagen für ihr Aufgebot.

„Vielleicht kann man sie wieder zusammenkleben.“

„Das werden wir schon irgendwie hinbekommen“, tröstet er sie und wirft einen Blick auf die Dokumente. „Hast du auch alle Papiere beisammen?“

Sie wischt sich die Tränen aus den Augen.

„Ich glaube schon! Wenn nicht, werde ich sie wohl nachreichen müssen. Weißt du, bei uns in Frankreich nimmt man das alles nicht so übertrieben ernst. In unserem Ort kennt jeder jeden, und wenn mal etwas fehlt, dann wird es schnell neu ausgestellt. Hier in Deutschland ist man da sehr bürokratisch.“

Am Morgen auf dem Standesamt in Kobern-Gondorf hatten Jeannette tatsächlich noch Unterlagen gefehlt. Der zuständige Sachbearbeiter telefonierte deswegen mit einem Kollegen in Koblenz, und man kam zu dem Schluss, dass Jeannette die Unterlagen noch beschaffen oder eine Eidesstattliche Versicherung abgeben müsse. Jeannette hatte den Standesbeamten davon überzeugt, dass die Beschaffung der Unterlagen bei den französischen Behörden kompliziert und zeitaufwändig sei, und hatte sich sofort bereitwillig für die Eidesstattliche Versicherung entschieden.

Gewiss, eine Lappalie. Aber hätte sie nicht irgendeinen Verdacht in ihm wecken müssen? Vielleicht gab es noch weitere, ähnliche Erfahrungen, die ihm Hinweise auf Jeannettes wahre Identität geben konnten?

Während er noch darüber nachdachte, hörte er in der Diele leise Schritte. Dann wurde die Schlafzimmertür geöffnet. Jeannette war zurückgekommen! Er lauschte und bemerkte, dass sie ins Badezimmer ging, dann näherten sich die Schritte dem Kinderzimmer. Vor der Tür endete das leise Tapsen.

Ralf schloss die Augen und tat, als schliefe er. Die Tür wurde leise geöffnet, ein Lichtstrahl fiel ins Zimmer. Dann wurde die Tür wieder geschlossen, und die Schritte verloren sich im Schlafzimmer.

Oberkommissar Fuß hatte gerade die Diebstahlanzeige eines Kraftfahrzeuges aufgenommen und den aufgebrachten Halter mit den wenig tröstlichen Worten „Heute gestohlen, morgen in Polen" verabschiedet. Mit einem Gähnen ließ er sich nun an seinem Schreibtisch nieder und begann die Papiere zu ordnen, die sich im Laufe der Nacht angesammelt hatten.

Es war ruhig auf den Fluren des Koblenzer Polizeipräsidiums. Sein Kollege Wagner hatte heute dienstfrei, der Glückliche. Fuß gähnte noch einmal herzhaft. Da fiel sein Blick auf einen weißen Briefumschlag – die Fotos, die Tanja ihm am Abend gegeben hatte!

Die meisten Bilder sagten ihm nichts, er konnte nur raten. Das kleine Mädchen war wahrscheinlich Tanja, die sich mittlerweile vom molligen Kind zu einer schlanken und hübschen jungen Frau entwickelt hatte. Das Gesicht des Mannes, mal zusammen mit Tanja, mal allein im Rollstuhl, war unverwechselbar ihr Vater.

Mehr Aufmerksamkeit widmete Fuß der Frau, die er auch ohne entsprechenden Hinweis für Jeannette gehalten hätte. Die Ähnlichkeit der beiden Frauen war tatsächlich recht groß. Erst als ihm ein Foto in die Hände fiel, auf dem sie nebeneinander zu sehen waren, waren gewisse Unterschiede festzustellen. Susanne Mahler hatte kürzere und hellere Haare und wirkte etwas fülliger, was aber auch an den unterschiedlichen Positionen zur Kamera liegen konnte.

Fuß breitete alle Fotos auf seinem Schreibtisch aus und studierte eines nach dem anderen. Dann versuchte er, sie in eine zeitliche Reihenfolge zu bringen, was sich an Hand von Tanjas Entwicklung relativ leicht nachvollziehen ließ. Nur drei oder vier Bilder blieben übrig, die er noch nicht genau einzuordnen wusste.

Er begann erneut die Fotos zu betrachten und versuchte sich dabei die familiäre Entwicklung der Mahlers vor Augen zu führen. Susanne wirkte lebenslustig und war meist flott anzusehen. Hingegen machte Karl Mahler von Anfang an einen biederen, eher verschlossenen Eindruck auf ihn. Nur wenn er Tanja auf dem Arm oder an der Hand hielt, wirkte er heiterer und weniger verkrampft.

Tanja war auf den Bildern aus ihren ersten Lebensjahren ein fröhliches Kind. Mit zunehmendem Alter aber erkannte Fuß an ihren Augen und auch der Körperhaltung, dass sie viel allein war. Sie wirkte zwar nicht traurig, aber verschlossen. Mit den Fotos, die Karl Mahler im Rollstuhl zeigten, änderten sich für Fuß die Eindrücke. Mahler war zwar von seiner Krankheit gezeichnet, aber er sah trotzdem lockerer und zufriedener aus, wie ein Mann, der sich mit seiner Situation abgefunden hat und versucht, daraus das Beste zu machen. Tanja musste in dieser Zeit einen enormen Schub zum Erwachsensein erlebt haben. Sie wirkte sicherer, aber auch fürsorglich gegenüber ihrem Vater, wenn beide auf den Fotos abgebildet waren. Von Foto zu Foto konnte der Oberkommissar die Entwicklung Tanjas zu einer selbstbewussten Frau deutlich verfolgen.

Er wunderte sich wieder einmal, was für eine starke Aussagekraft doch einfache Fotos bei genauer Betrachtung haben konnten. Jetzt versuchte er herauszufinden, welches wohl das letzte Foto vor und welches das erste nach Susannes Auszug aus der Münchner Wohnung war. Er konnte nicht ohne weiteres davon ausgehen, dass das erste Bild ohne Susanne auch das erste nach ihrem Auszug war. Es gab auch einige Fotos von Tanja mit und ohne ihren Vater, die dazwischen liegen konnten. Um sich die Entscheidung zu vereinfachen, legte er alle Fotos beiseite, die Karl Mahler im Rollstuhl zeigten, ebenso alle, auf denen Tanja eindeutig jünger war. Übrig blieben fünf Bilder, die er nun intensiv betrachtete.

Das erste zeigte Tanja mit ihrer Mutter, beide in leichter Sommerkleidung, vor einer Art Denkmal. Das konnte das letzte Foto sein, denn zur Zeit von Susannes Auszug musste es nach Tanjas Erzählungen eher Sommer gewesen sein. Das nächste Foto zeigte Tanja allein, wie sie vor einer Tür stand und in die Kamera winkte. Auf dem dritten Foto saß sie auf dem Boden und blätterte in einem Bilderbuch. Dann gab es noch zwei Bilder mit ihrem Vater. Einmal hatte er Tanja an der Hand und schnitt eine alberne Grimasse, ein anderes Mal standen sie recht ausdruckslos dicht nebeneinander, es schien, als wüssten sie gar nicht, dass sie fotografiert wurden.

Dieses Bild betrachtete Fuß genauer und entdeckte dabei, dass neben Karl noch jemand stand. Dieser Jemand hatte offensichtlich die Größe von Susanne, so wie sie auf den anderen Bildern abgebildet war, und auch der angeschnittene Arm war der einer Frau. Dieses Bild schob Fuß zwischen das Winterfoto mit Tanja und ihrer Mutter und das mit der winkenden Tanja in der geöffneten Tür. Bei der Tür handelte es sich offenbar um eine Wohnungstür, denn sie gab den Blick in einen dahinter liegenden Raum frei – einen Flur oder eine Diele mit einem posterähnlichen Bild, das er auch sofort auf dem Foto mit dem Bilderbuch wiedererkannte. Nur dass auf dem Bild von Tanja mit dem Bilderbuch neben dem Poster noch drei kleine Bilder hingen, die auf dem anderen Foto fehlten. Jetzt war für Fuß die Reihenfolge klar. Die fehlenden kleinen Bilder hatte Susanne bei ihrem Auszug mitgenommen! Also war das Bild mit dem Bilderbuch wohl das letzte Foto aus der Zeit, als Tanjas Mutter noch mit ihr und ihrem Vater zusammenlebte.

Fuß stand auf, das Foto in der Hand, und betrachtete es unter der Lampe. Der Titel des Bilderbuches war nicht zu erkennen. Das Poster war eindeutig das Ankündigungsplakat einer Jazzband. Bei einer Vergrößerung würde man bestimmt sogar das Datum lesen können, dessen war sich Fuß sicher. Die drei kleinen Bilder waren offenbar Fotos mit mehreren Personen, die man aber nicht erkennen konnte. Susanne würde schon ihre Gründe gehabt haben, warum sie diese Bilder mitgenommen hatte. An der anderen Wandseite entdeckte Fuß eine altmodische Garderobe. Er trat noch näher ans Licht heran und stieß einen leisen Pfiff aus.

Am nächsten Morgen musste Ralf zum Flughafen Hahn, weil er über die Einweihung des zweiten Terminals berichten sollte. Die Sonne stach bereits in den frühen Morgenstunden vom Himmel, die Luft war schwül und für den Nachmittag waren Unwetter mit Hagel angekündigt.

Als er hinunterging, um sich Kaffee zu kochen, bereitete sich auch Jeannette in der Küche ihr Frühstück zu. Sie schien sich an der rechten Hand verletzt zu haben, denn Ralf entdeckte einen kleinen roten Blutrest im Nagelbett ihres Daumens, als sie die Kühlschranktür öffnete. Beinahe hätte er sie in spontaner Besorgnis danach gefragt. Doch da sie ihm beharrlich den Rücken zukehrte und nur ein knappes „Morgen" von sich gab, verzichtete er darauf.

Sie wechselten kein weiteres Wort. Jeannette verschwand sehr schnell im Wohnzimmer, Ralf trank in der Küche stehend seinen Kaffee. Dabei überlegte er, ob er noch vor den Einweihungsfeierlichkeiten Tanja anrufen sollte, verzichtete aber schließlich darauf. Vielleicht schlief sie heute etwas länger, und diesen Schlaf wollte er ihr in dieser Situation gönnen.

Unterwegs im Auto piepste das Handy. Ralf fuhr in eine kleine Haltebucht am Straßenrand.

„Stell dir vor", Tanja war außer Atem und dem Weinen nahe, „die Windschutzscheibe meines Golfs wurde heute Nacht eingeschlagen, der ganze Lack verkratzt und mit roter Farbe ‚Hure' auf die Seitentür geschrieben!"

Für Ralf stand die Urheberin dieses Anschlags sofort fest.

„Hast du Fuß schon Bescheid gesagt?"

„Ich habe sofort dort angerufen, aber Erika sagt, ihr Mann hatte Nachtdienst und schläft noch."

„Dann lass die Polizei aus Brodenbach kommen!"

„Das hat Renate schon erledigt. Glaubst du, dass meine Mutter es war?"

Ralf wollte Tanjas Emotionen nicht noch stärker anheizen und behielt daher für sich, was er am Morgen beobachtet hatte.

„Das soll die Polizei rausbekommen", sagte er nur. „Ich werde auf jeden Fall am Nachmittag zu dir kommen. Am besten ist, du bleibst bis dahin bei Renate. Denn sollte es Jeannette gewesen sein, weiß man nicht, was der Eifersüchtigen sonst noch alles einfällt!"

Als er von der Hunsrückhöhenstraße auf die B 50 abbog, machte sich schon deutlich der zusätzliche Verkehr wegen der Einweihung des neuen Flughafenterminals bemerkbar. Den letzten Teil der Zufahrt zum Flughafen ging es nur noch Stop-and-go weiter. Das gab ihm Zeit sein Handy auf stumm zu schalten. Die Einweihungsfeier wollte er nicht durch lästiges Piepsen stören. Es würde ohnehin genügend Leute geben, die dies vergaßen!

Wenig später drängte er sich durch die Menge der Gäste, Ehrengäste und Kollegen, um nach dem offiziellen Teil noch ein kurzes Statement von Wirtschaftsminister Bauckhage und dem Chef von Ryanair, Michael O'Leary, zu ergattern. Dies gelang ihm auch tatsächlich. Mit dem Hinweis des stolzen Ministers, der Flughafen Hahn rangiere unter den 23 deutschen Charterflughäfen an dritter Stelle in der Beliebtheitsskala, beendete Ralf seine Aufzeichnungen und verließ den neuen Terminal.

Draußen versuchte er tief durchzuatmen, aber die Luft war so drückend, dass ihm dies kaum gelang. Auf dem Weg zu seinem BMW fiel ihm ein, dass er wieder das Rufsignal des Handys einschalten konnte. Dabei entdeckte er, dass mehrfach versucht worden war, ihn anzurufen. Allerdings erschienen alle Anrufer als unbekannt auf dem Display. Aber wer etwas Wichtiges hatte, würde es auch ein weiteres Mal versuchen.

Er behielt Recht. Kaum hatte er die B 50 erreicht, begann sein Handy zu piepsen. Am anderen Ende meldete sich Fuß. Ralf erkannte am Schwung seiner Stimme sofort, dass der Oberkommissar bester Laune war.

„Wir haben Sie!“, drang es fröhlich an Ralfs Ohr.

„Wie seid ihr so schnell auf Jeannette gekommen?“, wollte Ralf wissen.

Fuß wusste zunächst nichts mit Ralfs Frage anzufangen. Doch dann ging ihm ein Licht auf.

„Ach, du meinst die Attacke heute Nacht auf Tanjas Golf! Nein, das haben die Kollegen übernommen. Ich meine die Überprüfung von Jeannette!“

„Und, wer ist sie?“ Ralf hielt den Atem an und stieg vom Gaspedal.

Seine Augen suchten verzweifelt nach einer Möglichkeit anzuhalten, denn er hatte sein Handy wieder mal nicht an die Freisprechanlage angeschlossen. Er vergaß es einfach immer.

„Jeannette ist in Wirklichkeit Susanne Mahler!“, hörte er Fuß fast feierlich sagen.

Mit einem schnellen Lenkradeinschlag steuerte Ralf auf den grünen Randstreifen und hielt an. Er spürte, wie sich sein Pulsschlag erhöhte und sein Kreislauf aus den Fugen geriet. Zunächst war er nicht fähig, ein Wort über die Lippen zu bringen, und lauschte nur, was Fuß ihm Genaueres sagen konnte.

„Ich hab heute Nacht die Bilder angeschaut, die Tanja mir gestern Abend gegeben hat. Dabei ist mir ein Foto aufgefallen – da sitzt Tanja mit einem Bilderbuch vor einer recht altmodischen kleinen Garderobe. Genau diese Garderobe hat mir deine Tochter einmal gezeigt, sie hängt jetzt in ihrem Zimmer. Und sie hat mir damals voll Stolz erzählt, dass diese Garderobe von ihrer Mutter stammt und dass die sie auch schon als Kind gehabt hat."

Die Möbel! Ralf fiel es wie Schuppen von den Augen. Dass er nicht selbst auf diese Idee gekommen war. Einige wenige dieser Möbelstücke hatten tatsächlich all die Jahre überlebt, meist nur unbedeutende Teile, so wie diese lächerliche Garderobe.

„Jeannette ist also wirklich …", stellte er monoton fest.

„Ja, mein Freund, das Auge eines Kriminalers sieht schon so manches, was andere nicht entdecken", gab Fuß zurück, hörbar zufrieden, unabhängig von allen Laboruntersuchungen und vor allem viel schneller einen Beweis für die Identität dieser Frau gefunden zu haben.

„Weiß Tanja schon Bescheid?"

„Nachdem du nicht zu erreichen warst, habe ich sie angerufen. Sie war genauso überrascht wie du. Sie hat mir gesagt, dass du beruflich unterwegs bist. Wann kommst du zurück?"

„Ich bin bereits auf dem Rückweg. In einer Stunde kann ich locker in Alken sein."

„Dann soll Ek etwas mehr Wasser in die Suppe kippen, und ihr kommt beide hierher, damit wir die Sache mit dem Golf und euer weiteres Vorgehen besprechen können. Wenn Jeannette das mit dem Golf war, dann sollte sich Tanja allerdings in Acht nehmen. Wer weiß, was in der Frau vorgeht?!"

„Das habe ich Tanja auch schon gesagt. Aber jetzt muss ich erst einmal mit allem anderen klarkommen, mir ist im Moment ganz schummrig im Kopf und Bauch."

„Lass dir Zeit. Ek ist sowieso noch unten mit Katharina am Putzen."

Ralf legte das Handy auf den Beifahrersitz und lehnte sich zurück. Bis vor kurzem war alles nur eine Vermutung gewesen, alles noch unwahrscheinlich. Aber jetzt stand unerschütterlich fest: Jeannette Palladu, die er geheiratet hatte, war in Wirklichkeit Susanne Mahler. Seine Ehe war ungültig, seine Tochter unehelich, die letzten zwanzig Jahre seines Lebens eine Lügenwelt.

Er ließ die Scheiben seines Wagens herunter und den aufkommenden Wind durch den Wagen wehen. Beängstigend laut drang das Vorbeirauschen der Autos an sein Ohr und ein Rütteln ging jedes Mal durch seinen Wagen. Genervt schloss er die Fenster wieder und startete. Er wartete eine Fahrzeuglücke ab und trat das Gaspedal durch. Hinter ihm blieb eine Staubwolke zurück.

Auf der Hunsrückhöhenstraße nahm er die erste Parkgelegenheit wahr und rief Tanja an. Doch statt ihrer Stimme meldete sich das Band des Netzbetreibers: „Dieser Anschluss ist vorübergehend nicht erreichbar." Vielleicht war sie spazieren gegangen, um den Anschlag auf ihren Golf und die endlich gewonnene Gewissheit über ihre Mutter zu verarbeiten.

Ungeduldig wählte er Renates Nummer, um ihr eine Nachricht für Tanja zu übermitteln.

„Tanja ist vor einer halben Stunde mit einem Taxi weggefahren. Sie wollte nach Nörters rauf, hat sie gesagt."

Ralf wurde schwarz vor Augen. „Waaas? Bist du sicher, dass sie Nörtershausen gesagt hat?", schrie er.

„Ja, ich habe mich nämlich auch gewundert. Denn sie hat gesagt, sie will sich dort mit ihrer Mutter treffen …"

12.

Ralf erwachte wie aus einem tiefen, rauschähnlichen Schlaf. Tastend versuchte er sich in der Gegenwart zurechtzufinden. Irgendetwas störte ihn an seinen Händen, sie fühlten sich unangenehm feucht und klebrig an. Er öffnete die Augen – und schloss sie gleich wieder. Blut, überall Blut! Mit einem fürchterlichen Schlag war alles wieder da. Seine Hetzjagd nach Nörtershausen, das grabesstille Haus – und die Tote vor ihm.

Übelkeit und Ekel stiegen in ihm auf und drohten ihn zu übermannen. Er versuchte durchzuatmen und zwang sich, seine Augen noch einmal auf den leblosen Frauenkörper zu richten. Um ihren Hals war ein dünner Seidenschal geschlungen, der ursprünglich einmal warme Herbstfarben gezeigt hatte. Jetzt war er von Blut getränkt und lag tiefschwarz wie ein Trauerflor neben der Toten. Ihr Rock war weit hochgerutscht, ihre Beine wirkten unnatürlich verdreht, fast wie verknotet. Offenbar hatte sie im Sturz noch versucht sich umzudrehen.

Ralf erhob sich mühsam, auf eine Stuhllehne gestützt. Seine Gelenke schmerzten, die Hosenbeine hatten sich vom Knie abwärts mit Blut vollgesogen. Benommen schleppte er sich zu der schwarzen Ledercouch, neben der sich der kleine Glastisch mit dem Telefon befand. Als er den Hörer abhob, sah er, dass seine Hände blutverschmiert waren und heftig zitterten. Beim Eintippen der Nummer hinterließ seine Fingerkuppe Blutspuren auf den Tasten.

Er wartete, dass am anderen Ende abgehoben wurde. Unwillkürlich wanderte sein verzweifelter Blick zu der Toten hinüber. Wieder überfiel ihn Übelkeit, und er begann zu würgen. Zugleich stiegen Schuldgefühle in ihm auf.

„Hier Dick und Doof, Dick am Apparat“, meldete sich Erika fröhlich am anderen Ende.

„Ralf hier!“, brachte er mit brüchiger Stimme hervor. „Ist dein Mann da?“

Er hörte, wie Erika mit zugehaltener Sprechmuschel ihren Mann rief. Ein Stuhl wurde geschoben, Schritte näherten sich dem Hörer.

„Von dir, mein Freund, lasse ich mich gern beim Mittagessen stören, selbst nachdem wir bisher vergeblich auf euch warten …"

„Fuß, du musst sofort kommen! Es ist etwas Schreckliches passiert!", krächzte Ralf in die Muschel.

„Was ist los, Ralf?", kam es erschrocken zurück.

Ralf versuchte zu schlucken, aber es war mehr ein Würgen. „Jeannette ist tot, Fuß, kaltblütig umgebracht."

„Wo bist du?", fragte der Kriminaloberkommissar sofort nüchtern und sachlich.

„In Nörters …"

„Ich komme! Fass auf keinen Fall etwas an! Ich informiere auch die Kollegen! Bleib ganz ruhig! Hörst du?!"

Am anderen Ende machte es „Klack", die Leitung war tot. Ralf ließ sich erschöpft auf die Couch fallen. Er begriff das alles nicht. Was war geschehen und warum? Der Hörer fiel mit einem dumpfen Schlag auf den Orientteppich. Von einem Weinkrampf geschüttelt vergrub Ralf das Gesicht in seinen schmalen Händen.

Er konnte keinen klaren Gedanken fassen. Es war zu viel, es war einfach zu viel, was er in den letzten Tagen erlebt hatte, bis zum blutigen Ende. Wieder fuhr er durch sein schütteres Haar, und immer mehr verschmierte er das Blut am ganzen Körper, an seiner Kleidung und Umgebung.

Oberkommissar Fuß brauchte keine zehn Minuten, um von der Mosel hoch die wenigen Kilometer nach Nörtershausen zu fahren. Nach vierzig Dienstjahren als Polizeibeamter war er auf ziemlich alles vorbereitet. Trotzdem erschrak er, als ihm Ralf, überall blutverschmiert und mit verquollenen Augen, die Haustür öffnete und wie leblos in die Arme fiel.

Fuß war zum Glück stämmiger als Ralf und gut einen halben Kopf größer, sodass er ihn auffangen konnte. Hinter ihm betrat Erika das Haus – so, wie sie noch vor kurzem in ihrer Küche gestanden und Bratkartoffeln und Frikadellen gebraten hatte, mit zerzausten Locken, im schwarzen Pulli und mit einem langen dunkelgrauen Rock.

Behutsam löste sich der Oberkommissar aus der Umklammerung seines Freundes, lehnte Ralf mit seinen breiten Händen sanft gegen die Flurwand und machte sich bedächtigen Schrittes auf den Weg ins

Haus. Dabei registrierten seine Augen mit fotografischer Genauigkeit alles, von dem er glaubte, dass es später einmal von Wichtigkeit sein konnte – eine Angewohnheit, die er sich im Laufe seiner langen Berufsjahre antrainiert hatte. Aus den Augenwinkeln registrierte er, dass seine Frau Ralf tröstend in die Arme nahm. Sie wussten beide, dass Ralf jetzt Trost und Hilfe brauchte. Wozu war man auch befreundet?

„Schrecklich“, hörte er seine Frau mitfühlend sagen, dann lauter: „Komm, Ralf, zieh erst einmal das ganze blutverschmierte Zeug aus, dusch dich, und dann trinkst du einen Klaren. Bis dahin wird auch die Verstärkung da sein.“

Während sie den immer noch zitternden Ralf wie ein kleines Kind bei der Hand nahm und die Treppe hinaufführte, wandte sich Fuß dem Wohnzimmer zu. Er zog eine kleine Plastiktüte aus der Hosentasche, die er in Eile hineingestopft hatte, streifte sich Latex-Handschuhe über und untersuchte als Erstes den tiefen, etwa fünf bis sechs Zentimeter langen Stich am Hals der Toten. Er hatte offenbar die Hauptschlagader durchtrennt. Sie hatte keine Chance gehabt und musste innerhalb von fünf Minuten verblutet sein. Die Mordwaffe fand er unter der Toten, als er den leblosen Körper vorsichtig ein wenig anhob: ein breites Küchenmesser mit dunkelbraunem Holzgriff. Fuß stippte mit den Fingerspitzen in die Blutlache und prüfte so die Viskosität des Blutes. Die Tat konnte kaum länger als eine Stunde her sein. Genaueres würden ihm die Gerichtsmediziner sagen.

Er richtete sich wieder auf und blickte sich mit größter Konzentration im Zimmer um. Nichts deutete auf einen Kampf hin, außer dass der Teppich an der Stelle verrutscht war, an der Jeannette oder vielmehr Susanne gestanden haben musste, als ihr das Messer in den Hals gestoßen wurde. Es sah aus, als sei sie völlig unvorbereitet angegriffen worden. Das würde auch die merkwürdige Verdrehung ihrer Beine erklären.

In der Küche warf der Oberkommissar zunächst einen prüfenden Blick in den offenen Kühlschrank, der leise vor sich hinsurrte, um die eindringende Wärme auszugleichen. Im Kühlschrank befand sich nichts Außergewöhnliches – ein paar Cola- und Bierdosen, zwei Flaschen Mineralwasser, eine Tupper-Box mit Wurst, Butter, Eier und etwas Obst. Wer hatte den Kühlschrank geöffnet, wann und warum?

Fuß wechselte die Latexhandschuhe, die vom Berühren der Leiche mit Blut verschmiert waren, gegen ein Paar neue aus und begann in den Schubladen unterhalb der Arbeitsplatte zu suchen. Schließlich entdeckte er, etwas verdeckt durch die Mikrowelle auf der Anrichte, einen Holzblock mit Messern. Er sah sofort den leeren Schlitz, in dem ein Messer fehlte – die Tatwaffe! Die offene Kühlschranktür sollte wohl den Blick auf den Messerblock versperren.

Fuß versuchte bereits den Ablauf des Verbrechens zu rekonstruieren. Alles schien eindeutig.

Als er seine Frau und Ralf wieder herunterkommen hörte, kehrte er in den Flur zurück. Ralfs Gesicht hatte die rote Farbe verloren und war jetzt kreidebleich. Er sah wirklich elend aus, aber seine Hände, Gesicht und Haare waren inzwischen gewaschen und er hatte die Kleidung gewechselt.

„Und jetzt?" Er blickte den Oberkommissar hilflos an.

„Weißt du ungefähr, wann du Jeannette gefunden hast?"

Ralf schien durch ihn hindurch zu blicken und versuchte sich auf die Antwort zu konzentrieren. Doch dann schüttelte er langsam den Kopf.

„Ich weiß es nicht. Ein paar Minuten, bevor ich dich angerufen habe, vielleicht vier oder fünf ..."

„Und Mareike?", kam es Erika erschrocken in den Sinn. Sie fuhr sich aufgebracht durch ihre schwarzen Locken. „Wo ist die Kleine?"

„Gott sei Dank bei meinen Eltern ..."

„Und euer Hund?" Fuß fiel auf, dass Kaspar nicht da war. „Wir können ihn für ein paar Tage zu uns holen, wenn du willst."

Ralf klammerte sich ans Treppengeländer und begann erneut zu würgen. Fuß sah, wie er den Weg zur Gästetoilette anpeilte, und wollte ihm zu Hilfe eilen.

„Kaspar ist auch bei meinen ...", brachte Ralf noch hervor, dann schoss er auf die schmale Tür neben dem Hauseingang zu.

Erika schaute ihren Mann an. „Wir hätten ahnen müssen, dass etwas passiert", flüsterte sie und warf einen besorgten Blick zur Gästetoilette.

Der Oberkommissar schnitt eine Grimasse und brummte: „Nur, dass alles mit einem so sinnlosen Mord endet, das konnte keiner voraussehen."

Draußen hörte man einen Diesel vorfahren. Fuß eilte zur Haustür, öffnete sie und winkte seine drei herbeigerufenen Kollegen hinein.

„Geradeaus!", er deutete in Richtung Wohnzimmer.

Kriminalhauptmeister Wagner, ein stämmiger Westfale mit ständig zerzausten Haaren, betrat als Letzter das Haus. Er stieß beinahe mit

Ralf zusammen, der aus der Toilette kam und auf den Flur trat. Als würde er seine Umgebung nicht wahrnehmen, ging er an Fuß, Wagner und Erika vorbei.

„Ich bin oben, wenn ihr mich braucht", meinte er geistesabwesend.

Das Telefon begann zu läuten. Ralf hielt im Gehen inne.

„Ich werde den Anrufbeantworter einschalten müssen", murmelte er.

Erika machte ihrem Mann hinter Ralfs Rücken ein Zeichen und folgte ihm ins obere Stockwerk.

„Das ist doch ...", raunte Wagner, der dicht neben Fuß stehen geblieben war.

„Siebert. Du hast ihn sicher schon mal in unserer Straußwirtschaft getroffen. Das ist ein wirklich feiner Kerl. Und jetzt das!"

„War er es?"

Fuß schüttelte nur den Kopf und gab den beiden Kollegen von der Spurensicherung weitere Anweisungen. Sie hatten ihre Metallkoffer im Flur abgestellt und waren dabei sich ihre weiße Schutzkleidung überzuziehen.

„Schaut auf jeden Fall auch in der Küche am Kühlschrank und am Messerblock nach Fingerabdrücken", ordnete Fuß an.

„Die Leiche hat aber ursprünglich wohl direkt an die Tür gelehnt gelegen", stellte der Kleinere der beiden fest.

„Irgendwie musste Siebert ja ins Zimmer kommen." Fuß schaute seinen Kollegen leicht genervt an. Unsinnige Hinweise auf offensichtliche Dinge waren ihm ein Graus. Sie waren nicht nur unnötig, sondern belasteten auch die Aufnahmefähigkeit des Gehirns und zeugten seiner Meinung nach von Wichtigtuerei.

„Das kann aber die jetzige Position der Leiche erheblich verändert haben", entgegnete der Kollege rechthaberisch.

Fuß verschränkte seine Arme vor der Brust, strich sich über den kurz rasierten Bart und meinte in einem Anflug von Engelsgeduld, aber nicht ohne ironischen Unterton: „Ich glaube nicht, dass dies für die Aufklärung des Falls von epochaler Bedeutung ist. Der Tatablauf scheint ziemlich eindeutig, wenn man gelernt hat, genau hinzusehen."

Er betrat vor seinen Kollegen das Wohnzimmer und deutete auf drei parallel laufende, abwärts führende Blutspuren unterhalb des Türgriffs.

„Die Tote wurde offenbar unvorbereitet angegriffen, vielleicht sogar von hinten, ihr wurde das Messer in den Hals gestoßen, das war's. Danach wurde die Tatwaffe einfach fallen gelassen und die Tür schnell von außen geschlossen. Die Tote hat sich im Sturz gedreht, wollte vermutlich den Täter aufhalten oder nach der Türklinke greifen. Hat diese aber verfehlt und ist dabei abgerutscht. Das lässt sich sehr leicht anhand der Spuren rekonstruieren. Oder bist du da anderer Meinung?“

„Alles klar, Herr Kommissar!“, versuchte der Beamte zu kontern und schlug die Hacken zusammen.

„Oberkommissar!“, korrigierte Fuß prompt mit einem versöhnlichen Grinsen. „So viel Zeit muss sein!“

„Ehrlich, seit wann?“, kam die erstaunte Frage von dem zweiten, etwas stämmigeren Beamten.

Fuß zwinkerte mit einem Auge. „Irgendwann im letzten Sommer, aber da war ich rein zufällig im Urlaub und musste den ganzen idiotischen Quatsch nicht mitmachen.“

„Und deine Urkunde?“

„Hängt zu Hause aufm Scheißhaus“, lachte Fuß.

Während Kriminalhauptmeister Wagner und die beiden Kollegen weiter das Haus nach Spuren absuchten, fuhren Erika und Fuß mit Ralf nach Alken.

Schon der Gang zum Auto wurde für Ralf zum Spießrutenlauf. Nachbarn haben ein Gespür für Sensationen, das hatte er bereits in seinen ersten Berufsjahren als Journalist erfahren. Einige seiner Nachbarn kannten Oberkommissar Fuß. Und wenn dieser am helllichten Tag aufkreuzte und ihm Siebert mit hochrotem Kopf an der Haustür in die Arme fiel, dann musste sich in seinem Haus etwas Schreckliches ereignet haben. Als man dann noch kurze Zeit später beobachten konnte, wie drei Leute, zwei mit Metallkoffern in einem unauffälligen grauen Wagen vorfuhren und vom Oberkommissar ins Haus gelassen wurden, kannte die Neugier keine Grenzen mehr.

Fuß hatte in solchen Situationen seine einschlägigen Erfahrungen. Er setzte seine grimmigste Miene auf, ging raschen Schrittes auf seinen Geländewagen zu und schob dabei die Neugierigen unsanft mit seinen Ellenbogen beiseite. Dicht hinter Ralf folgte Erika, die mit ihren Pfunden Ralf geschickt nach hinten abschirmte.

Auf der Fahrt sprachen die drei nur wenig. Der Schock saß tief. Es hatte einen brutalen Mord gegeben und es war klar, wer Susanne Mahler ermordet hatte: Tanja, ihre Tochter.

Das unterbrochene Mittagessen wartete noch auf dem Tisch. Gegenüber den Tellern von Ek und Fuß standen zwei unbenutzte Teller, die für Ralf und Tanja gedacht waren.

Ralf bemerkte nichts davon. Wie traumwandelnd ging er in das kleine, aber gemütliche Wohnzimmer des Oberkommissars und vergrub sich in einem Sessel.

Fuß hockte sich neben seinen Freund.

„Ich werde jetzt rüber zu Renate gehen und Tanja festnehmen müssen ...“ Trotz professioneller Nüchternheit wirkte seine Stimme bedrückt und enttäuscht.

„Ich weiß!“ Ralf hielt die Augen geschlossen. Wie konnte Tanja nur eine solche Tat begehen? Welche Umstände hatten in Nörtershausen zu dem Mord geführt?

„Da solltest du dich aber beeilen, sonst ist der Vogel ausgeflogen!“, bemerkte Erika von der Küche aus, wo sie begonnen hatte, den Tisch abzuräumen.

„Die kommt nicht weit“, hielt ihr Mann dagegen. „Die hat ihren Vater, den sie versorgen will. Und wenn sie schon weg ist, müssen halt die Münchner Kollegen sie festnehmen. Außerdem glaube ich nicht, dass sie abhaut. Die weiß genau, was sie tut und getan hat, und steht dazu!“

Er erhob sich und verließ den Raum, ohne ein weiteres Wort zu verlieren.

„Willst du nicht etwas essen?“

Erika warf aus der Küche einen Blick zu Ralf hinüber. Sie sah, dass ihm Tränen über die Wangen liefen und er völlig in seine eigene Welt versunken war.

Den demolierten Golf hatten Kollegen der Spurensicherung abschleppen lassen. Zurückgeblieben waren nur ein paar kleine Glassplitter und rote Farbspritzer auf dem grauen Asphalt. Fuß schüttelte gedankenversunken den Kopf. Ein Mord als Rache für ein beschädigtes Auto würde für Tanja schwerwiegende Folgen haben!

Renate öffnete ihm gut gelaunt die Haustür, erschrak aber, als sie sein Gesicht sah.

„Ist Tanja da?“, fragte er und blickte gleichzeitig an Renate vorbei in Richtung Gästezimmer.

„Nö, die ist gegen elf oder halb zwölf mit einem Taxi nach Nörters gefahren. Ralf hat auch schon angerufen und nach ihr gefragt.“

„Komm, das weiß ich. Ich muss in ihr Zimmer!"

„Dienstlich?" Renate spürte, dass etwas geschehen sein musste, was ihr prompt durch ein gequältes „Ja" des Oberkommissars bestätigt wurde.

Wortlos ging sie voraus und öffnete die Tür zu dem Zimmer, das sie an Tanja vermietet hatte. Erleichtert sah Fuß, dass Tanja offenbar nicht abgereist war. Auf dem Tisch lag ein Zettel, der ihm sofort ins Auge stach:

Liebster,
Fuß hat mich gerade darüber informiert, dass nun endlich bewiesen ist, dass Jeannette meine Mutter ist. Ich glaube, der ehrlichste Weg ist, wenn ich selbst mit ihr spreche und alles kläre, auch wenn sie offenbar im Moment einen großen Hass auf mich hat. Aber warum soll ich euch da mit hineinziehen? Ich habe mich im Leben immer allen Dingen gestellt und hoffe, dass es mir gelingt, sie auf den Weg zu führen, den Fuß vorgeschlagen hat. Ich werde gegen Mittag zurück sein. Warte bitte auf mich. Ich liebe dich!!!
Deine Tanja

Fuß kratzte sich am Hinterkopf. „Hast du einen großen Briefumschlag oder etwas Ähnliches?"

Renate schaute ihn verwundert an, verließ dann aber wortlos das Zimmer und machte sich auf die Suche.

Dieser Brief an Ralf war ein wichtiges Beweisstück. Tanja war also offenbar nicht in der Absicht nach Nörtershausen gefahren, ihre Mutter zu ermorden. Was war dort geschehen? Womit hatte Jeannette ihre Tochter derart in Wut versetzt, dass diese zum Messer griff? Er machte sich nun den Vorwurf, Tanja vor Ralf informiert zu haben. Aber wer hätte ahnen können, was für eine Reaktion dadurch ausgelöst wurde?

Renate kam mit einer Plastiktüte zurück. „Reicht das?"

Fuß nickte und schob den Zettel mithilfe eines Kugelschreibers hinein.

„Hast du den Taxifahrer gekannt oder weißt du, welches Unternehmen Tanja angerufen hat?"

Renate schüttelte den Kopf.

„Wenn Tanja aufkreuzt, ruf mich bitte sofort auf meinem Handy an!", sagte er eindringlich und verließ ohne weiteren Kommentar den Raum.

Renate wagte nicht zu fragen, was der Anlass seines Besuches war. Sie wusste, dass Fuß ihr sowieso nur eine ausweichende Antwort geben würde.

Auf dem Weg nach Hause telefonierte Fuß mit seinem Kollegen Wagner: Er solle herausbekommen, mit welchem Taxi Tanja nach Nörtershausen gefahren war und wer sie zurück und wohin gefahren hatte.

Als er wieder in seiner Wohnung eintraf, war Ralf immer noch nicht ansprechbar. Erika hatte inzwischen aufgeräumt und wartete auf seine Rückkehr, um sich wie immer vor dem Öffnen der Straußwirtschaft ein wenig hinzulegen. Sie deutete auf Ralf und warf ihrem Mann einen fragenden Blick zu.

Fuß machte ihr ein Zeichen, dass er im Zimmer bleiben werde. Er schnappte die Tageszeitung, setzte sich neben seinen Freund in einen Sessel und begann zu blättern. Erst als er bereits beim Sportteil angelangt war, öffnete Ralf die Augen und bewegte sich.

„Was geschieht jetzt?“, fragte er mit belegter Stimme.

„Tanja war nicht bei Renate. Aber ich gehe davon aus, dass sie kommen wird. Sie hat offensichtlich im Affekt gehandelt, ich habe einen Brief an dich vorgefunden, der das beweist.“

„Kann ich den Brief sehen?“

Fuß schüttelte den Kopf. „Brauche ich als Beweis. Du willst doch auch, dass wir die Vorsätzlichkeit der Tat widerlegen können?“

Mit einem solchen Begriff konnte Ralf im Moment nichts anfangen. Aber Fuß würde schon alles richtig machen, dessen war er sich sicher. Mühsam erhob er sich und ging ein paar Schritte. Seine Knie waren weich, sein Gang unsicher.

„Wann kann ich wieder in mein Haus zurück?“

„Jederzeit. Ich gehe davon aus, dass die Kollegen inzwischen fertig mit ihrer Arbeit sind. Ich fahre dich hoch, aber du kannst auch gern bei uns bleiben.“

Aber Ralf zog es in seine gewohnte Umgebung. Er wollte alleine sein, in Ruhe nachdenken, versuchen, alles zu begreifen.

Die Rückkehr nach Nörtershausen war für ihn noch schlimmer als die Abfahrt am Mittag. Bevor der Leichenwagen vorgefahren und Susanne im Glasfibersarg abtransportiert worden war, hatten sich außer den Nachbarn auch einige Kollegen von der Presse eingefunden. Man stand in kleinen Gruppen zusammen und wartete geduldig darauf, den

Mann des Opfers ablichten und ihm ein Statement entlocken zu können.

Fuß fuhr seinen Geländewagen so dicht an den Vorgarten, dass der Weg zur Haustür für Ralf nur knapp zwei Meter betrug. Außerdem nahm er ihm schon im Wagen den Haustürschlüssel aus der zitternden Hand. So konnte alles sehr schnell vonstatten gehen: Fuß stieg aus, eilte um den Wagen herum und schloss die Haustür auf. Im gleichen Moment stieg Ralf aus und war in weniger als drei Sekunden im Haus verschwunden. Trotzdem leuchteten von allen Seiten Blitzlichter, und seine Medien-Kollegen forderten ihn durch Zurufe auf, ihre Fragen zu beantworten.

Er atmete erleichtert auf, als sich endlich die Haustür hinter ihm schloss. Beklommen schaute er sich um. Auf den ersten Blick war alles so wie immer, wären da nicht der Siegelstreifen an der Wohnzimmertür und überall die Aschespuren, die die Koblenzer Polizei bei der Suche nach Fingerabdrücken hinterlassen hatte.

„Lass alles, wie es ist. Ich schick dir Katharina oder Renate“, bot Fuß seinem Freund an. „Die können kurz durchwischen und sauber machen.“

„Was ist mit dem Wohnzimmer?“

Fuß machte ihm ein Zeichen, zu warten. Er zog sein Handy aus dem Jackett und rief Wagner an. Ein Taxiunternehmen aus Buchholz hatte Tanja von Alken nach Nörtershausen gefahren. Wie sie von dort weggekommen war, lag noch im Dunkel. Jedenfalls nicht mit dem Buchholzer Taxi. „Das Siegel habe ich nur geklebt, falls Du noch einmal in Ruhe reinschauen willst ...“

Fuß riss das Siegel ab, deutete Ralf nochmals an, sich zu gedulden, und ging alleine in den Raum. Noch einmal schaute er sich im Raum um und prägte sich jedes Detail ein. Grelle Sonnenstrahlen erhellten die grausame Realität. Deutlich war zu sehen, wo die Leiche gelegen hatte, die sich jetzt auf dem Weg nach Mainz in die Gerichtsmedizin befand. Fuß betrachtete nochmals nachdenklich die Blutspuren an der Tür.

Draußen ertönte ununterbrochen die Türklingel. Schon nach dem ersten Läuten hatte Ralf begonnen, die Sicherung zu suchen, um die Klingel abzustellen. Fuß kam ihm zu Hilfe und fand sie schließlich auch. Dann deutete er auf die Wohnzimmertür.

„Du solltest da nicht hineingehen, bevor geputzt und aufgeräumt ist. Es wäre sowieso besser, wenn du heute bei uns übernachten würdest oder drüben bei Priebes oder Renate.“

Ralf lehnte sich gegen die Wand. Er spürte, wie seine Beine wieder zu Pudding wurden. Fuß beobachtete, wie aus dem ohnehin schon blassen Gesicht seines Freundes alle Farbe wich. Er packte Ralf um die Brust und half ihm gerade noch rechtzeitig, sich auf den Boden zu setzen.

„Nee, Junge, du bleibst hier nicht allein im Haus!“, beschloss er und griff erneut zum Handy, um Renate anzurufen.

„Hast du Zeit, zu Ralf zu kommen? Es ist wichtig. Ich bin hier bei ihm in Nörters.“

„Hat das was mit deinem Besuch eben zu tun?“, wollte sie wissen, erhielt aber keine Antwort. „Wenn Ek mich nicht für den Service braucht …“

„Ralf braucht dich dringender!“

„Bin schon unterwegs.“

Fuß warf einen Blick zu Ralf, der wieder etwas Farbe im Gesicht hatte, aber immer noch apathisch an die Wand gelehnt saß.

„Renate kommt“, teilte ihm Fuß mit, wusste aber nicht, ob sein Freund ihm zuhörte.

Er setzte sich auf die Treppe und wartete.

Renate musste sofort nach dem Anruf gestartet sein, denn wenig später klopfte es an der Haustür. Fuß sprang auf, stieg über die Beine von Ralf und öffnete.

„Ich bin gleich mitgekommen. Was ist denn hier los?“, fragte Günter und deutete nach hinten zu der Pressemeute. Dann entdeckte er Ralf auf dem Boden. „Was ist …?“

Fuß machte ihm ein Zeichen, den Mund zu halten. Er zog Renate ins Haus, warf den wartenden Journalisten einen wütenden Blick zu und schloss die Tür.

„Jeannette ist tot.“

„Mein Gott!“, entfuhr es Renate. Sofort traten ihr Tränen in die Augen.

Günter schob sich an Fuß vorbei und ging auf Ralf zu. „Wie ist das denn passiert?“

Der Oberkommissar packte Günter an der Schulter, noch bevor er sich zu Ralf hinabbeugen konnte, und zog ihn und Renate dicht zu sich.

„Ralf hat sie heute Mittag tot aufgefunden. Sie wurde erstochen. Mehr kann ich im Moment nicht sagen. Nachdem ihr zu zweit seid, wäre es gut, wenn wir Ralf nach oben ins Schlafzimmer bringen würden. Einer von euch sollte oben bei ihm bleiben und der andere hier unten sauber machen. Vor allem das Wohnzimmer, wo es passiert ist, sieht schlimm aus. Vielleicht kannst du dort …?"

Er schaute Günter an, der sofort zustimmend nickte.

„Wer ist bei euch zu Haus und informiert mich, wenn Tanja zurückkommt?", wollte Fuß wissen.

„Der Sohnemann ist zu Hause", gab Renate unter Tränen zurück. „Er weiß wegen Tanja Bescheid."

Der Gedanke an Tanja ließ sie erneut aufschluchzen. Ob sie etwas mit dem schrecklichen Mord zu tun hatte?

Günter hatte in seinem Leben schon manch ekelhafte Situation durchgestanden. Aber der Blick ins Wohnzimmer übertraf alles Bisherige. Trotzdem überwand er sich und machte sich an die Arbeit. Den Aschespuren konnte sich Renate später widmen, er konzentrierte sich erst mal auf die riesige Blutlache und die vielen Blutspuren im ganzen Raum. Über zwei Stunden war er mit Säubern beschäftigt, dann genehmigte er sich einen Cognac aus der Vitrine, um den angestauten Ekel herunterzuspülen.

Als er schließlich die Treppe emporstieg, vernahm er von oben die Stimme seiner Frau, die sich mit Ralf unterhielt.

„Ach, du bist auch da!", wunderte sich Ralf, als Günter eintrat.

Er hatte inzwischen ein wenig geschlafen und fühlte sich schon wesentlich besser.

„Ich habe Ralf das Versprechen abgenommen, dass er heute Nacht bei uns schläft", informierte Renate ihren Mann. „Aber er will unbedingt noch etwas allein sein, sagt er."

„Ja", bestätigte Ralf mit ruhiger Stimme. „Bitte macht euch keine Sorgen, mir geht es schon wieder gut. Ich komme auch ganz bestimmt, bevor es dunkel wird, zu euch runter. Und wenn ich das Gefühl habe, ich schaffe es mit dem eigenen Wagen nicht, verspreche ich, ein Taxi zu nehmen."

„Mach keinen Scheiß!", ermahnte ihn Günter. Mit einem Kopfnicken zur Tür setzte er hinzu: „Renate muss aber erst noch unten etwas Hausfrau spielen."

Während seine Frau nach unten ging, setzte er sich auf den Bettrand, um Ralf Gesellschaft zu leisten und zu beurteilen, ob man ihn wirklich allein lassen konnte.

Endlich allein! Ralf lauschte angespannt in die Stille. Er hörte, wie unten die schwere Eichentür ins Schloss fiel, stand auf und eilte, so schnell es ging, in sein Arbeitszimmer. Von hier aus konnte er sehen, wie Zerwas' in ihr Auto stiegen und wegfuhren.

Er griff zum Hörer und wählte Tanjas Handynummer. Doch ihr Anschluss war noch immer „vorübergehend nicht erreichbar“.

13.

Wieder waren in Ralfs Kopf über Stunden die Ereignisse seit der ersten Mail von Tanja hin und her geirrt. So sehr er sich auch bemühte, dabei zu einem Ergebnis zu kommen, es blieben viele Fragen offen und die Ungewissheit über die Zusammenhänge drohte ihn zu zerreißen. Warum hatte Tanja ihre Mutter ermordet? Und wo war sie jetzt?

Er hatte Renate gebeten, auch ihn sofort anzurufen, wenn Tanja auftauchte. Er musste Tanja unbedingt vor ihrer Festnahme sprechen, denn wann würde er später dazu Gelegenheit haben? Sie musste sicherlich bis zum Prozess in U-Haft bleiben, da durchaus Fluchtgefahr bestand.

Schließlich entschloss er sich, wie versprochen zu Zerwas' nach Alken zu fahren. Er ging hinunter in die Küche und stellte fest, dass Renate wirklich alles blitzblank geputzt hatte. Keine Aschespuren waren mehr zu sehen. Nachdenklich blieb er vor dem Holzblock mit den Messern stehen. Das fehlende würde sich jetzt in irgendeinem Polizeilabor befinden ...

Sein Herz klopfte heftig, als er die Tür zum Wohnzimmer öffnete. Beklommen blickte er sich im Raum um. Außer einem dunklen Fleck im Teppich an der Stelle, wo Jeannette gelegen hatte, war nichts mehr von dem Geschehen zu sehen. Er würde den Teppich weggeben. Selbst nach einer Reinigung würde er ihn zu sehr an die Tat erinnern.

Blitzartig fiel ihm ein, dass er seine Eltern und Mareike informieren musste! Das konnte aber auf keinen Fall telefonisch geschehen. Er würde morgen oder übermorgen zu ihnen fahren – eine Aufgabe, vor der ihm jetzt schon graute. Wie würden sie reagieren?

Bevor er das Haus verließ, warf er einen vorsichtigen Blick aus dem Fenster. Die Kollegen von der Presse schienen endlich aufgegeben zu haben. Auch von Nachbarn war nichts mehr zu sehen. Soweit das Auge reichte, war die Straße menschenleer, wie ausgestorben.

Es war schon fast dunkel, als Ralf bei Zerwas' an der Haustür läutete. Renate öffnete ihm sichtlich erleichtert.

„Wenn ich nicht alleine wäre und auf Tanja warten müsste, wäre ich nach Nörters gekommen", empfing sie ihn. „Ich habe bei dir bereits zigmal angerufen. Aber da hängt nur der Anrufbeantworter dran und dein Handy scheint ausgeschaltet."

„Ich muss erst einmal mit mir alleine sein, um den Kopf frei zu bekommen", gab er zurück. „Zum anderen kann ich jetzt keine Anrufe gebrauchen. Die meisten werden von Kollegen sein, die von dem Mord erfahren haben. Dann geht die Fragerei los und bei einigen auch die Heuchelei. Das vertrag ich im Moment nicht."

„Kann ich verstehen! Wir müssen jetzt auch nicht darüber reden. Hast du schon etwas gegessen?"

Da keine Antwort kam, wusste Renate Bescheid. Sie packte ihn freundschaftlich am Arm und er folgte ihr ohne Zögern hinauf ins Wohnzimmer.

„Setz dich hin, und wenn du willst, mach dir den Fernseher an. Ich bereite dir schnell etwas zu essen. Hast du einen besonderen Wunsch?"

„Bitte, ich will dir auf keinen Fall Umstände bereiten. Eine Scheibe Brot reicht, ich kann sowieso nicht viel essen."

„Lass mich mal machen!", rief Renate im Hinausgehen und eilte in die Küche.

Ralf nahm die Fernbedienung und schaltete den Fernseher ein. In der ARD liefen die Tagesthemen. Er sah die Bilder, hörte die Stimme des Sprechers, aber nichts erreichte ihn wirklich. Zu sehr beschäftigten ihn die letzten Stunden. Was hatte Jeannette in diesen Hass und zu dieser nächtlichen Attacke auf den Golf getrieben? War es Eifersucht oder die Absicht, Tanja auf diese Weise zu diskriminieren und unglaubwürdig zu machen? Und was war am Vormittag in Nörtershausen geschehen? Tanja, eine Mörderin? Den Gedanken verwarf er sofort.

Er gestand sich ein, bis zuletzt daran gezweifelt zu haben, dass Jeannette tatsächlich Susanne Mahler war. Und er konnte immer noch nicht begreifen, dass seine Frau ihn jahrelang belogen hatte. Aber auch Tanja hatte irgendwann angedeutet, dass sie ihn zumindest ein Mal belogen hatte. Warum also nicht auch weitere Male?

„So, das wird jetzt gegessen!" Renate kam mit einem Tablett ins Wohnzimmer, auf dem sich eine Flasche Bier, ein Glas und ein großer Teller mit belegten Broten befanden. „Lass es dir schmecken."

Sie setzte sich neben Ralf, als wollte sie kontrollieren, dass er wirklich aß. Zufrieden sah sie zu, wie er mit Heißhunger eine Scheibe Brot nach der anderen verschlang.

„Ich habe dich übrigens eben beim Bäcker Becker einquartiert, du kannst nicht hier im Gästezimmer schlafen, wenn Tanja doch noch kommt."

„Sie wird nicht kommen", spekulierte Ralf kauend.

„Woher willst du das wissen? Wenn sie nichts mit dem Mord zu tun hat, gibt es auch keinen Grund zu flüchten."

Ralf war anderer Meinung, aber das behielt er für sich und aß wortlos weiter.

Renate schaltete den Fernseher aus. „Es ist mir trotzdem lieber, wenn du rüber zum Arnulf gehst. Er hat auf jeden Fall ein Zimmer für dich reserviert."

„Weiß Arnulf …?", fragte Ralf, ohne Renate anzuschauen.

Sie nickte. „Ich musste es ihm ja sagen. Ganz Alken spricht von dem Huren-Golf, und auch vom Mord wird morgen jeder in der Zeitung lesen können."

„Kann ich trotzdem noch etwas bei dir bleiben?" Ralf hatte die letzte Scheibe gegessen und schaute Renate bittend an. „Ich kann jetzt einfach noch nicht zu Bett gehen."

„Bleib, solange du willst!", antwortete Renate und begann den Tisch abzuräumen. „Noch ein Bier?"

„Gern!"

Renate hatte Arnulf ein zweites Mal angerufen und ihn informiert, dass Ralf jetzt auf dem Weg zu ihm war. Becker erwartete ihn schon an der Eingangstür zum Hotel.

„Sei leise und komm noch mit in die Backstube", flüsterte er, um die anderen Hotelgäste nicht zu wecken. Immerhin war es bereits fast drei Uhr.

Der Duft von warmen Broten erfüllte den Raum. Arnulf war gerade dabei, Kastenweißbrote vorzubereiten. Ralf setzte sich still auf einen Stuhl, öffnete die Flasche Bier, die ihm der Bäcker in die Hand gedrückt hatte, und schaute ihm zu, wie er die Teigmenge auf dem großen Vorbereitungstisch aufteilte und in bereitstehende Kastenformen gab.

Wie oft hatte er nachts mit Jeannette und den anderen aus der Straußwirtschaft hier in Alken zusammengesessen, bis früh in den

Morgen hinein gezecht und den Besuch in der Backstube enden lassen, mit frischen, noch warmen Brötchen und Butter … es war jedes Mal ein Erlebnis gewesen. Wehmütig nahm er einen Schluck aus der Bierflasche.

Arnulf sah, dass Ralf seinen Gedanken nachhing. Er schob die Kästen in den Backofen und stellte die Backzeit ein. Dann wandte er sich seinem Gast zu.

„Ich habe mit meiner Frau gesprochen: Du kannst vorerst das Zimmer behalten, wenn du nicht zu Hause allein herumsitzen willst."

Ralf lächelte dankbar. „Wie stellt ihr euch das vor? Ich werde Mareike holen müssen, habe meinen Beruf – und dann all das, was jetzt auf mich zukommt! Trotzdem danke für das Angebot!"

„Aber heute schläfst du erst einmal aus. Du kannst runter zum Frühstück kommen, wann immer du willst."

Er hatte die Knetmaschine eingeschaltet und gab nach und nach die Zutaten für die nächste Brotsorte bei. Zwischendurch warf er einen Blick auf den Zettel mit den Vorbestellungen und kontrollierte die Backtemperatur und die Restbackzeit.

„Ich kann überhaupt nicht ins Bett", rief Ralf plötzlich aus und schaute auf seine Rolex. „Ich muss zu meinen Eltern und sie informieren, bevor sie es aus der Zeitung erfahren!"

Daran hatte er bisher überhaupt nicht gedacht.

Arnulf schaute ebenfalls auf die Uhr. „Leg dich jetzt wenigstens noch für zwei Stunden aufs Ohr. Ich wecke dich. Dann bist du noch früh genug bei deinen alten Herrschaften."

Er wusch sich rasch die Hände und ging nach vorne ins Café, um den Zimmerschlüssel zu holen.

In einem Zustand höchster Nervosität trat Ralf am Morgen die Fahrt zu dem rund hundert Kilometer entfernten Ort Abentheuer an. Die nächsten Stunden würden für ihn wohl noch schlimmer als die letzten werden. Je näher er dem Wohnort seiner Eltern kam, umso langsamer wurde seine Fahrt.

Auf dem kleinen Parkplatz an der Traunbachbrücke hielt er an und stieg aus. Vielleicht half ihm die frische Morgenluft, seine Nervosität abzuschütteln. Der Ort lag verschlafen vor ihm, nur ein leichter Wind ließ den Blätterwald um ihn herum leise rauschen. Schließlich machte er sich auf den Weg in die Waldstraße.

Die Zeitung ragte aus dem Briefkasten seiner Eltern. Rasch blätterte Ralf sie durch und entdeckte auch sofort ein Foto vom Abtransport der Leiche aus seinem Haus. Als Überschrift hatten sich die Kollegen „Frau von junger Rivalin erstochen“ ausgedacht, mit der Unterzeile „Blutiges Ende eines Eifersuchtsdramas in Nörtershausen“. Voll Wut faltete Ralf die Zeitung wieder zusammen und ging zu seinem Wagen zurück. Dieser diffamierende Unsinn war sicherlich erst der Anfang!

Es war noch zu früh, die Redaktion anzurufen, aber er würde diejenigen zur Rechenschaft ziehen, die solch reißerische Falschmeldungen verbreiteten. Meist handelte es sich um Gelegenheitsschreiber oder übereifrige Volontäre, die endlich einmal die Möglichkeit sahen, Schlagzeilen zu machen. Ihre Informationen sammelten sie einfach bei Nachbarn, und den Rest reimten sie sich zusammen.

Ralf beobachtete vom Auto aus, wie Abentheuer langsam erwachte. Seine Mutter war seit eh und je Frühaufsteherin und würde sicherlich die Erste sein, die Bewegung ins Haus brachte. Dabei fiel ihm ein, dass er eigentlich vom Bäcker Becker frische Brötchen hätte mitbringen können. Das hätte ihm über die zu erwartende Frage seiner Eltern, warum er so früh erschien, hinweghelfen können! Also beschloss er, noch schnell Brötchen zu kaufen. Er fuhr in das nur einen Kilometer entfernte Brücken, um beim Bäcker Heylmann nachzuholen, was er versäumt hatte.

Bei seiner Rückkehr waren die Fenster auf der Westseite des Hauses bereits geöffnet. Seine Mutter war also inzwischen aufgestanden. Noch einmal atmete er tief durch. Dann stieg er aus und ging festen Schrittes auf das schmucke Haus zu. Noch bevor er die Türklingel betätigen konnte, öffnete sich die Haustür, und seine Mutter, noch im Morgenmantel, aber bereits akkurat frisiert, empfing ihn mit ausgebreiteten Armen.

„Das ist ja eine Überraschung!“, rief sie erfreut aus. „Komm rein, mein Junge, was verschafft uns denn einen so frühen Besuch?“

Wortlos drückte er ihr die Tüte mit den Brötchen in die Hand und ging an ihr vorbei in die Küche, aus der ihm ein angenehmer Kaffeeduft entgegenschwebte. Er schloss die Tür hinter sich und seiner Mutter, wartete, bis sie die Tüte auf die Anrichte gelegt hatte, und nahm sie in die Arme.

„Ich komme mit einer ganz schrecklichen Nachricht“, begann er zögernd und merkte gleich, dass all seine Vorsätze, nüchtern und sachlich zu bleiben, dahinschwammen. Tränen traten ihm in die Augen.

Seine Mutter schaute ihn ängstlich an. „Ist was …?“

„Jeannette ist tot!“

Jetzt war es heraus! Er sah verschwommen, wie die Augen seiner Mutter feucht wurden und ein Zucken durch ihr faltiges Gesicht ging. Sie griff suchend nach hinten, um sich an der Anrichte abzustützen.

„Ich wollte nicht, dass ihr es aus der Zeitung erfahrt. Sie ist gestern ermordet worden. Und es kommt noch schlimmer …“

„Ermordet“, wiederholte seine Mutter fast tonlos.

Ralf folgte ihr zur Anrichte und nahm sie erneut in die Arme.

„Seit gestern weiß ich, dass Jeannette nicht Jeannette war. In Wirklichkeit hieß sie Susanne und ist all die Jahre mit einem Mann in München verheiratet gewesen.“

Seine Mutter löste sich erschrocken aus seiner Umarmung, griff mit beiden Händen nach seinem Kopf und schaute ihn fassungslos an.

„Das kann doch alles nicht wahr sein, mein Junge“, sagte sie kreidebleich. „Das gibt es doch nicht!“

Vor der Küchentür war das leise Rufen nach der Oma zu hören. Rasch drehte Ralfs Mutter der Küchentür den Rücken zu. Ebenso schnell wischte sich Ralf die Tränen aus den Augen und ging seiner Tochter entgegen.

„Papa!“, strahlte Mareike über das ganze verschlafene Gesicht, als sie die Tür öffnete.

Ralf nahm seine Tochter auf den Arm und drückte sie ganz fest an sich. Sie legte ihre Arme um ihn und gab ihm einen Kuss.

„Ist Mama auch da?“, fragte sie sofort.

Ralf schüttelte nur den Kopf, die Stimme versagte ihm. Es war noch schlimmer, als er befürchtet hatte. Wieder schossen ihm Tränen in die Augen.

„Warum weinst du?“

Hinter ihm erklang die feste und gefasste Stimme seiner Mutter: „Deine Mama ist plötzlich krank geworden und der liebe Gott hat sie deshalb ganz schnell zu sich genommen, damit sie keine Schmerzen leiden muss.“

Er spürte, wie die Hand seiner Mutter nach Mareikes Gesicht griff und ihr über die Haare strich. Doch Mareike stieß die Hand der Großmutter zurück und riss sich strampelnd von ihrem Vater los. Laut schreiend rannte sie ins Schlafzimmer der Großeltern.

„Opa, wach auf, Mama ist beim lieben Gott im Himmel!“

Nach diesen schrecklichen Stunden hatte Ralf mit seinen Eltern vereinbart, Mareike noch bis zu Jeannettes Beerdigung bei ihnen zu lassen. Gegen Mittag fuhr er wieder nach Nörtershausen zurück. Die Zeitung lag immer noch neben ihm auf dem Beifahrersitz. Viertel nach eins zeigte die Uhr in seinem BMW. Spätestens um zwei Uhr würde er in Nörtershausen sein.

Er spürte, wie ihn Müdigkeit ergriff und in seinem Kopf die immer gleichen Fragen Karussell fuhren. Um sich etwas abzulenken, schaltete er das Radio ein und lauschte der Musik von SWR 1. Er war nicht sehr bewandert im Bereich Pop-Musik, aber er glaubte einen Hit von Paul Carrack zu erkennen. Noch in Gedanken auf der Titelsuche, vernahm er die Stimme von Michael Lueg. Der Ernst in der sonst so vertraut lockeren Art des Moderators ließ ihn aufhorchen. Instinktiv drehte er an der Lautstärke.

„Der frühere FDP-Spitzenpolitiker Möllemann ist offenbar tot. Nach Informationen, die wir vor wenigen Minuten aus Recklinghausen bekommen haben, ist er bei einem Fallschirmsprung ums Leben gekommen, und zwar in der Stadt Merl bei Recklinghausen. Aus unserer Nachrichtenredaktion Thomas Krüger."

Während Krüger die wohl gerade über eine Agentur hereingekommene Eilmeldung vorlas, schaltete Ralf rasch sein Handy aus, das er routinemäßig bei Antritt der Fahrt eingeschaltet hatte. Sicher würden jetzt einige Redaktionen versuchen, ihn zu erreichen. Sie erwarteten, dass er ihnen einen Nachruf auf Möllemann lieferte, den er in der Vergangenheit einige Male begleitet und interviewt hatte. Oder man würde ihn bitten, zur Berichterstattung und Hintergrundrecherche sofort an den Unfallort zu fahren. Allerdings ging Ralf davon aus, dass es sich bei diesem Ort nicht um Merl, sondern Marl handelte, eine Verwechslung, wie sie in der Hektik von Eilmeldungen schon mal vorkommen konnte.

So sehr ihn die Nachricht vom Tod des Politikers traf, erleichterte sie ihn doch auch. Denn ihm wurde bewusst, dass der Mord an Jeannette damit aus den vorderen Schlagzeilen verdrängt wurde. Damit erübrigte sich auch sein Rundruf bei einigen Redaktionen, den er sich am frühen Morgen vorgenommen hatte. Er würde nur unnötig Staub aufwirbeln, nachdem man bereits ein neues Opfer für die Headlines gefunden hatte.

„Hier ich, wer da?", meldete sich Ek.

Sie erkannte Tanjas Stimme sofort. Blitzschnell hielt sie die Sprechmuschel zu und warf ihrem Mann deutliche Blicke zu.

„Tanja", flüsterte sie.

Fuß stand mit einem Satz neben seiner Frau und übernahm hastig den Hörer. „Leg ja nicht auf, sondern hör mir gut zu! Wenn du einigermaßen heil aus der Sache herauskommen willst, stell dich den Kollegen, egal wo du bist. Lass die Scheiße nicht noch größer werden, als sie schon ist ..."

„Ich war es nicht!", schrie Tanja ihm ins Ohr.

„Das kann ja sein, aber das nützt nichts. Wenn du mir sagst, wo du bist, komme ich und wir fahren gemeinsam ins Präsidium. Es reißt dir keiner den Kopf ab, nur weil du verdächtigt wirst. Und wenn du oder wir deine Unschuld beweisen können, erst recht nicht. Den Beweis, dass kein Vorsatz vorhanden war, habe ich bereits. Also, Mädchen, mach dich nicht unglücklich und denk auch an Ralf, an seine Tochter und deinen Vater ... Ich helfe dir, soweit ich kann, aber du musst dich stellen!"

„Ich werde mich stellen, aber erst in ein paar Tagen!"

„Tanja, sei vernünftig ..." Er brach enttäuscht ab. Tanja hatte bereits eingehängt.

„Die reitet sich noch mehr in die Scheiße rein!", fluchte er und starrte vor sich auf den Boden. Dann hob er erneut den Hörer ab und wählte Ralfs Nummer.

„Ruf mich gleich an oder komm heute Abend vorbei. Tanja hat sich bei mir gemeldet! Ich habe Spätdienst", sagte er auf Ralfs Anrufbeantworter.

In Nörtershausen fuhr Ralf zunächst langsam „Auf dem Bungert" ein. Man konnte ja nicht wissen, ob nicht doch irgendein Kollege ihm wieder auflauerte. Aber hier lief alles seinen gewohnten Gang. Keine Presse, keine neugierigen Nachbarn mehr, es war alles wieder friedlich.

Zu Hause hörte er als Erstes den Anrufbeantworter ab, in der Hoffnung, Tanjas Stimme zu hören. Der erste Anruf stammte vom Chefredakteur der Rhein-Zeitung, der sich stimmgewaltig beschwerte, dass der Bericht über Hahn nicht vereinbarungsgemäß vorlag. Der zweite Anruf war tatsächlich von Tanja. Aber sie hatte ihm nur drei Sätze hinterlassen:

„Liebster, such nicht nach mir und mach dir keine Sorgen. Mir geht es den Umständen entsprechend gut. Ich werde in ein paar Tagen zurückkommen", dann folgte ein Klicken.

Dann folgte auf dem Band die Nachricht von Fuß.

Ralf ging mit großen Schritten durch die Straußwirtschaft zum Hof und gleich die Treppe hinauf in das kleine Büro des Oberkommissars. Er spürte einige Augenpaare von Gästen auf sich gerichtet, aber er wollte jetzt weder Fragen beantworten noch brauchte er Mitleidsbekundungen, auch wenn sie hier sicherlich ehrlich gemeint gewesen wären.

Fuß war noch nicht von der Arbeit zurück. Ralf setzte sich an das Fenster zum Hof und beobachtete die Gäste unter sich, die lautstark debattierten und sich bei Wein und Speisen amüsierten.

Der Oberkommissar kam mit einer knappen Stunde Verspätung. Ralf sah, wie er hereintrat und in der Küche verschwand. Offenbar erfuhr er dort, dass Ralf oben auf ihn wartete, denn schon kam er in seiner blauen Winzerschürze wieder heraus und winkte kurz nach oben. Dann ging er zunächst von Tisch zu Tisch, um die Gäste zu begrüßen und wie gewohnt die Kerzen anzuzünden.

„Doch nicht bei der Hitze“, rief ihm Erika kopfschüttelnd hinterher, doch er machte nur eine abweisende Handbewegung und führte seinen Rundgang fort.

Erst nachdem er auch wie üblich noch den Vorratskühlschrank nachgefüllt hatte, kam er die Treppen hinauf ins Büro.

„Tut mir Leid, aber ich konnte nicht früher kommen. Wir hatten wieder eine Menge Scheiße am Backen“, entschuldigte er sich, stellte zwei Gläser auf den Tisch und goss sie voll.

„Was sagt Tanja?“, sagte er unvermittelt, während er Ralf zuprostete.

Ralf zuckte sichtbar zusammen.

„Du willst mir doch nicht erzählen, dass du nicht weißt, wo sie steckt, und sie nicht inzwischen gesprochen hast? Ich kenne dich doch gut genug.“

Ralf versicherte, dass sie auch ihm nicht mehr mitgeteilt hatte als dem Oberkommissar.

„Wenn sie dich nochmals anruft, überrede sie, sich zu stellen“, riet Fuß mit Nachdruck. „Flucht ist ein Zeichen von Schuld. Warum will sie ein paar Tage warten, wenn sie angeblich unschuldig ist, wie sie mir gesagt hat? Über kurz oder lang werden wir sie finden.“

Er nahm einen kräftigen Schluck und stöhnte. „Wir kriegen außerdem ein weiteres Problem.“

Ralf blickte seinen Freund erschrocken an. „Viel mehr vertrage ich aber nicht!“

„Das Labor bestätigt die Echtheit aller Papiere von Jeannette. Damit taucht die Frage auf: Wie ist Susanne Mahler daran gekommen? Man verunglückt ja nicht mit dem Taufschein und dem Familienbuch im Auto. Und nach dem Unfall ist die Mahler bestimmt nicht in Jeannettes Wohnung gefahren und hat alles durchstöbert. Das wäre doch den Kollegen in Frankreich aufgefallen. Dann gibt es noch eine Merkwürdigkeit. Wagner hat mit den Kollegen in Frankreich telefoniert. Es hat damals bei dem Unfall drei Tote gegeben: einen Jean-Claude Palladu, eine Henriette Palladu und Jeannette Palladu."

„Sehr merkwürdig!", murmelte Ralf.

14.

Tanja saß in ihrem kleinen Hotelzimmer zu dreiunddreißig Euro die Nacht. Sie musste jetzt auf jeden Euro achten, damit sie mit dem wenigen Geld auskam, das sie über den Bankautomaten abgehoben hatte. Müde schloss sie die Augen, die immer noch leicht brannten. Wenn doch Ralf jetzt hier wäre und sie ihm alles erzählen könnte …

Von Nörtershausen aus war sie zunächst in Richtung Buchholz gelaufen – immer darauf bedacht, möglichst wenig Menschen zu begegnen, was ihr auch gelungen war. Irgendwo muss ich mich verstecken, pochte es in ihrem Kopf. Ihr Körper war von Schüttelfrost erfasst, die Augen brannten von heftigen Weinkrämpfen, ihre Nase war verstopft, der Mund trocken. Immer wieder hatte sie das Bild vor Augen, wie das Blut fontänenartig aus der Halsschlagader ihrer Mutter pulsierte und sich über dem Boden ergoss, und die erschrocken aufgerissenen Augen stachen in ihre Seele wie das Messer, das fast lautlos zu Boden gefallen war. Warum nur hatte sie das getan?

Am liebsten hätte sie sich im Boden des Waldes eingegraben, durch den sie stolperte, wäre in ein Erdloch geflüchtet, sehnte die Dunkelheit herbei, um nicht gesehen zu werden und nichts mehr zu sehen. Nein, das hatte sie nicht gewollt! Der zerstörte Golf war lächerlich gegenüber dem, was jetzt geschehen war. Sie hatte ihrer Mutter wie einen Spiegel die Wahrheit vorhalten, sie ihr ins Gesicht schreien und sie anklagen wollen, was sie getan hatte. Aber ihren Tod, nein, das hatte sie wirklich nicht gewollt.

Allmählich, ganz allmählich setzte sich ein anderer Gedanke in ihr fest und verdrängte die grässlichen Bilder der letzten Stunden. Mit jedem Schritt, den sie vorwärts hastete, nahm die Idee mehr Gestalt an: Jetzt, wo ihre Mutter tot war, wollte sie alles über sie wissen und endlich die letzte Frage klären, die sie ein Leben lang belastet hatte: War Jeannette wirklich bei einem Unfall ums Leben gekommen oder hatte ihre Mutter die Freundin damals kaltblütig ermordet, um sich deren

Papiere aneignen zu können? Das heute Erlebte hatte diesen fürchterlichen Verdacht in ihr genährt. Hatte ihre Mutter seit zwanzig Jahren einen Mord auf dem Gewissen?

Auch Ralf hatte kürzlich in der Straußwirtschaft davon gesprochen, dass er in die Provence fahren und über Jeannettes Vergangenheit recherchieren wollte. Dies bestärkte Tanja in ihren Fluchtgedanken.

Als sie endlich den kleinen Hunsrückort Buchholz erreicht hatte, suchte sie die Filiale der Kreissparkasse Rhein-Hunsrück auf und besorgte sich am Automaten Geld. Danach stellte sie sich einfach an die Auffahrt der A 61 in Richtung Süden.

Die Fahrt per Anhalter verlief schneller und problemloser, als sie gedacht hatte. Bis auf einen Streckenabschnitt hatte sie das Glück, immer von Frauen mitgenommen zu werden. Jedes Mal, wenn ein Polizeifahrzeug in Sicht war, duckte sie sich in ihren Sitz und schloss für kurze Zeit die Augen. Sie wurden nirgends angehalten.

Sie sehnte die Dunkelheit der Nacht herbei. Vor allem aber sehnte sie sich nach Ralf, der sie in die Arme nehmen und dem sie alles erzählen konnte. Immer wieder warf sie einen Blick auf die Uhr und versuchte sich vorzustellen, was in diesem Moment in Nörtershausen geschah. Hatte man die Leiche schon gefunden? Wer hatte sie entdeckt? Wie hatte Ralf reagiert? Was würde er denken? Der Verdacht würde natürlich sofort auf sie fallen. Fahndete man bereits nach ihr?

Bei diesen Gedanken wurde sie immer neu von Weinkrämpfen geschüttelt. Den überraschten Fahrerinnen erklärte sie, ihre Mutter sei in der Provence bei einem Autounfall ums Leben gekommen. Welche Ausrede lag näher? Auch ein LKW-Fahrer, der sie mitnahm, zeigte daraufhin Verständnis, fühlte mit ihr und belästigte sie nicht mit weiteren Fragen. Aber die Wahrheit konnte sie niemandem anvertrauen. Sie fühlte sich so schrecklich allein.

Von unterwegs hatte sie Fuß, Ralf und zwei Mal auch Charly angerufen. Allerdings nicht vom Handy. Zum einen wollte sie die Kapazität des Akkus für den Notfall sparen, zum anderen befürchtete sie, man könnte dadurch ihren Aufenthaltsort ausfindig machen.

In den frühen Morgenstunden traf sie in Cavaillon ein. Eine Lehrerin der École primaires hatte sie in ihrem uralten Citroen ab der Autobahnausfahrt Avignon-Süd mitgenommen. Sie hieß Francis Schneider und war einige Jahre mit einem Deutschen verheiratet gewesen. Bekannten von ihr gehörte das Hotel Bel Air, in das sie Tanja nun brachte. Vor Schulbeginn half sie ihr noch rasch beim Einchecken, da

Tanja keine Französischkenntnisse besaß, und schließlich schrieb sie ihr noch die Adresse ihres geschiedenen Mannes auf.

„Er wird Ihnen sicherlich 'elfen, er 'atte toujours Zeit für schöne Frauen!", versicherte sie und lächelte zuversichtlich, als sie sich von Tanja verabschiedete.

Ralf saß den ganzen Tag neben dem Telefon, in der Hoffnung, dass Tanja ihn wieder anrief. Er war wie auf den Apparat fixiert und wünschte sich telepathische Kräfte, um Tanja zum Anrufen zu bewegen. Doch sie meldete sich nicht.

Dafür gab es eine Menge anderer Anrufe. Wenn er die Nummer des Anrufers auf dem Display identifizieren konnte, nahm er sie nicht entgegen oder schaltete schnell den Anrufbeantworter ein. Eine Beschäftigung, die ihn weder ausfüllte noch befriedigte, aber er hatte auch nicht die Kraft, etwas anderes zu unternehmen.

Endlich gab er sich einen Ruck und ging in die Küche, um sich ein Abendessen zu bereiten. Im Wohnzimmer läutete das Telefon erneut. Er ließ sofort alles stehen und eilte zum Apparat. Am anderen Ende meldete sich niemand, er hörte nur erregtes Atmen und wusste sofort, dass es Tanja war.

„Tanja, wo bist du?", rief er aufgeregt in den Hörer. „So sag doch etwas, was glaubst du, in welcher Verfassung ich bin? Die Polizei sucht dich und Fuß lässt dir ausrichten, dass du dich umgehend stellen sollst!"

Tanja sprach leise und stockend. „Ich habe euch doch schon gesagt, in ein paar Tagen ..."

„Bitte erklär mir, warum du zu Jeannette gefahren bist! Und was ist dann geschehen?", flehte Ralf.

Er ließ sich auf die Couch sinken und lauschte gespannt, während Tanja zögernd zu erzählen begann ...

Sie läutet an der Tür. Das Taxi wartet noch auf sie. Es dauert eine Weile, bis ihr geöffnet wird. Zu ihrem Erstaunen lächelt ihr ihre Mutter freundlich entgegen. Eigentlich hat sie damit gerechnet, sie würde sie beschimpfen und sofort die Tür wieder schließen.

„Kommen Sie doch herein, Ralf ist leider nicht zu Hause!", fordert sie Tanja auf.

Tanja zögert, damit hat sie nicht gerechnet. Aber sie will ihre Mutter zur Rede stellen, will diese Lügen beenden. Sie gibt dem Taxifahrer das verabredete Zeichen, dass sie bleiben wird und er abfahren kann.

„Du kannst deine Tochter ruhig duzen!“ Tanja macht einen ersten Schritt in die Diele.

Die Stimme ihrer Mutter lässt Nachsicht anklingen. „Ich kann dich gerne duzen, wenn dir das lieber ist, dafür bin ich aber noch lange nicht deine Mutter.“

Tanja ballt die Fäuste. Weshalb weigert sich ihre Mutter nach all dem Vorhergegangenen so hartnäckig, endlich die Wahrheit zu sagen? Wie krank muss sie sein, wie groß ihre Gier nach Luxusleben!?

„Lass uns ins Wohnzimmer gehen“, fordert ihre Mutter sie auf.

Tanja folgt ihr. Zum ersten Mal sieht sie, wie Ralf lebt. Sie betrachtet die Möbel, den Teppich, die Gemälde an der Wand. Kein Vergleich zu der ärmlichen Behausung damals in München. Natürlich erkennt sie den Reiz, den Ralf im Vergleich zu Charly auf ihre Mutter ausüben musste. Er ist erfolgreich, hat ein eigenes Haus, reist beruflich viel durch die Welt, aber nicht wie ihr Vater Klinken putzend und um Aufträge bettelnd!

„Setz dich doch!“ Ihre Mutter bietet ihr einen Platz auf dem Sofa an, setzt sich gegenüber und blickt sie erwartungsvoll an. „Was ist der Grund deines Besuches?“

Tanja überlegt, ob sie ihre Mutter als Erstes auf ihre zerstörerische Attacke in der Nacht ansprechen oder dies völlig übergehen soll. Sie spürt, wie sich trotz aller Vorsätze Erregung in ihr breit macht.

„Dich endgültig outen, Mama“, stößt sie hervor. „Ich kann dir beweisen, dass du lügst. Du bist nicht Jeannette, die Freundin meiner Mutter, du bist meine Mutter!“

Ihr Gegenüber lacht amüsiert auf, was Tanja nicht nur irritiert, sondern auch noch wütender macht.

„Mach dich doch nicht lächerlich, Tanja. Ich habe Fuß sämtliche Papiere gegeben, von der Geburtsurkunde bis zum Trauschein. Außerdem die Papiere meiner Eltern, soweit ich sie besitze. Sie werden wahrscheinlich in diesem Moment in irgendeinem Labor überprüft.“

„Wenn diese Papiere alle echt sind, was ich stark bezweifle, dann hast du sie alle gestohlen!“

„Was willst du?“, faucht ihre Mutter plötzlich. „Meine Ehe zerstören? Ich glaube nicht, dass dir das gelingen wird! Irgendwann wirst du beschämt nach Hause fahren und uns in Frieden lassen müssen. Ich bin nicht Susanne Mahler, meine Freundin, die auf unerklärliche Weise verschwunden ist. Vielleicht wurde sie ja sogar ermordet, von ihrem Mann, diesem Versager.“

Tanja springt auf. „So hast du ihn schon damals einmal genannt!", brüllt sie. „Versager! Damals wusste ich noch nicht, was das Wort bedeutet. Aber es kam aus deinem Mund!"

Wieder lacht ihr Gegenüber. „Alle wussten, dass dein Vater ein Versager war."

Am liebsten würde Tanja ihrer Mutter an den Hals springen. Was hat Charly dieser Frau getan, dass sie so über ihn herzieht? Tanja spürt, wie sie allmählich die Beherrschung verliert.

„Wo ist das Kinderzimmer?", schreit sie und ist mit drei Schritten an der Zimmertür.

Für einen Moment erstarrt das Lachen ihrer Mutter, sie zögert, und Tanja merkt, wie sie versucht Zusammenhänge herzustellen.

„Wo ist das Zimmer von Mareike?", schreit Tanja noch einmal.

Langsam erhebt sich ihre Mutter. Ihre Augen sind zu funkelnden Schlitzen geworden, ihr Blick berechnend. Tanja glaubt sogar ein leichtes Beben der Nasenflügel zu erkennen. Sie geht an Tanja vorbei, ohne den Blick von ihr abzulassen, und steigt die Treppe nach oben. Tanja folgt ihr. Hoffentlich hat Fuß sich nicht geirrt!, fleht sie innerlich. Mit jeder Stufe wächst ihre Anspannung. Oben angelangt, bleibt ihre Mutter stehen und schaut auf sie herab.

„Was willst du in Mareikes Zimmer?", zischt sie.

Tanja spürt, dass sie wieder Oberhand gewinnt, auch wenn sie zu ihrer Mutter aufblicken muss.

„Ich will dir nur etwas zeigen!", antwortet sie leise triumphierend.

Wieder kann sie sehen, wie es im Kopf ihrer Mutter arbeitet. Sie ahnt, dass vielleicht etwas Unerwartetes auf sie zukommt, etwas, das sie übersehen hat.

Als Tanja die letzten zwei Stufen nimmt, weicht ihre Mutter wortlos zurück und macht ihr den Weg frei. Sie deutet auf eine Tür. Zielstrebig öffnet Tanja die Tür und blickt sich rasch im Zimmer um. Die Garderobe, von der Fuß gesprochen hat, kann sie nicht entdecken. Sie macht zwei Schritte in den Raum, nichts. Ihre Mutter ist ihr gefolgt und schaut sie erwartungsvoll an. Mein Gott, warum hat Fuß sich geirrt?!

„Was willst du mir zeigen?", fragt ihre Mutter mit unsicherer Stimme.

Was soll sie antworten? Dass alles ein Irrtum ist, dass sie auf eine falsche Behauptung hereingefallen ist? Oder hat ihre Mutter inzwischen die Garderobe verschwinden lassen? Sie kommt bedrohlich näher auf Tanja zu. Fast hat es den Anschein, als wolle sie sie ohrfeigen, wie damals beim Auszug, als das kleine Mädchen versuchte, die gepackten Koffer wieder auszuräumen. Die alten Bilder zucken schmerzhaft durch Tanjas Gehirn, und zugleich stellt sich das gleiche Gefühl von hilfloser Ohnmacht ein, das sie damals im Halbdunkel des Schlafzimmers empfand.

Sie klammert sich an Mareikes Bett und sieht an ihrer Mutter vorbei, dass die Tür verschlossen ist. Dahinter taucht die Garderobe auf. Tanjas Herz macht einen Sprung. Sie reißt den Arm hoch und deutet wie wild auf die Garderobe.

„Das ist unsere Garderobe von damals, die du von deiner Mutter geerbt hast!“, schreit sie triumphierend auf.

Ihre Mutter dreht sich blitzschnell um und starrt auf das altmodische Gebilde aus Holz und Messing. Dann rennt sie, ohne sich umzudrehen, aus dem Zimmer.

Tanja hört sie die Treppe hinunterstolpern. Dankbar und fast liebevoll betrachtet sie die alte Garderobe. Dieses unscheinbare Ding hat ihre Mutter übersehen, dieses Möbel hat sie zu Fall gebracht! Sie streicht fast zärtlich über die beiden verkratzten, stumpfen Messinghaken. Dann wendet sie sich zur Tür und steigt ebenfalls die Treppen hinab. In der Biegung sieht sie gerade noch, wie ihre Mutter hastig von der Küche ins Wohnzimmer huscht, aber die Tür offen lässt, so dass Tanja ihr folgen kann.

Ihre Mutter hat auf dem Sofa Platz genommen, auf dem vorher Tanja gesessen hat. Sie hat die Augen zu Boden gesenkt und starrt vor sich hin. Tanja bleibt stehen und schaut vom Rausch des Triumphes getragen ihre Mutter an. Sie genießt die Situation in vollen Zügen. Jahre hat sie auf diesen Augenblick gewartet!

„Gibst du jetzt endlich zu, dass du meine Mutter bist und all die Jahre Ralf belogen hast?“

Keine Antwort, keine Reaktion.

Tanja meidet den Platz, auf dem vorher ihre Mutter gesessen hat, obwohl er ihr am nächsten ist. Stattdessen setzt sie sich seitlich von ihrer Mutter in einen anderen Sessel und belauert sie.

„Warum hast du uns verlassen? War es das bescheidene Leben, das dir bei uns nicht gefallen hat, obwohl Charly dir sämtliche Freiheiten gelassen hat?! War dir das alles nicht genug? Oder hast du uns so gehasst, konntest uns nicht ertragen? Sag es, sag mir, was der Grund war!“

Tanja spricht leise und eindringlich. Sie beobachtet ihre Mutter, die nur regungslos dasitzt, wartet auf ein Zucken, ein Kopfschütteln, irgendetwas.

„Weißt du eigentlich, was du damit angerichtet hast? Charly wurde zum Alkoholiker, verlor seine Arbeit, wir mussten in eine Sozialwohnung ziehen. Dann bekam er einen Schlaganfall. Seither sitzt er im Rollstuhl, ist ein

Pflegefall geworden. Ich wurde hin und her gereicht, war für kurze Zeit in einem Heim, wurde einmal von einem Nachbarn fast vergewaltigt. Begreifst du wenigstens jetzt, was du mit deinem plötzlichen Auszug angerichtet hast?“

Tanja wartet. Worauf? Auf eine Entschuldigung, wenigstens eine Geste? Nichts dergleichen geschieht. Es vergehen Sekunden, Minuten – Schweigen. Langsam hebt ihre Mutter den Kopf. Ihr Blick richtet sich auf Tanja. Tanja sieht, dass die Augen ihres Gegenübers gefährlich funkeln, grenzenloser Hass verzerrt ihr Gesicht.

„Du wirst mein Leben nicht zerstören, du wirst Ralf nie bekommen, nie, sage ich, nie!“, presst ihre Mutter zwischen den schmalen Lippen hervor.

Tanja scheint der richtige Moment gekommen zu sein, ihren letzten Trumpf auszuspielen. Mit einem einzigen Satz wird sie ihrer Mutter alles heimzahlen. Sie spürt ihren Herzschlag bis zum Hals. Ganz langsam und genüsslich kommen ihr die Worte über die Lippen.

„Ralf und ich haben längst miteinander geschlafen! Wir lieben uns!“

Jedes Wort hat getroffen. Ihre Mutter beugt sich vor, ihre Augenlider zucken, ebenso ihre Mundwinkel. Sie beginnt zu würgen, stützt sich mit einer Hand am Couchtisch ab, mit der anderen greift sie hinter sich.

„Wasser, bitte“, röchelt sie.

Tanja springt erschrocken auf und eilt aus dem Wohnzimmer. In der Küche sucht sie nach einem Gefäß, einem Glas, einer Tasse. Erst hinter der dritten Schranktür wird sie fündig. Sie lauscht kurz hinüber ins Wohnzimmer, in dem es beängstigend still geworden ist, reißt die Kühlschranktür auf, greift nach einer Flasche Mineralwasser und dreht die Verschlusskappe auf.

In diesem Moment hört sie im Wohnzimmer einen Aufschrei. Sie lässt Glas und Flasche stehen, rennt zurück. Hinter der Tür steht ihre Mutter. Sie hält in Kopfhöhe ein großes Messer drohend auf Tanja gerichtet. Instinktiv springt Tanja zurück hinter die schützende Tür und schleudert diese gleichzeitig mit voller Wucht gegen ihre Mutter, um sie und das Messer abzuwehren. Hinter der Tür gibt es einen Schlag, gefolgt von einem Schrei des Entsetzens, dann ist alles plötzlich merkwürdig still.

Erschrocken tritt Tanja wieder in den Raum. Ihre Mutter steht mit weit aufgerissenen Augen vor ihr, Blut schießt wie eine pulsierende Fontäne aus ihrem Hals und färbt den Seidenschal und ihr Kleid dunkelrot. Ihre Mutter starrt gebannt auf das Messer.

„Mama!“, schreit Tanja auf.

Ihre Mutter taumelt auf sie zu. Mit einem Aufschrei flüchtet Tanja erneut hinter die Tür. Sie spürt, wie der Körper ihrer Mutter von innen gegen die Tür fällt und sie ins Schloss drückt. Dann wird ihr schwarz vor Augen. Sie spürt noch den Aufschlag ihres Kopfes auf dem Boden, bevor sie minutenlang die Besinnung verliert.

Als sie wieder zu sich kommt, begreift sie nur allmählich, was geschehen ist, begreift auch, dass jetzt jede Hilfe zu spät kommt. Das Messer hat die Hauptschlagader ihrer Mutter getroffen.

Sie muss weg, schnell weg! Man wird sie des Mordes verdächtigen, sagt ihr Verstand. Sie lauscht noch einmal an der Wohnzimmertür. Nichts, kein Stöhnen, kein Röcheln. Rasch geht sie in die Küche, stellt das Glas und die Flasche zurück. Dann eilt sie von Panik getrieben aus dem Haus.

Für den Abend hatte sich Tanja telefonisch mit Walter Schneider verabredet, dem Exmann der freundlichen Lehrerin, die sie per Anhalter mitgenommen hatte. Sie trafen sich in einem kleinen Bistro unweit des Hotels. Tanja schätzte Schneider auf Mitte dreißig. Von seiner Exfrau wusste sie, dass er in einem der vielen Immobilienbüros in der Provence vor allem deutsche Interessenten betreute.

Schneider zeigte sich entzückt von seiner neuen Bekanntschaft. Kaum hatte sie an seinem Tisch Platz genommen, überhäufte er sie mit Komplimenten.

Doch Tanja ließ sich nicht darauf ein. „Lassen Sie das!“, wies sie ihn zurecht. „Ich bin nicht zum Amüsement hier, sondern ich suche jemanden, der mir etwas über einen Autounfall vor zwanzig Jahren in der Nähe von Gordes sagen kann.“

Dazu schenkte sie ihm jedoch ein so entwaffnendes Lächeln, dass er nicht lange eingeschnappt sein konnte. Sie kamen ins Gespräch, und er erwähnte, dass er bei der Police Municipale einen höheren Beamten kannte, Monsieur Jacques Tullon. Er bot sich auch sofort an, sie zu Tullon in die Rue Liffran zu begleiten.

Monsieur Tullon, eine ausgesprochene Vaterfigur mit pechschwarzem Moustache zwischen Nase und Mund, erwies sich tatsächlich als eine gute Adresse. Der knapp Sechzigjährige glaubte sogar, sich an einen Unfall vor zwanzig Jahren auf der Straße nach Gordes erinnern zu können. Als das Wort „mystérieux“ fiel, horchte Tanja auf. Tullon versprach ihr, sich genauer zu informieren, und man verabredete sich für den späten Nachmittag des nächsten Tages.

Schneider holte Tanja gegen sechzehn Uhr wieder im Bel Air ab. Sie hatte den ganzen Tag auf ihrem Zimmer verbracht und sich von Stunde zu Stunde unruhiger gefühlt.

Tullon empfing beide mit einem strahlenden Lächeln. Sichtlich stolz auf die Ergebnisse seiner Nachforschungen überreichte er Schneider eine Mappe mit Fotokopien von Zeitungsausschnitten, die sie gemeinsam durchgingen. Zum ersten Mal sah Tanja Fotos von dem Unfall, bei dem Jeannette ums Leben gekommen war.

Schneider überflog gemeinsam mit Monsieur Tullon die Texte.

„Es sind alles Artikel, die sich auf den Unfall beziehen“, erklärte er Tanja. „Dieser Unfall hat damals in der Region großes Aufsehen erregt. Monsieur Tullon hat den Inhalt der Artikel bereits mit den Berichten seiner Kollegen verglichen, die damals den Unfall aufgenommen haben, und gedanklich zusammengeführt.“

Der französische Polizist lauschte den Ausführungen Schneiders und nickte sichtlich zufrieden dazu, obwohl er wahrscheinlich kaum ein Wort davon verstand.

„Danach hat es angeblich einen Zeugen des Unfalls gegeben“, fuhr Schneider fort.

Tanja begann vor Aufregung leicht zu zittern.

„Allerdings wurde seine Aussage nie verfolgt, da er bekanntermaßen ein Alkoholiker war. Auch am Unfallabend muss er wieder mehr als reichlich gebechert haben. Er hat damals behauptet, hinter dem Unfallfahrzeug sei ein zweiter Wagen gefahren, der aber noch vor der Ölspur scharf abbremsen konnte. Dabei sei die Person auf dem Beifahrersitz mit dem Kopf gegen die Windschutzscheibe geschleudert worden. Er habe beobachtet, wie die Fahrerin zunächst kurz zur Unfallstelle des ersten Wagens gelaufen sei, dann aber die offenbar schwer verletzte Beifahrerin aus ihrem Wagen gezerrt, zu dem anderen Wagen geschleppt und dort abgelegt habe. Die Zeitungen haben seine Behauptungen natürlich kräftig ausgeschlachtet, aber die Polizei ging mehr von Fantasien aus und nahm an, dass der Mann sich wichtig tun wollte. Beweise für seine Aussage wurden nie gefunden. Außerdem schien seine Geschichte recht unwahrscheinlich, denn bei den Toten handelte es sich um das Ehepaar Palladu, die zwischen Cavaillon und Gordes ein Haus besaßen, und mit ihrer Tochter im Auto unterwegs gewesen waren.“

„Lebt der Zeuge heute noch?“ Tanja sah den Polizisten hoffnungsvoll an.

Schneider übersetzte ihre Frage, doch Tullon schüttelte sogleich den Kopf.

„Kann ich die Unterlagen mit nach Deutschland nehmen?"

Mit zufriedenem Lächeln sammelte Tullon die Kopien ein, steckte sie in die Mappe zurück und überreichte sie Tanja mit einer leichten Verbeugung.

„C'est pour vous, sans dire, madame!"

„Natürlich", übersetzte Schneider überflüssigerweise, denn Tanja und Tullon hatten sich trotz der Sprachbarriere verstanden.

15.

Am nächsten Tag saß Ralf wieder dem Oberkommissar gegenüber. Ralf wusste nicht, ob er weiter leugnen sollte, dass er inzwischen Kontakt zu Tanja hatte. Aber brachte er Fuß nicht in Schwierigkeiten, wenn er ihm die Wahrheit sagte?

„Also gut, sie hat dich angerufen, aber du weißt nicht, von wo. Was hat sie erzählt?"

Immer noch zögerte Ralf. Dann entschloss er sich, Fuß so weit einzuweihen, dass der Oberkommissar nicht in Konflikt mit seinem Beruf kam. Er erzählte Fuß den Tathergang, so wie ihn Tanja beschrieben hatte. Der Oberkommissar lauschte mit halb geschlossenen Augen, knetete dabei von Zeit zu Zeit sein Gesicht und versuchte sich alles bildlich vorzustellen. In dieser Haltung verblieb er auch, als Ralf über Tanjas und seine Überlegungen zu dem Unfall sprach, der sich einst auf der Straße nach Gordes zugetragen hatte. Dann trat eine kurze Pause ein.

„Es wird sehr schwer sein, nach all den Jahren die Wahrheit herauszufinden", meinte Fuß schließlich. „Damals gab es noch nicht die Techniken von heute, und Gordes ist nicht Paris. Das Einzige, was wir sicher wissen, ist, dass die Papiere von Jeannette alle echt sind. Du bist doch ein Mann mit Fantasie", er schaute Ralf herausfordernd an, „lass dir mal einfallen, wie sie daran gekommen sein könnte. Vielleicht besaß sie die Papiere aus irgendeinem plausiblen Grund schon vor dem Unfall, was weiß ich?"

Er stand auf und schaltete das Licht in seinem kleinen Büro ein.

„Ich gebe dir einen guten Rat: Tanja soll sich stellen. Wenn ihre Version stimmt, hat sie nichts zu befürchten. Und soweit mir die Ergebnisse der Kollegen von der Spurensicherung vorliegen, könnte ihre Version tatsächlich stimmen. Im Moment liegt allerdings ein Haftbefehl gegen sie vor. Mit einem einigermaßen guten Anwalt wird der aber bei einem Haftprüfungstermin nach dem derzeitigen Kenntrnisstand kaum aufrechterhalten werden. Sag ihr das. Alles andere ist Quatsch."

Tanja zitterte erneut am ganzen Körper, als Ralf ihr von seinem Gespräch mit Fuß berichtete. Es war weniger die Angst vor einer Verhaftung als vor der Tatsache, möglicherweise bei einer Vernehmung alles noch einmal durchleben zu müssen.

Noch am Abend nach ihrem zweiten Besuch bei der Police Municipale hatte sie die Rückreise nach Deutschland angetreten. Diesmal allerdings mit dem Zug, denn nun wusste sie, dass ihr Geld bis Nörtershausen reichen würde. Ralf hatte sie wieder am Bahnhof abgeholt. Wie zwei Verbrecher hatten sie sich in Ralfs Haus geschlichen. Nur zögernd hatten sie sich überwinden können, das Wohnzimmer zu betreten. Tanja konnte zunächst nur wie gebannt auf den dunklen Fleck im Teppich starren.

„Meine Mutter hat Recht gehabt", sagte sie plötzlich bitter und ohne das gewohnte Lächeln in ihren Augen. „Es war kein Triumph für mich! Trotz allem ist sie Siegerin geblieben. Ich werde dich verlieren, ich weiß es."

„Mach dir darüber mal keinen Kopf", gab Ralf zurück. „Wir müssen jetzt erst einmal sehen, dass die ganze Wahrheit ans Tageslicht kommt …"

Tanja sprang auf. „Willst du mit jemandem zusammenleben, der schuld am Tod deiner Frau ist, auch wenn sie niemals wirklich deine Frau war? Wie soll ich an deiner Seite leben können? Was willst du deiner Tochter sagen, wenn sie nach Hause kommt?"

Ralf zog sie wieder in den Sessel zurück. Er spürte den Impuls, sie in den Arm zu nehmen und zu küssen, doch zugleich sperrte sich etwas in ihm dagegen. Tanja hatte es richtig erkannt, es stand etwas zwischen ihnen, das sie trennte.

„Also gut", seufzte sie, „Morgen fahre ich mit den Unterlagen nach Koblenz und stelle mich der Polizei. Allerdings habe ich eine Bitte."

Sie griff nach Ralfs Hand und sah ihn fest an. „Sollte man mich festnehmen, bring es meinem Vater schonend bei und sage ihm, dass ich ihn liebe."

Ralf umfasste Tanjas Hand. „Ich verspreche es."

Der Anruf des Oberkommissars kam am nächsten Tag kurz vor Mittag. Fuß war von Wagner informiert worden, dass man Tanja auf Grund des

Haftbefehls auf die Karthause in die Justizvollzugsanstalt von Koblenz überstellt hatte.

„Besorg ihr sofort einen Anwalt", riet er Ralf eindringlich. „Ich werde mich darum kümmern, dass wir so schnell wie möglich die Ergebnisse der Obduktion bekommen. Anhand des Einstichwinkels am Hals sollte man feststellen können, ob es Mord, ein Unfall oder vielleicht sogar Selbstmord war."

Ralf hängte ein und wählte die Nummer eines befreundeten Anwalts, der ihm versprach, sofort alles Notwendige zu veranlassen.

Dann rief Ralf bei Tanjas Vater an. Er musste keine langen Erklärungen abgeben. Schon als er sich meldete, unterbrach ihn der Mann und meinte nur:

„Ich habe so etwas geahnt. Aber sie haben inzwischen meine Tochter kennen gelernt. Wenn sie sich etwas in den Kopf setzt ... Sagen Sie ihr, mir geht es gut. Sie soll sich keine Gedanken machen. Die gute Franziska sorgt für mich."

Ralf war erleichtert, dass dieses Gespräch so unkompliziert und schnell über die Bühne gegangen war. Für Tanja selbst konnte er im Moment nichts tun. So blieb ihm Zeit, endlich alle Schubladen und Schränke des Hauses zu durchforsten, um Jeannette und ihrer Vergangenheit weiter auf die Spur zu kommen.

Er begann im Wohnzimmer mit dem Sideboard, in dem Jeannette ihre Kassette deponiert hatte. Was war aus den Dingen geworden, auf die er beim ersten Öffnen nur einen kurzen Blick hatte werfen können?

Mit einem Seufzer stellte er die leere Kassette beiseite und begann systematisch nach und nach alle Fächer und Schubladen zu durchsuchen, jedoch ohne Erfolg. Als Nächstes nahm er sich das Schlafzimmer vor. Er begann mit Jeannettes Nachttisch, es folgte die Wäschekommode, schließlich der Kleiderschrank. Aber auch hier fand er nichts, was er in irgendeine Verbindung mit Jeannettes Vergangenheit bringen konnte.

Nach dem Schlafzimmer untersuchte er das Kinderzimmer. Immerhin war es möglich, dass Jeannette irgendwelche Dinge hier, wo man sie am wenigsten vermutete, versteckt hielt. Als Ralf die Schublade mit den Puppenkleidern öffnete, fiel ihm das Teil der Brosche ein, das er hier gefunden hatte. Es musste sich immer noch in seiner Jackentasche befinden.

Er ging in sein Arbeitszimmer. Seine Jacke hing über dem Drehsessel. Nachdenklich zog er das kleine Metallteil aus der Innentasche und betrachtete es. Ob Kriminalisten damit etwas anfangen konnten?

Jeannette hatte ihm gesagt, sie kenne die Brosche nicht, und wollte sie gleich wegwerfen. Aber später, in der Nacht, hatte sie sie doch wieder erwähnt, oder? Er versuchte sich genau zu erinnern, was sie gesagt hatte, doch ihre Worte fielen ihm nicht mehr ein. Er wusste nur noch, dass sie das Teil nicht mehr sehen wollte. Das konnte heißen, dass sie einfach an ihren neuerlichen Besuch der Unfallstelle und die wieder belebten traumatischen Bilder und Gefühle nicht mehr erinnert werden wollte, es konnte aber auch darauf hindeuten, dass sie im Innern doch einen Zusammenhang zwischen der Brosche und dem Unfall selbst hergestellt hatte. Er nahm sich vor, das Teil auf jeden Fall Fuß zu geben, und steckte es in seine Hosentasche. Dann setzte er die Suche in Mareikes Zimmer fort.

Nachdem auch hier nichts zu finden war, stieg er in den Keller hinab. Es war sehr mühselig, zwischen dem alten Gerümpel zu suchen, und er wirbelte viel Staub dabei auf. Im Schrank hingen lediglich ein paar uralte Kleider von Jeannette. Vielleicht würde Tanja sie als die ihrer Mutter identifizieren können.

Enttäuscht begab er sich nach oben und ging unter die Dusche, um all den Schmutz und Staub loszuwerden, der an ihm klebte.

Gegen Abend fuhr er hinunter nach Alken. Dieses Mal konnte er sich nicht an den Tischen der Freunde vorbeischleichen. Man hatte sein Kommen bereits von der Terrasse aus beobachtet. Heinz-Friedrich, der in Leverkusen seit langem aktiv in der Notfallseelsorge tätig war, fing ihn gleich an der Eingangstür ab.

„Es hat keinen Zweck, wenn du dich verkriechst“, meinte er und legte Ralf freundschaftlich seinen kräftigen Arm um die Schultern. „Wenn du ein Gespräch suchst, ich bin immer für dich da. Deshalb bin ich auch heute hier. Aber jetzt komm erst mal bei dem schönen Wetter rauf auf die Terrasse. Marita ist auch da und freut sich, dich zu sehen.“

Ralf war dankbar, nicht allein durch den Raum gehen zu müssen. Er folgte dem Mann mit der rotblonden Stoppelhaarfrisur zum Stammtisch, wo er mit zurückhaltendem, aber herzlichem Hallo von allen begrüßt wurde. Heinz-Friedrich hatte wohl schon seine fachmännischen Instruktionen gegeben, denn es wurde sofort von allem anderen geredet, vor allem von Möllemann, aber nicht von Jeannette.

Wie unter Zwang wanderte Ralfs Blick immer wieder zu dem kleinen Tisch, an dem Tanja bei ihrem ersten Besuch der Straußwirtschaft gesessen hatte. Die Erinnerungen drohten ihn zu überwältigen. Doch alle am Tisch waren bemüht, ihn ins Gespräch einzubinden und abzulenken. Ganz allmählich wurden auch die ersten Fragen laut: wann Mareike wiederkäme und wie es Tanja gehe? Und schließlich die Frage, wann Jeannette beerdigt werde?

„Ich weiß es nicht. Ihre Leiche ist noch nicht freigegeben worden."

Ralf entging nicht, dass Heinz-Friedrichs Augen hinter den runden Brillengläsern zufrieden auf ihn schauten. Der Schritt aus der Isolierung war geschafft. Ralf fühlte sich erleichtert.

Irgendwann tauchte Fuß in seiner blauen Schürze auf der Terrasse auf. Auch er freute sich, Ralf wieder am Stammtisch anzutreffen. Als er sich über den Tisch beugte, um die leer getrunkenen Gläser wieder zu füllen, raunte Ralf ihm zu:

„Kann ich dich nachher mal sprechen?"

„Das lässt sich machen", antwortete Fuß ebenso unauffällig, „komm nachher einfach in die Küche."

Ralf konnte es kaum erwarten, bis sich die Terrasse ein wenig geleert hatte und er den Eindruck gewann, dass der Oberkommissar nun etwas Zeit für ihn haben würde. Rasch erhob er sich und verabschiedete sich von den Freunden.

„Ich habe gehört, du übernachtest vorübergehend beim Bäcker Becker. Ich komme morgen Früh zum Frühstück vorbei, dann können wir reden", schlug Heinz-Friedrich vor.

Ralf nickte zustimmend und ging hinunter in die Küche, wo er Ek, Fuß und Katharina antraf.

„Maryla hat schon Feierabend, aber Katharina macht dir noch was, wenn du Hunger hast", bot ihm Erika sofort an.

„Sag Ja", grinste Fuß, der an einem Stück trockenem Brot kaute, „dann bekomm ich vielleicht auch mal etwas Anständiges zu essen."

Er zwinkerte Katharina zu, die sofort verstanden hatte. Sie strahlte über das ganze Gesicht und stand auf.

„Und wir setzen uns unten hin", Fuß deutete auf den großen Tisch im Hof, wo sich keine Gäste mehr befanden.

Mit zwei Gläsern und einer Flasche Rosé, den er gern als seinen leichten Sommerwein bezeichnete, folgte er Ralf in den Hof.

„Was hast du denn auf dem Herzen, mein Freund?", fragte er betont väterlich, während er einschenkte.

Ralf zog das Metallteil aus seiner Jackentasche und hielt es dem Oberkommissar hin.

„Als ich mit Jeannette in Gordes war, hat sie mir die Unfallstelle gezeigt. Genau dort habe ich dieses Teil gefunden, das heißt, eigentlich hat Mareike es gefunden. Es mag Zufall sein, dass es dort lag. Ich habe Jeannette gefragt, ob sie die Brosche kennt, aber das hat sie verneint. Sie wollte sie gleich wegwerfen. Irgendwann in der Nacht, halb im Traum, erwähnte sie noch mal, dass sie das Ding nicht mehr sehen will. Irgendwie kommt mir das im Nachhinein doch merkwürdig vor. Vielleicht ..."

Fuß nahm das Teil vorsichtig in die Hand und betrachtete es von allen Seiten. „Recht unwahrscheinlich, dass die Brosche etwas mit diesem Unfall zu tun hat", meinte er nachdenklich. „Immerhin sind rund zwanzig Jahre vergangen ... Aber ich werde das Teil auf jeden Fall vorsorglich ins Labor geben."

„Und – dann wollte ich dich noch um etwas bitten", druckste Ralf verlegen. „Sieh zu, dass wir Tanja so schnell wie möglich wieder aus dem Bau bekommen. Ich glaube wirklich nicht, dass sie ihre Mutter umgebracht hat."

Fuß erhob sein Glas. „Ich auch nicht."

Kriminalhauptmeister Wagner kam Fuß bereits auf dem Flur entgegen und winkte mit einem Schnellhefter.

„Sie war's nicht!", rief er freudestrahlend und sah an Fuß' Gesicht, dass ihm ein Stein vom Herzen fiel. „Ich habe den Obduktionsbericht schon mal überflogen. Vom Einstichwinkel des Messers wird das bestätigt, was die Fingerabdrücke schon ergeben haben: Die Frau hat sich selbst das Messer in den Hals gestoßen! Ob es ein Unfall durch die Türbewegung war oder mit voller Absicht geschah", es schüttelte ihn bei dem Gedanken, „lässt sich natürlich nicht feststellen. Die Tatbeteilung eines Dritten kann aber definitiv ausgeschlossen werden. Von dieser jungen Frau ..."

„Tanja!"

„... von Tanja hat man Fingerabdrücke an einer Mineralwasserflasche, einem Glas und in der Küche verteilt gefunden. Deckt sich ebenfalls mit ihrer Aussage!"

Fuß nahm hastig den Schnellhefter und beschleunigte seine Schritte. Er musste sofort Ralf anrufen und dann den Staatsanwalt informieren, damit der Haftbefehl gegen Tanja aufgehoben wurde.

„Na, ist das keine gute Nachricht, und gleich am frühen Morgen?!"

Sichtlich vergnügt stellte Fuß seine Tasche neben dem Schreibtisch ab und griff nach dem Hörer. Die beiden Anrufe waren schnell erledigt. Dann nahm er aus seiner Aktentasche eine Papierserviette, in die er den sandverklebten Rest der Brosche eingewickelt hatte.

„Was ist das?“ Wagner reckte sich neugierig über den Schreibtisch.

„Sieht aus wie das Teil einer Brosche. Hat Siebert aus Frankreich mitgebracht. Es stammt vom Unfallort, wo die echte Jeannette und ihre Eltern tödlich verunglückt sind, hat aber wahrscheinlich nichts mit dem Unfall zu tun. Ich werde es trotzdem von den Kollegen untersuchen lassen.“

„Apropos Frankreich! Die Kollegen aus Avignon haben uns von dem Unfall damals ein paar Fotos geschickt.“

Wagner reichte Fuß einen Umschlag, in dem sich drei große Schwarzweiß-Fotos befanden. Sie zeigten die Unfallstelle aus drei Perspektiven. Das völlig zerfetzte Cabrio hatte sich mit der Hinterachse gegen eine halb hohe Mauer aufgebäumt, das Vorderteil des Wagens um einen dahinter stehenden Baum gewickelt. Auf einem Foto sah man deutlich, dass sich noch eine Person im Auto befand, auf den beiden anderen Fotos waren zwei Menschen neben dem Wrack liegend zu erkennen.

„Kein Wunder, dass da keiner mehr lebend davongekommen ist“, kommentierte Fuß die Bilder, schob sie in den Umschlag zurück und legte sie zu den Akten.

Doch plötzlich schien ihm etwas durch den Kopf zu gehen. Er hielt kurz inne, holte dann nochmals den Umschlag hervor und griff nach der Lupe in seiner Schreibtischschublade. Noch einmal betrachtete er die Fotos, besonders das eine, das offenbar von der kleinen Mauer aus aufgenommen worden war und von dort aus in erster Linie den Motorbereich abbildete. Die Vorderachse hing quer zwischen Mauer und Baum, die Motorhaube war wie ein breites Band um den Baum gewickelt. Neben der Vorderachse lag ein Mensch. Unter der Lupe betrachtet musste es eine der beiden Frauen sein. Die Arme der Frau lagen merkwürdig parallel am Körper, ihr Gesicht hingegen schien sich in den Boden gegraben zu haben.

Fuß schloss die Augen und versuchte sich den Unfallhergang vorzustellen. Ralf oder Tanja hatten von einer Ölspur gesprochen, der Wagen war also in der leichten Kurve geradeaus geschossen, gegen die Mauer geprallt … Wieso aber lag die Person, die im Fond gesessen hatte, hinter der Mauer? Die Fotos zeigten, dass der Fahrer eingeklemmt hinter dem Lenkrad hing, die Beifahrerin war seitlich herausgeschleudert worden, wahrscheinlich, weil sich die Tür beim Aufprall geöffnet hatte.

Da der Wagen die Mauer hoch geschleudert und gegen den Baum geprallt war, musste jedoch die dritte Person im Fond nach Fuß' physikalischen Überlegungen eher nach hinten als nach vorne geschleudert worden sein …

Immer wieder ließ Fuß vor seinem inneren Augen den Film des Unfallhergangs ablaufen. Wie bei einer Computeranimation versuchte er zu erreichen, dass die Person, die im Fond gesessen hatte, über die Mauer geschleudert wurde, es misslang.

„Wagner", rief er plötzlich aus, „schau dir mal dieses Foto an. Fällt dir dabei etwas auf?"

Wagner griff nach dem Foto und nahm auch die Lupe, die Fuß ihm entgegenhielt. Der Oberkommissar fixierte seinen Kollegen mit halb geschlossenen Augen.

„Merkwürdig!", murmelte Wagner

„Was ist merkwürdig?" Fuß wurde ungeduldig.

„Die eine Tote!"

Fuß sprang auf und sah seinen Kollegen erwartungsvoll an.

„Es sieht so aus, als habe sie mit dem Unfall gar nichts zu tun!", stellte Wagner sichtlich irritiert fest.

Fuß schnippte vergnügt mit dem Finger.

„Da die Tote als dritte Person im Cabrio zwangsläufig im Fond gesessen haben muss, müsste sie bei dem Aufprall, so wie die Fotos ihn zeigen, nach hinten oder zur Seite geschleudert worden sein. Aber niemals über die Mauer nach vorne! Außerdem würde sie, durch die Luft geschleudert, niemals so akkurat neben der Vorderachse liegen!"

Er war plötzlich ganz aufgeregt, seine Hirnzellen hellwach. Mit großen Schritten wanderte er im Raum auf und ab. Was hatten seine französischen Kollegen damals übersehen?

Wagner betrachte ihn amüsiert. Der Einsneunzigmann mit Schuhgröße 49 wirkte in dem engen Raum wie ein hungriger Tiger, der seine Beute sucht. So vergingen einige Minuten. Dann blieb Fuß vor seinem Schreibtisch stehen und strich sich über den Bart.

„Vielleicht war der französische Suffkopf an diesem Abend gar nicht so besoffen, wie die Franzosen damals glaubten", brummte er. Entschlossen setzte er hinzu: „Wir brauchen dringend eine DNA von Tanja und geben sie nicht nach Mainz ins Labor, das dauert mir zu lange. Wir lassen das hier privat in Koblenz untersuchen. Das nehme ich auf meine Kappe. Das Labor soll auch die Brosche auf DNA-verwertbare Partikel untersuchen."

„Du meinst …?“

„Noch meine ich gar nichts. Aber an der ganzen Sache rund um Tanja Mahler und ihre Mutter scheint mir viel mehr faul zu sein, als wir bisher glaubten. Und jetzt mach den Leuten mal Feuer unter den Arsch.“

Fuß wusste, dass er sich trotz allem über das Pfingstwochenende gedulden musste, bis zuverlässige Ergebnisse vorlagen. Auf dem Heimweg fuhr er nicht wie gewohnt die Mosel entlang, sondern wählte den Weg über die Hunsrückhöhenstraße und Nörtershausen. Er wollte Tanja noch ein paar Fragen stellen und ging davon aus, dass sie inzwischen aus der Haft entlassen und gleich zu Ralf gefahren war.

Ralf öffnete ihm die Tür. „Du?“, fragte er erstaunt und machte ihm bereitwillig den Weg ins Haus frei.

„Ist Tanja da?“

Ralf hielt Fuß am Ärmel fest. „Danke, dass du dich so für sie eingesetzt hast. Sie hat …“

„Deshalb bin ich nicht hier“, unterbrach Fuß ungeduldig und ging geradewegs ins Wohnzimmer.

Tanja saß auf der Terrasse.

„Bier, Wasser, Wein?“, rief ihm Ralf hinterher, erhielt jedoch keine Antwort.

Tanja umarmte Fuß wie einen alten Freund und drückte ihm einen Kuss auf jede Wange. „Danke!“, flüsterte sie ihm ins Ohr.

„Komm, lass diese Lobhudelei und setz dich mal hin“, wehrte Fuß ab.

Tanja hielt erschrocken inne. „Ist irgendetwas geschehen?“

„Das kann man wohl sagen, aber ich weiß noch nicht, was!“ Fuß setzte sich geheimnisvoll lächelnd in einen der Korbsessel, der unter seinem Gewicht zu knistern begann. „Ich bin mir über einiges noch nicht ganz im Klaren, deshalb muss ich noch ein paar Dinge genauer wissen.“

Er schaute Tanja prüfend an und wartete, bis auch Ralf sich dazugesetzt hatte.

„Du musst mir nicht sofort antworten, aber wenn du antwortest, musst du dir ganz sicher sein“, begann Fuß. „Würdest du sagen, deine Mutter und diese Jeannette Palladu waren enge Freundinnen?“

Tanja senkte den Kopf und überlegte. „Ich hatte als Kind den Eindruck, ja! Auch Charly, ich meine, mein Vater ist immer davon ausgegangen.“

„Aber lesbisch waren die beiden nicht?"

Tanja brach in lautes Lachen aus. „Die beiden waren alles andere als lesbisch, zumindest von Jeannette konnte man das sagen, wenn man meinem Vater glauben darf. Sie war es auch, die meine Mutter meistens aus dem Haus und nach Schwabing gelockt hat."

Fuß stoppte mit einer kurzen Handbewegung. Mehr brauchte er zu diesem Thema nicht zu wissen.

„Kann man davon ausgehen, dass die beiden ihre Erlebnisse mit Männern untereinander ausgetauscht haben?"

Wieder überlegte Tanja gründlich, bevor sie antwortete.

„Ich glaube schon. Denn sie haben sich oft getroffen, sind wahrscheinlich auch gemeinsam mit Männern durch Schwabing gezogen. Sie haben auch gemeinsam Urlaube gemacht, bei denen wahrscheinlich auch Männer eine Rolle spielten. Da haben sie sich sicherlich gegenseitig über ihre kleinen Abenteuer unterhalten."

Fuß nickte zufrieden.

„Man darf also davon ausgehen, dass deine Mutter ihrer Freundin auch erzählt hat, dass sie Ralf kennen gelernt hat und mit dem Gedanken spielt, euch zu verlassen?"

Diesmal erfolgte Tanjas Antwort sofort. „Davon bin ich überzeugt!"

Nervös scharrte Fuß mit seinen Schuhen auf den Betonplatten der Terrasse. Er beugte sich vor und schaute abwechselnd zu Tanja und Ralf.

„Was für einen Grund hatte deine Mutter aber dann, ihre beste Freundin umzubringen?"

„Dafür gibt es eine klare Erklärung", versicherte Tanja, die sich diese Frage schon allzu oft in ihrem Leben gestellt hatte. „Sie sah in Ralf die Erfüllung all ihrer Träume und wollte so schnell wie möglich zu diesem Mann, bevor er sich in eine andere verliebte. Sie wusste, eine Scheidung würde zeitaufwändig, und mein Vater hätte bestimmt nicht so einfach eingewilligt ..."

„Aber Ralf und deine Mutter haben doch erst fünf Jahre später geheiratet. In der Zeit bestand doch auch das Risiko, dass Ralf eine andere Frau kennen und lieben lernen würde", gab Fuß zu bedenken.

„Hier in Nörters hatte sie ihn aber unter Kontrolle", Tanja warf einen entschuldigenden Blick zu Ralf. „Und Ralf ist ja sicher alles andere als ein Casanova, der jedem Rock hinterherläuft, zumal wenn er in einer festen Bindung lebt. Das konnte sie aber damals noch nicht wissen, deshalb musste sie schnell zu ihm ziehen. Ich habe mir deshalb ja Ralf früher auch ganz anders vorgestellt." Sie warf ihm einen flüchtigen Kuss zu. „Es gibt keine andere Erklärung für das Verhalten meiner Mutter."

Fuß überging diese Bemerkung und stellte gleich die nächste Frage, die ihm wichtig erschien.

„Deine Mutter kam doch gleich einen Tag nach dem Unfall wieder nach München zurück?"

„Am nächsten oder übernächsten Tag, nein, ich glaube, es war tatsächlich der nächste Tag. Ist das wichtig?"

„Sie war in Eile?"

„Und wie! Sie schoss direkt ins Schlafzimmer, um ihre Kleider zu packen", bestätigte Tanja.

„Und du?"

„Ich musste ihr Brote schmieren, dann hat sie mich in mein Zimmer geschickt."

„Was hat sie dir alles erzählt oder gesagt?", bohrte Fuß weiter. „Bitte, denk genau nach!"

Tanja lehnte sich in ihrem Korbsessel zurück und legte die Beine seitlich über die Lehne. Dabei rutschte ihr Rock hoch, so dass auch Fuß sich einen Blick auf ihre gut gewachsenen, langen Beine nicht versagen konnte. Doch seine Gedanken waren sofort wieder bei der Sache.

„Eigentlich hat sie sehr wenig mit mir geredet", erinnerte sich Tanja. „Sie schien mir durch den Tod von Jeannette schwer getroffen, ganz verändert. ‚Mach mir mal ein Brot', ‚Geh in dein Zimmer', und dann dieses ‚Ich verlasse euch'. Danach habe ich die ganze Zeit geweint und ihr gar nicht mehr zugehört. Auch der Abschied war sehr kurz. Eigentlich ist sie dauernd nur in der Wohnung herumgerannt. Sie wollte offensichtlich nicht mit meinem Vater zusammentreffen, hat nicht einmal ihren Mantel und ihr Kopftuch abgelegt."

Fuß nickte nachdenklich.

„Worauf willst du hinaus?", mischte sich Ralf ein.

Auch auf diese Frage ging der Oberkommissar nicht ein. Er richtete seinen Blick erneut auf Tanja.

„Was hat deine Mutter alles mitgenommen? Fallen dir da ein paar besonders markante Dinge ein, Kleidungsstücke, persönliche Andenken?"

Tanja schüttelte lächelnd den Kopf. „Ich war fünf, da habe ich mich noch nicht für die Kleidung meiner Mutter interessiert. Ich weiß nur, dass der Kleiderschrank nachher leer war, und persönliche Andenken …? Sie hat viele Fotos mitgenommen, ganze Alben, und viele Briefe."

„Briefe?"

„Es gab eine Kassette, in der sie bestimmte Briefe aufbewahrte, die hat sie mitgenommen."

Ralf stand auf und kam ein paar Sekunden später mit der Metallkassette auf die Terrasse. „War es die?"

Tanja ließ liebevoll ihre Finger über den Rand der Kassette gleiten. „Ja, das ist sie", bestätigte sie. „Schön, dass es sie noch gibt."

„Als wir abends zu dir fuhren", erklärte Ralf dem Oberkommissar, „waren außer den Urkunden auch noch andere Papiere darin. Sie sind verschwunden. Vielleicht waren es die Briefe."

Fuß betrachtete die Kassette von allen Seiten. Dann schüttelte er sie und hielt seinen Zeigefinger abschätzend mal innen, mal außen gegen den Rand, fuhr schließlich fast zärtlich mit dem Zeigefinger über die Innenwand. Dann schüttelte er den Kopf.

„Kann ich sie mitnehmen?" Er wartete keine Antwort ab, sondern blickte Tanja an und fügte unvermittelt hinzu: „Hat man dir eine Speichelprobe abgenommen?"

Tanja nickte.

„Dann brauche ich bitte noch die Adresse deines Vaters in München."

Tanja schaute Fuß erschrocken an. „Charlys Adresse? Wozu?"

„Meine Kollegen in München werden ihm einen Besuch abstatten müssen", antwortete Fuß und nahm einen kleinen Notizblock aus seiner Aktentasche.

Als er Tanjas blasses Gesicht sah, fügte er mit einem Augenzwingern hinzu: „Es geht nur um ein paar Dinge, die du als Kind sicherlich nicht wahrgenommen hast. Mehr hoffentlich nicht."

„Was soll das heißen, ‚hoffentlich nicht'?", fragte Ralf irritiert.

„Ach, weißt du, in diesem Fall hat es bisher so viele falsche Rückschlüsse, Lügen und andere Verwirrungen gegeben, dass ich selbst noch nicht ganz sicher bin, was am Ende herauskommt", meinte Fuß geheimnisvoll und sah zu, wie Tanja die Adresse ihres Vaters in den Notizblock schrieb.

16.

Seit der Tat herrschte zwischen Ralf und Tanja eine merkwürdige Stimmung. Nichts war wie vorher. Beide waren sehr still und nachdenklich, es wurde wenig gesprochen, vor allem nicht über Liebe und Zukunft. Oft saßen sie nur beieinander, schauten sich ab und zu an und schwiegen. Es war, als hätte der Tod eine unsichtbare Mauer zwischen ihnen errichtet. Die Zärtlichkeit zwischen ihnen beschränkte sich auf tröstende oder aufmunternde Blicke, einen flüchtigen, leidenschaftslosen Kuss, einen kurzen Händedruck. Tanja hielt sich am liebsten im Zimmer von Mareike auf, Ralf in seinem Arbeitszimmer.

Sicher hätte Heinz-Friedrich, der erfahrene Notfallseelsorger, in dieser Situation helfen können, doch nach jenem gemeinsamen Frühstück, bei dem er Ralf wieder einigermaßen hatte aufrichten können, war er wieder abgereist. Die Arbeit rief ihn und seine Frau Marita nach Leverkusen zurück.

Am späten Abend fuhren Ralf und Tanja gemeinsam nach Alken hinunter. Keiner verspürte Lust, in die Straußwirtschaft zu gehen – zu viele neugierige Gesichter und zu viele Fragen. Stattdessen machten sie einen kurzen Spaziergang an der Mosel entlang, bei dem auch kaum gesprochen wurde.

Wieder in Nörtershausen, zog sich Tanja in Mareikes Zimmer zurück. Ralf setzte sich ins Wohnzimmer und schaute die Nachrichten. In den letzten Tagen hatte er das aktuelle Geschehen völlig aus den Augen verloren.

Tanja hatte das Fenster geöffnet, die Gardinen zugezogen und lag auf dem Bett. Wieder standen die schrecklichen Bilder vor ihren Augen, sie konnte sich einfach nicht davon lösen. Immer wieder sah sie ihre Mutter, wie ihr das Blut aus der Halsschlagader schoss. Was mochte an diesem Vormittag in ihr vorgegangen sein? Sie hatte sich beherrscht, glaubte sich mit all ihren Lügen und Intrigen als Siegerin. Wann hatte sie das Messer an sich genommen?

Tanja versuchte noch einmal ihren Besuch zu rekonstruieren. Zunächst war alles überschaubar verlaufen. Dann waren sie in Mareikes Zimmer hinaufgegangen. Hier hatte ihre Mutter ihre erste Niederlage erlebt, die verräterische Garderobe. Ihre Mutter war vor Tanja hinuntergegangen, Tanja hatte sie noch aus der Küche ins Wohnzimmer huschen sehen. Wahrscheinlich hatte sie bereits zu diesem Zeitpunkt ihren Entschluss gefasst und das Messer an sich genommen. Aber nicht, um Selbstmord zu begehen!

Tanja schauderte. Ihre Mutter hatte sie zum Schweigen bringen wollen. Wieder sah sie deutlich das Messer auf sich gerichtet, als sie von der Küche ins Wohnzimmer geeilt war. Hatte ihre Mutter nur durch einen Mord an der eigenen Tochter noch einen Ausweg gesehen, das Leben zu verwirklichen, an das sie die letzten zwanzig Jahre geglaubt hatte? Schließlich hatte Tanja ihr auch noch die letzte Hoffnung zerstört, indem sie ihr triumphierend mitgeteilt hatte, dass sie mit Ralf ein Verhältnis hatte. War der Hustenanfall danach echt gewesen oder nur eine List, um Zeit zum Nachdenken zu gewinnen und sie aus dem Zimmer zu locken? Vielleicht beides. Aber es blieb letztendlich immer noch die Frage offen: Hatte sie mit der Tür den Arm ihrer Mutter getroffen und war dadurch das Messer in ihren Hals eingedrungen oder hatte sich ihre Mutter das Messer selbst in den Hals gerammt und gehofft, man würde ihre Tochter für die Mörderin halten und lebenslang einsperren? Aber in der Eile hatte sie zu viele Dinge nicht bedacht …

Zum zweiten Mal an diesem Tag griff Tanja nach dem Handy, um ihren Vater anzurufen. Am Mittag nach ihrer Haftentlassung hatte sie ihn natürlich gleich informiert, jetzt galt es, ihm den allabendlichen Gute-Nacht-Gruß zu schicken. Während sie wählte, liefen ihr die Tränen über die Wangen.

„Es ist alles so schrecklich, Charly“, weinte sie. „Ich wünschte, du wärst hier und könntest mich in deine Arme nehmen.“

Ihr Vater versuchte sie zu beruhigen. Tanja versprach, so schnell wie möglich nach München zu kommen. Sie sagte nichts von dem bevorstehenden Besuch der Polizei in München. Irgendwie spürte sie eine merkwürdige Angst in diesem Zusammenhang, die sie weder begründen noch beschreiben konnte.

Fuß wälzte sich die ganze Nacht im Bett herum. Als es draußen langsam hell wurde, stand er auf, duschte, zog sich an und setzte sich in den Hof an den großen Tisch. Immer wieder verfolgten ihn die Fotos des Unfalls, immer wieder suchte er nach Antworten auf einige Fragen, die sich ihm seit gestern stellten. Er hatte jetzt zwei völlig unterschiedliche Geschichten in seinem Kopf, die beide schlüssig waren. Aber nur eine entsprach der Wahrheit und die Entscheidung, welche das war, würde mit dem Ergebnis der DNA von Tanja fallen. Und das würde er erst nach dem Pfingstwochenende bekommen.

Von Ungeduld geplagt stand er auf und machte sich daran, die Kühlschränke mit Getränken aufzufüllen. Er hasste es, wenn er spürte, dass er kurz vor der Aufklärung eines Falls stand, und dann auf Dinge wie eine Akte, eine DNA oder ein anderes Beweisstück warten musste. Vielleicht würde der Gästeansturm am Pfingstwochenende, den beiden letzten offenen Tagen der Frühjahrsaison in der Straußwirtschaft, ihn etwas ablenken.

Ralf erwartete Tanja auf der Terrasse, die noch im kühlen Schatten lag. Er hatte bereits den Tisch für sie beide gedeckt.

„Hast du gut geschlafen?“ Er gab ihr einen flüchtigen Kuss.

Statt einer Antwort verdrehte sie nur die Augen.

„Mir ist es ähnlich gegangen. Und es wird wohl noch eine Weile dauern, bis sich das ändern wird“, stöhnte er.

Obwohl die Brötchen, die er im Gefrierfach gefunden und aufgebacken hatte, herrlich dufteten und Schinken und Käse sie anlachten, machten sie sich recht lustlos ans Frühstücken.

„Ich habe Charly versprochen, so bald wie möglich zu kommen. Kommst du mit?“, fragte Tanja, ohne Ralf anzublicken.

Sie wusste, dass er Nein sagen würde. Rasch wischte sie sich eine Träne aus dem Auge, doch Ralf hatte sie bemerkt. Schweigend legte er seine Hand auf ihren Arm.

Nach dem Frühstück fuhren sie hinunter an die Mosel und gingen ein Stück der Promenade entlang, die sich zusehends mit Touristen füllte.

„Wie wird es weitergehen?“ Tanja war stehen geblieben und schaute hinauf in die Weinberge und zur Burg Thurant.

Ralf sah, dass ihre Augen wieder feucht wurden. Zögernd legte er seinen Arm um sie. „Bitte versteh mich doch. Es ist alles anders, seit …“

„Ich weiß! Durch ihren Tod ist alles kaputtgemacht worden, alles!"

Tanja lehnte sich schluchzend an Ralfs Schulter. Einige Passanten blieben stehen und schauten neugierig.

„Und genau das hat sie die ganze Zeit gewollt. Sie konnte bei ihrem letzten Atemzug triumphieren!"

„Lass uns irgendwohin fahren, wo weniger Leute sind", raunte ihr Ralf ins Ohr und zog sie auf die andere Straßenseite.

Bis zu seinem Wagen mussten sie noch ein gutes Stück an der Mosel entlanggehen. Dann fuhren sie wieder ziellos die Mosel abwärts in Richtung Koblenz, jeder in seine eigenen Gedanken versunken.

Wie würde Mareike die Rückkehr in das Haus ohne ihre Mutter erleben? Ralfs Eltern hatten zwar versprochen, mitzukommen und einige Tage in Nörtershausen zu bleiben, aber irgendwann waren er und Mareike allein. Welche Fragen würde das Kind stellen? Dann fiel ihm ein, dass er sich noch gar nicht um die Bestattung von Jeannette gekümmert hatte. Er würde Fuß fragen müssen, wann die Leiche freigegeben wurde. Außerdem stand fest, dass er überhaupt nicht rechtmäßig mit Jeannette verheiratet war. Musste er sich etwa mit Tanja und ihrem Vater diesbezüglich in Verbindung setzen? Eine verrückte Idee!

Tanja hatte die Hände im Schoß gefaltet und die Augen geschlossen. Sie musste an ihren Vater denken. Wie mochte er das alles aus über fünfhundert Kilometern Entfernung miterleben? Immerhin hatte er mit der Toten mehr als fünf Jahre zusammengelebt und eine Ehe geführt. Welche Bilder malte er sich nun über den Verlauf jenes Vormittags aus, der mit dem Tod seiner Frau endete – einer Frau, zu der er fast zwanzig Jahre keinerlei Kontakt mehr gehabt hatte? Was wollte eigentlich die Polizei von Charly?

„Kannst du mir zweihundert Euro leihen?" Tanja richtete sich auf dem Beifahrersitz auf und blickte Ralf an, der ihre Frage ohne Zögern bejahte.

„Dann fahr mich nach Koblenz zum Bahnhof, ich muss zu Charly. Was soll ich hier über die Feiertage? Ich werde mir nächste Woche noch ein paar Tage freinehmen und am Dienstag wiederkommen."

Irgendwie war Ralf froh über diesen Entschluss von Tanja. Zu sehr lastete die zwiespältige Stimmung auf ihnen. Jetzt musste jeder erst einmal mit sich selbst klarkommen.

Der ICE 597 aus Mannheim, den Tanja hatte umsteigen müssen, war mit gut zehn Minuten Verspätung in München eingetroffen. Als Tanja gegen achtzehn Uhr mit dem Taxi zu Hause ankam, saß Karl Mahler in seinem Rollstuhl vor dem Fernseher und war eingenickt. Seine Tochter drückte ihm vorsichtig einen Kuss auf die Stirn. Davon wachte er auf.

Teils erschrocken, teils erfreut blickte er sie an. „Du?“

Sie fiel ihm um den Hals und drückte ihn an sich, so gut es sein Rollstuhl zuließ.

„Ich musste einfach kommen“, gestand sie. „Es ist alles so schrecklich!“

Sie kniete sich neben den Rollstuhl und legte ihren Kopf in seinen Schoß, so wie sie es schon als kleines Mädchen gemacht hatte, wenn sie ein Problem mit ihm besprechen wollte.

„Ich habe das doch alles nicht gewollt. Ich wollte doch nur erreichen, dass sie sich zur Wahrheit bekennen muss. Ich weiß selbst nicht, was ich wollte ...“

Ihr Vater strich zärtlich über ihre langen Haare. „Wir beide hatten schon so etwas wie Rachegefühle in uns, wenn wir ehrlich sind. Aber die Rache sollte nicht mit einer Toten enden. Das habe auch ich nicht gewollt.“

„Sie hat trotz allem gewonnen, denn sie hat jetzt endgültig alles kaputtgemacht. Sie hat uns die Last ihres Todes aufgeladen, sich für immer zwischen Ralf und mich gestellt und Ralfs und Mareikes Leben zerstört, weil die beiden jetzt wissen, dass sie sie nie geliebt, sondern nur benutzt hat“, stieß Tanja hervor und wieder kullerten Tränen über ihre Wangen.

„Diese Erfahrung habe auch ich hinter mir!“, seufzte ihr Vater. „Ich habe lange gebraucht, bis ich begriff, dass Susanne ein ganz anderer Mensch war als der, den ich geliebt habe. Es fällt mir heute noch schwer daran zu denken. Insofern fühle ich wirklich mit diesem Ralf!“

Tanja richtete sich auf und wischte sich die Tränen aus dem Gesicht. „Ich mache uns jetzt ein Abendessen, und dann erzähle ich dir, wie alles gekommen ist.“

Sie gab ihrem Vater wieder einen Kuss auf die Stirn, dann schob sie ihn im Rollstuhl in die kleine Küche, damit er ihr zuschauen konnte, wie sie das Abendessen zubereitete.

Ralf hatte sich zu Hause auf die Terrasse gesetzt und betrachtete die Wolken, die von der Eifel über die Mosel in den Hunsrück zogen. Vor ihm stand eine Flasche Alkener Burgberg, die er eigentlich mit Tanja hatte trinken wollen. Jetzt hatte er sie selbst geleert. Während er den tiefroten Rest in seinem Glas betrachtete, schien sich das Rot vor seinen Augen in eine Blutlache zu verwandeln, und aus dem Blut tauchte das Gesicht seiner Frau auf – jener Frau, die er all die Jahre für seine Frau gehalten hatte.

Angewidert schob er das Glas von sich. Er wollte die schrecklichen Bilder vergessen. Doch so sehr er sich auch bemühte, sie tauchten immer und immer wieder in ihm auf.

Er stand auf und verließ eilig die Terrasse. Auf der Treppe überlegte er, ob er zu Fuß in die Straußwirtschaft fahren sollte. Wegen der Flasche Rotwein entschied er sich jedoch, zu Hause zu bleiben. Außerdem wollte er allein sein.

Er ging im Wohnzimmer auf die Vitrine zu, in der Liköre und Brände aufbewahrt wurden, griff nach der erstbesten Flasche und schraubte den Verschluss auf. Gierig schüttete er den moorigen Malt in sich hinein. Vergessen wollte er, alles vergessen. Doch Jeannette war gegenwärtiger denn je.

Sie hat einen knappen gelben Bikini an und räkelt sich auf dem Liegestuhl am Hotelpool in der Sonne Jamaikas. Auf dem kleinen Tisch neben ihr steht ein Longdrink mit Früchtespieß.

Ralf sitzt unter einem aus Bast geflochtenen Sonnenschirm. Um diese Uhrzeit herrscht noch wenig Betrieb am Pool, auch die Hocker an der Poolbar sind noch frei. Nur am anderen Ende des hellblau glitzernden Wassers tummeln sich zwei Pärchen am Beckenrand.

Jeannette greift zu ihrem Glas und prostet Ralf zu. „So müsste es immer sein!", meint sie und zieht einen kräftigen Schluck Bahia durch den Strohhalm. „Gehst du mit ins Wasser?"

Er blinzelt behaglich. „Ich bleibe lieber im Schatten!"

Er hört, wie Jeannette die Sandaletten abstreift, es folgt ein lautes Klatschen, als sie sich in den Pool stürzt. Kalte Spritzer bedecken Ralfs Körper. Erschrocken reißt er die Augen auf und will sie abwischen, aber sein ganzer Körper ist übersät mit Blutspritzern. Er schreit auf und schaut sich um. Überall ist dunkelrotes Blut, der Pool ist voll Blut, und mittendrin schwimmt Jeannettes Kopf. Ihre toten Augen starren ihn an.

Er springt auf und beginnt zu laufen. Die Eingangstür zum Hotel kommt immer näher. Leute lachen ihn an, rufen ihm vergnügt etwas hinterher. Der Fahrstuhl, der endlos lange Flur, hastig schiebt er die Magnetkarte in den Schlitz der Hotelzimmertür. Das Schloss springt surrend auf. Die Kälte der Klimaanlage umfasst seinen Körper und zieht ihn in den Raum hinein.

Auf dem Bett liegt Jeannette, nackt, in einem Meer von Blütenblättern. Sie winkt ihm verführerisch lächelnd zu. Er schaut an sich herunter. Auch er ist nackt, sein Körper von der karibischen Sonne gebräunt. Langsam lässt er sich in die weichen Kissen mit den Blütenblättern sinken. Er spürt Jeannettes samtige Haut, umfasst ihre Hüften, sie wehrt sich, stemmt sich gegen seinen Körper. Plötzlich hat sie ein langes Küchenmesser in der Hand. Ihr Augen funkeln, sie sagt etwas, aber er kann sie nicht verstehen, diese Glocken sind zu laut. Sie sticht das Messer in ihren Hals. Blut schießt wie eine Fontäne in Ralfs Gesicht. Er kann nichts mehr sehen, seine Augen füllen sich mit dem vielen Blut. Erschrocken lässt er sich fallen, aber das Bett scheint mit ihm zu stürzen, immer tiefer und tiefer.

Plötzlich kommt Wind auf, er spürt den Gurt eines Paragliders um seine Brust. Unweit von ihm entfernt schwebt Jeannette an einem roten Glider. Unter ihnen der Forggen- und Bannwaldsee, hinter ihnen der Tegelberg. Sie winkt ihm begeistert zu. Ralf winkt zurück. Der Wind wird stärker und bläht den grünen Glider über Ralf immer mehr auf. Er treibt auf Jeannette zu, die im Rhythmus des Glockengeläutes hin und her geschleudert wird. Er sieht ihr entsetztes Gesicht, sie reißt den Mund auf und schreit, doch die Glocken übertönen ihren Schrei. Der Glider über Jeannette fällt in sich zusammen. Wie ein Stein jagt ihr Körper auf den Forggensee zu, der sich plötzlich rot färbt. Ralf schaut sich um, wo ist der Kirchturm, wo die Glocken? Er hält sich die Ohren zu …

Die Glocken, nein, das waren keine Glocken! Ralf öffnete die Augen. Über ihm die kalkweiße Decke seines Wohnzimmers. Das Hämmern in seinem Kopf hatte sich mit dem Läuten eines Telefons vermischt. Das war sein Telefon! Er musste irgendwann im Suff den Anrufbeantworter ausgeschaltet haben.

Vorsichtig versuchte er sich aufzurichten, doch sofort begann alles zu schwanken. Nur langsam begriff er, dass er auf dem Boden lag. Er sah verzerrt die offene Vitrinentür. Bei dem Versuch, sich erneut aufzurichten, bekam seine Hand eine Flasche zu fassen. Sie war dreieckig und grün. Allmählich kam die Orientierung zurück. Die Flasche Glenfiddish war leer. Aber um die Flasche herum war der Teppich nass. Wahrscheinlich hatte sich der restliche Flascheninhalt über ihn ergossen. So musste es sein, denn jetzt roch er den Malt-Whisky.

Wenn doch nicht immer das Telefon läuten würde! Er rollte sich zur Seite und versuchte so aufzustehen. Doch sofort begann wieder alles zu schwanken. Also robbte er auf allen vieren in die Richtung, aus der das Läuten kam.

„Gott sei Dank", hörte er Tanjas Stimme in weiter Ferne. „Ich versuche schon den ganzen Tag dich zu erreichen. Wo bist du denn?"

Ralf musste sich an der Couch festklammern, um nicht wieder zu Boden zu gehen.

„Ralf, hörst du mich?"

„Ja!" Mehr konnte er nicht sagen, ihm war speiübel.

„Was ist mit dir Ralf?" Tanjas Stimme klang verunsichert und besorgt.

„Ich ruf zurück!", stieß er aus und konnte gerade noch den Hörer auflegen, bevor er sich übergab.

Die kalte Dusche hatte Wunder gewirkt. Ralf fühlte sich nicht nur von dem Gestank des Erbrochenen befreit, auch sein Kopf funktionierte wieder einigermaßen. Wenn nur nicht das Hämmerchen darin wäre ...

Er zog frische Kleidung an und stopfte die alten Sachen in die Waschmaschine. Immer noch leicht schwankend begann er im Wohnzimmer Sessel und Couchtisch auf die Seite zu räumen, damit er den Teppich aufrollen konnte. Da Montag Feiertag war, musste der Teppich bis Dienstag auf der Terrasse bleiben, dann würde er ihn endgültig entsorgen.

Er schob Sessel und Couchtisch wieder an ihre Plätze zurück und gab auch die Lappen und Tücher in die Waschmaschine. Dann stieg er, sich am Geländer festhaltend, hinauf in sein Arbeitszimmer und rief Tanja an.

Sie war sehr verängstigt. Erst als sie erfuhr, was geschehen war, beruhigte sie sich langsam.

„Hast du schon mal Alkoholprobleme gehabt?", fragte sie vorsichtig.

Sie erinnerte sich sofort daran, wie Charly damals, als ihre Mutter sie verlassen hatte, in den Teufelskreis der Sucht geraten war.

„Noch nie, keine Bange", beruhigte Ralf sie. „Scharfe Sachen trinke ich recht selten. Nein, ich glaube nicht, dass ich zum Säufer werde, wenn du das meinst."

„Bitte, versteh mich nicht falsch, ich mache mir nur Sorgen um dich", entschuldigte sich Tanja.

„Ich weiß, aber mir geht es wieder – gut, wäre vielleicht zu viel gesagt.

Aber ich kann schon wieder einigermaßen klar denken. Ich bin froh, dass du angerufen hast, ich hatte schreckliche Albträume."

Er warf einen Blick auf seine Rolex. Es musste Sonntag Nachmittag sein, aber er schämte sich, Tanja zu fragen.

„Wie geht es deinem Vater?"

„Wir haben die halbe Nacht miteinander gequatscht. Ich glaube, jetzt geht es uns beiden besser. Ich komme übrigens am Dienstag wieder mit dem Zug um elf Uhr zehn. Holst du mich bitte ab?"

Am Pfingstmontag Nachmittag hatte sich Ralf überwunden und war traditionsgemäß zum Abschluss der Frühjahrssaison in die Straußwirtschaft nach Alken gefahren. Alle waren gekommen, bis auf Marita und Heinz-Friedrich, der in Leverkusen zu tun hatte. Die drei Räume der Straußwirtschaft und die Terrasse waren bis auf den letzten Stuhl besetzt. Petrus meinte es bis in die späten Abendstunden hinein gut mit den vergnügten Gästen.

Alle am Stammtisch waren bemüht, das Thema Susanne, Jeannette und Tanja zu meiden. Paul Gilles aus dem nahen Eifelort Polch setzte sich in den an die Terrasse angrenzenden Raum ans Klavier und begleitete seinen Freund Peter Weber aus Kerben, der von der kleinen Galerie herunter ein Weinlied nach dem anderen zum Besten gab. Beide wurden mit viel Applaus und die Zuhörer mit einigen Zugaben beglückt.

Ralf hatte überwiegend Mineralwasser getrunken und war früh aufgebrochen. Sein Magen war noch nicht so recht wieder im Lot. Außerdem erwartete Ralf einen Anruf von Tanja, den er nicht in Gegenwart der anderen entgegennehmen wollte.

Am Dienstag startete er viel zu früh von Nörtershausen und vertrieb sich die Wartezeit auf dem neu gestalteten Bahnhofsvorplatz von Koblenz. Als er glaubte, alles erkundet zu haben, blieben ihm immer noch gut zwanzig Minuten bis zur Ankunft von Tanjas Zug.

In der Bahnhofsbuchhandlung kaufte er sich eine Rhein-Zeitung und blätterte sie im Stehen durch. Von der Toten in Nörtershausen wurde zu seiner Beruhigung nichts mehr gemeldet, dafür waren die Seiten mit Spekulationen, Kommentaren und Fotos vom Todessturz Möllemanns gefüllt.

Der Zug hatte ausnahmsweise keine Verspätung. Bei der Begrüßung waren Ralf und Tanja sehr gehemmt und die Stimmung zwischen ihnen blieb gedrückt.

„Ich soll dich unbekannterweise von Charly grüßen und dir sagen, dass es ihm Leid tut, dass wir dich in die Sache mit hineingezogen haben. Der Tod von Susanne ist ihm auch sehr nahe gegangen."

Ralf wusste nichts darauf zu antworten. Er zahlte die Parkgebühr am Automaten, dann fuhren sie auf dem direkten Weg nach Nörtershausen.

Tanja sah sofort, dass er den Teppich aus dem Wohnzimmer entfernt hatte, doch sie führte es ausschließlich auf den Blutfleck zurück. Geschickt dirigierte Ralf sie in einen Sessel, denn er war sich nicht sicher, ob der Couch nicht doch noch etwas von dem Gestank des Erbrochenen anhaftete.

„Möchtest du etwas trinken?", erkundigte er sich, doch sie schüttelte nur den Kopf.

„Ich habe noch bis Donnerstag Urlaub", sagte sie. „Glaubst du, dass Fuß bis dahin Ergebnisse vorliegen hat? Außerdem möchte ich an der Beerdigung teilnehmen, immerhin war diese Frau meine Mutter, auch wenn …"

Sie stockte und Ralf sah, dass sie wieder mit den Tränen kämpfte. Merkwürdig, noch vor wenigen Tagen hatten ihre Augen geleuchtet, wenn sie von Rache an ihrer Mutter sprach, und jetzt wollte sie an deren Beerdigung teilnehmen.

„Einer Toten soll man nichts nachtragen!" Sie schien Ralfs Gedanken erraten zu haben.

Draußen zog von der Eifel her schon wieder ein Unwetter heran. Der Himmel über der Mosel wurde so schwarz, dass Ralf die Deckenbeleuchtung einschalten musste. Als er sich wieder setzen wollte, läutete das Telefon. Fuß war am anderen Ende.

„Wir sollen heute Abend runter zu Ek und Fuß kommen", sagte Ralf, nachdem er den Hörer wieder aufgelegt hatte. „Ich glaube, er hat ein paar Neuigkeiten, wollte sich aber am Telefon nicht dazu äußeren."

„Hoffentlich nicht noch mehr Unangenehmes. Übrigens, bei Charly war noch niemand von der Kripo in München!"

„Doch, heute, Fuß hat es mir gerade erzählt."

„Und?"

Ralf zuckte die Schultern. Mehr hatte Fuß ihm auch nicht gesagt. Hastig suchte Tanja nach dem Handy in ihrer großen Umhängetasche und rief Charly an. Sie war sichtlich erleichtert, als ihr Vater am anderen Ende abhob.

Ralf beobachtete sie, um den Inhalt des Gesprächs verfolgen zu können. Als er sah, dass sich ihre Züge entspannten, lehnte er sich beruhigt in seinem Sessel zurück. Offensichtlich hatte sich in München nichts Dramatisches ergeben.

„Merkwürdig", meinte Tanja, nachdem sie das Gespräch beendet hatte, „sie haben auch Charly eine Speichelprobe abgenommen und sich noch ein paar alte Unterlagen aushändigen lassen."

Ungeduldig warteten die beiden, dass es Abend wurde. Ralf wusste, dass Fuß kaum vor halb acht in Alken eintreffen würde. Er bereitete ein kleines Abendessen zu, das sie auf der Terrasse einnahmen, nachdem das Gewitter am Nachmittag ein wenig Abkühlung gebracht hatte. Gegen zwanzig Uhr fuhren sie hinunter nach Alken.

Die Straußwirtschaft war geschlossen. Ek und Fuß erwarteten sie bereits und hatten ebenfalls den Abendbrottisch in ihrem Wohnzimmer gedeckt. Und wie immer war die erste Frage von Fuß: „Was wollt ihr trinken?"

Ralf und Tanja entschieden sich für den trockenen Kerner. Dann setzten sich alle zu Tisch. Zu gern hätten Ralf und Tanja das Gespräch sofort auf die Ermittlungsergebnisse der Kripo gebracht, aber Fuß ließ es in seiner üblichen Art gemütlich angehen. Es machte nicht den Anschein, als stünden große Neuigkeiten ins Haus.

Als Ek begann den Tisch abzuräumen, schlug Fuß vor, sich mit ihm unten in den Hof zu setzen. Das, was er zu sagen hatte, ging nur die beiden etwas an. Er selbst nahm seine Aktentasche und folgte den beiden hinunter.

„Was trinkt ihr?"

„Wir bleiben beim Kerner", antwortete Ralf mit einem Blick zu Tanja, die sofort zustimmend nickte.

Fuß verschwand und kam mit frischen Gläsern und zwei Flaschen Wein zurück. Als die Gläser gefüllt waren, setzte er sich den beiden gegenüber und schaute sie zunächst schweigend an. Dann rieb er sich mit der breiten Hand einmal durch sein Gesicht und erhob sein Glas.

„Ich glaube, wir können den Fall weitgehend abschließen. Was ich euch jetzt erzähle, basiert zwar in einigen Bereichen noch auf Vermutungen, die auch teilweise wohl nie mehr bis ins letzte Detail zu klären sein werden. Aber die Sache ist logisch und macht Sinn und wird Zug um Zug von handfesten Beweisen untermauert."

Tanja und Ralf hingen gebannt an den Lippen des Oberkommissars. Der erhob erst einmal sein Glas und prostete ihnen zu.

„Die Kassette, die ich mitgenommen habe, hatte einen doppelten Boden“, begann er. „Es muss noch einen anderen Schlüssel geben, der ebenfalls auf das Kassettenschloss passt, aber zusätzlich die Sperre des Einlegebodens entriegelt. Wir haben das aber auf unsere Weise gelöst“, er grinste zufrieden über das ganze Gesicht. „Darin waren einige Briefe von damals. Ich habe sie als Beweismaterial gleich zu den Akten gegeben.“

Er nahm einen Schluck aus seinem Glas und ließ ihn mit geschlossenen Augen genüsslich die Kehle hinunterlaufen.

„Die Briefe sind fast alle von deiner Mutter an ihre Freundin Jeannette“, sagte er zu Tanja gewandt. „Ihrem Inhalt ist zu entnehmen, dass ihr euch im Laufe der Jahre ein völlig falsches Bild von ihr gemacht habt. Sie war lebenslustig, ja, und sie ging gerne aus, aber sie war deinem Vater anscheinend immer treu und ihm auch dankbar dafür, dass er ihr diese kleinen Freiheiten gelassen hat. Jeannette war es, die sie offenbar immer gedrängt hat, aus der Ehe auszubrechen und deinen Vater zu verlassen. Aber Susanne Mahler hat das berufliche Versagen ihres Mannes Jeannette gegenüber immer verteidigt.“

Tanja blickte Fuß ungläubig an. Plötzlich erschien ihre Mutter ihr wieder so, wie sie sie als kleines Kind empfunden hatte. Was aber war dann später in ihr vorgegangen? Warum war alles so anders geworden?

Fuß richtete seinen Blick auf Ralf. „Dann lernte Susanne dich kennen. Du musst einen tiefen Eindruck bei ihr hinterlassen haben. Sie schwärmt in ihren Briefen in den höchsten Tönen von dir.“

Ralf erhob verlegen sein Weinglas und nippte daran.

„Sie hat sich aber auch dir gegenüber, wie wir wissen, nur als Muck vorgestellt. Sie wollte wirklich nur Abwechslung in ihrem eintönigen Leben, keine sexuellen Abenteuer oder gar ein längeres intimes Verhältnis.“

Fuß wandte sich wieder Tanja zu und ergriff ihre Hände. „Du musst deine Vorstellungen von deiner Mutter komplett revidieren. Auch dein Vater wird das tun müssen. Ich komme nämlich jetzt zu den Zeitungsausschnitten, die du mitgebracht hast. Wagner, unser Sprachentalent, hat sie mir übersetzt. Aber das geschieht in den nächsten Tagen noch ganz offiziell durch einen vereidigten Übersetzer.“

Fuß spürte, wie die schlanken Hände Tanjas bei seinen Worten zu zittern begannen und sich ängstlich in seinen Pranken vergruben.

„Ich glaube an die Geschichte des Zeugen“, sagte der Oberkommissar fest. „Sie passt genau in das Puzzle hinein.“

Tanja und Ralf starrten Fuß an. Er zuckte mit den Schultern und gab einen tiefen Seufzer von sich.

„Leider haben die Kollegen damals diese Version nicht weiter verfolgt, da kein zweiter Wagen ermittelt werden konnte und ansonsten alles stimmig war: Familie Palladu war mit ihrer Tochter verunglückt.“

„Das heißt … Hat meine Mutter tatsächlich Jeannette umgebracht?“, stieß Tanja kreidbleich hervor.

Fuß schüttelte rasch den Kopf. „Nein, keine Bange, Tanja. Wir haben deine DNA mit der von Jeannette verglichen. Jeannette, also Ralfs Frau, war nicht deine Mutter. Jeannette war es, die den Unfall überlebt hat. Susanne, deine Mutter, saß auf dem Beifahrersitz. Jeannette hat deine schwer verletzte Mutter neben den Wagen ihrer verunglückten Eltern geschleppt, vielleicht sogar noch etwas nachgeholfen, wer weiß? Sie musste ja sicher sein, dass Susanne Mahler tot war oder zumindest sterben würde, bevor man den Unfall entdeckte. Wahrscheinlich hatte sie am nächsten Tag noch die Bestätigung ihres Todes in den Nachrichten abgewartet, bevor sie sich dann bei euch als Susanne meldete und von dem Unfall und Jeannettes Tod erzählte.“

Tanja zitterte plötzlich wieder am ganzen Körper. Ralf legte behutsam seinen Arm um sie und zog sie näher an sich heran.

„Das klingt aber alles sehr unwahrscheinlich und …“

Fuß nickte. „Du hast Recht, aber im Nachhinein passen die Puzzleteile zusammen“, unterbrach er ihn schnell. „Im Polizeibericht steht nämlich, dass Jeannette Palladu keine Papiere bei sich hatte. Dafür habe ich im Geheimfach der Kassette von Jeannette Susannes Ausweis gefunden. Muss ich noch mehr dazu sagen?“

Tanja schien einem Zusammenbruch nahe. Fuß ging in die Küche und kam mit einer Flasche Trester und drei Gläsern zurück.

„Trinkt mal beide einen Schluck, Erika kann euch nachher nach Nörters fahren.“

Er schenkte die Gläser randvoll und reichte jedem eines. Tanja zitterte so sehr, dass sie den Großteil des Inhalts verschüttete.

„Das Ganze lässt nur einen Schluss zu.“ Fuß setzte sich wieder und stemmte die Ellenbogen auf den Tisch. „Susanne Mahler hat ihrer Freundin Jeannette Palladu immer wieder von Ralf vorgeschwärmt. Nun ja, dass Jeannette krankhaft eifersüchtig war, wissen wir ja. Sie ertrug es nicht, dass ihre Freundin genau dem Mann begegnet war, der alle ihre eigenen Träume von Reisen, schönen Kleidern und anderen unerfüllten Wünschen verwirklichen konnte – und dass ihre Freundin diese Chance gar nicht mal richtig wahrnahm! Irgendwann beschloss sie dann, ihr diesen Ralf auszuspannen und sich selbst die Chance ihres Lebens zu verschaffen. Sie musste Susanne überreden, sie mit Ralf bekannt zu machen. Also lud sie ihre Freundin zu sich nach Frankreich ein, um sie ..." Fuß suchte nach passenden Worten, „ich nenne es einmal, um sie bearbeiten zu können oder Mittel und Wege zu suchen, an Ralf heranzukommen."

Fuß goss allen nochmals Wein nach, putzte sich die Nase und fuhr dann fort:

„Auch von Jeannette müssen wir uns ein anderes Bild machen. Sie konnte charmant und bezaubernd sein, aber auch jähzornig, eiskalt und berechnend – und sie war zu allem, ja sogar zu einem Mord fähig, um ihr Lebensziel zu erreichen! Der Rollentausch auf Grund einer gewissen Ähnlichkeit mit Susanne muss bereits latent in ihrem kranken Gehirn vorhanden gewesen sein. Im Moment des Unfalls hat sie dann blitzschnell reagiert."

Fuß machte eine lange Pause und betrachtete das bleiche Gesicht von Tanja, die ihn nur sprachlos anstarrte. Auch Ralf fehlten die Worte. Zum zweiten Mal innerhalb weniger Tage sollte er umdenken, begreifen, dass alles ganz anders war!

„Ja, es ist alles so unwahrscheinlich, aber ich habe Beweise, dass es nur so oder ähnlich gewesen sein kann. Fest steht auf jeden Fall, dass Susanne seit fast zwanzig Jahren tot ist und nicht Jeannette."

„Aber meine Mutter kam doch am nächsten Tag ...", wandte Tanja tonlos ein.

Fuß schüttelte nur den Kopf und griff in seine Aktentasche.

„Du hast geglaubt, deine Mutter ist zurückgekommen. In Wirklichkeit war es Jeannette, die den großen Auszug aus der Münchner Wohnung inszenierte. Eine raffinierte und teuflische Idee."

Er zog aus der Mappe ein Fax, das er am Nachmittag aus München erhalten hatte. Es war der mit Schreibmaschine geschriebene Abschiedsbrief von Susanne an ihren Mann.

„Jeannette wusste, dass sie nur dich, eine Fünfjährige, überlisten konnte. Sie hat dich gleich beim Betreten der Wohnung abgewiesen, wodurch du irritiert warst. Eine Sonnenbrille, ein Kopftuch, die ihr Gesicht fast ganz verhüllten, aber die Kleider deiner Mutter, die du kanntest. Dann das Halbdunkel der Wohnung, wenig Berührungsmomente zwischen euch, und vor allem, ein wichtiger psychologischer Aspekt: der Schrecken und die Angst einer Fünfjährigen, die von ihrer Mutter verlassen wird! Sie musste schnell handeln, denn deinen Vater hätte sie nicht täuschen können, und es musste alles echt wirken. Keine Frau verlässt ohne bestimmte Dinge ihre Familie. Das hatte sich Jeannette perfekt ausgedacht. Und außerdem …", Fuß blickte mit listigen Augen von einem zum anderen. „Sie brauchte die Kassette von Susanne, in der sie die Adresse von Ralf zu finden hoffte – und fand!"

Fuß lehnte sich zurück und nahm einen kräftigen Schluck Wein. In den Gesichtern von Tanja und Ralf konnte er lesen, wie sie die Situation, die er ihnen vor Augen geführt hatte, nachvollzogen.

„Aber …", Tanja schüttelte nachdenklich den Kopf, „ich habe doch Ralfs Visitenkarte und dadurch letztendlich ihn gefunden …"

„Ich habe dir doch erzählt, Muck hatte zwei Visitenkarten von mir!", fiel ihr Ralf sofort ins Wort.

„… Und eine davon befand sich auch jetzt noch in der Kassette. ‚Burghotel Lammsgasse' war auf die Rückseite gekritzelt", bestätigte Fuß.

Ralf nickte: „Das Nürnberger Hotel … unser zweites Treffen."

Wieder hingen alle kurze Zeit ihren Gedanken nach.

„Habt ihr je eine Schreibmaschine besessen?", wandte er sich unvermittelt an Tanja.

Zuerst registrierte sie die Frage nicht, doch als er sie etwas lauter wiederholte, dachte sie nach. Nein, sie hatten, soweit sie sich erinnern konnte, niemals eine Schreibmaschine.

Fuß nickte. „Das stimmt mit der Aussage deines Vaters überein. Aber Jeannette musste diesen Abschiedsbrief mit einer Schreibmaschine schreiben. Sie hatte vieles, um nicht zu sagen, leider zu vieles mit deiner Mutter gemein, aber nicht deren Schrift. Und den Abschiedsbrief musste es geben, sonst hättet ihr vielleicht doch anders reagiert und nachgeforscht."

Er beugte sich wieder vor und stützte die Arme auf den Tisch. „Sie hat alle Register gezogen: Deine Naivität als Kind, das etwas zurückhaltende oder schüchterne Wesen deines Vaters und die Tatsache, dass sich deine Mutter und Ralf körperlich noch nicht näher gekommen waren. Außerdem wusste sie von deiner Mutter haargenau, was so alles zwischen ihr und Ralf gesprochen worden war. Susanne hatte Ralf praktisch nichts von sich erzählt, nichts von ihrer Familie, keine Adresse oder Telefonnummer, da war nichts als diese Geschichte vom kleinen Muck. Und wäre Ralf zumindest ganz am Anfang irgendetwas merkwürdig vorgekommen, hätte Jeannette sicherlich schon eine andere Lüge auf Lager gehabt. Aber wie sollte Ralf bei der Ähnlichkeit beider Frauen überhaupt auf die Idee kommen, dass plötzlich vor ihm eine ganz andere stand?"

Tanja konnte das alles noch nicht begreifen. Ralf saß gleichermaßen schockiert am Tisch und starrte vor sich auf sein halb volles Weinglas.

„So könnte es tatsächlich gewesen sein", murmelte er schließlich.

„So war es!", versicherte ihm Fuß. „Die DNA hat ergeben, dass Tanja nicht Jeannettes Tochter ist. Den Gegenbeweis wird man auch erbringen können, wenn die Franzosen mitspielen und das Grab von Susanne Mahler noch existieren sollte. Dann gibt es immer noch DNA-verwertbares Material."

Tanja wandte sich zu Ralf. Er sah in ihre Augen, aus denen sich das von ihm so geliebte Lächeln verloren hatte.

„Bitte, nimm mich in den Arm, mir ist kalt", flüsterte sie.

„Wir haben jetzt nur ein Problem", räusperte sich Fuß.

Erschrocken fuhren die beiden auf und richteten ihren Blick erneut auf den Oberkommissar.

„Jeannette ist niemals auf die Idee gekommen, dass alles auffliegen würde. Sonst hätte sie nicht all die Dinge in der Kassette gelassen und mir nicht ihre Papiere zur Prüfung übergeben. Dadurch wurde die Sache aber bei uns aktenkundig. Und auch unser Kontakt zu den Kollegen in Avignon und die Analysen waren dienstlicher Natur. Wir sollten jetzt gemeinsam einen Weg finden, alles auf kleiner Flamme zu kochen, sonst hängt uns der Tod von beiden noch ewig nach, und wenn einer deiner Kollegen von dieser fast unglaublichen Geschichte Wind bekommt", er schaute Ralf viel sagend an, „dann Gnade euch Gott! Denkt an Mareike, deine Eltern, deinen Vater. Ich glaube, die Beweise reichen aus, um sagen zu können, jetzt kennen wir die Wahrheit."

Ihm schien noch etwas eingefallen zu sein. Er stand auf, stieg hinauf in sein Büro und kam mit dem Umschlag, den Tanja ihm gegeben hatte, und einer Fadenlupe zurück. Rasch zog er die Fotos aus dem Umschlag, suchte eines heraus und betrachtete es nochmals unter der Lupe. Dann reichte er Tanja beides, Foto und Lupe.

„Diesen letzten Beweis habe ich übrigens auch erst heute entdeckt!", sagte er nicht ohne Siegerstolz in der Stimme.

Tanja runzelte die Stirn. Dieses Bild kannte sie gut, sie hatte es in all den Jahren wieder und wieder betrachtet. Es zeigte die Familie Mahler vor gut zwanzig Jahren: Susanne, Karl und Klein-Tanja. Was sollte es an neuen Erkenntnissen bringen?

Gespannt folgte sie dem Finger des Oberkommissars, der auf einen kleinen Punkt am Revers der Jacke ihrer Mutter deutete.

„Dein Vater hat den Münchner Kollegen bestätigt, dass er sie einmal deiner Mutter zum Geburtstag geschenkt hat."

Tanja wusste immer noch nicht, wovon er sprach. Erst als sie die Fadenlupe zu Hilfe nahm, erkannte sie die Brosche.

Leserstimmen zu Baeckers Büchern:

„Mir gefallen in den Geschichten die gezielten psychologischen Anspielungen und Seitenhiebe und die trockene Ehrlichkeit …"

Johannes Held, Mainz

„Der Krimi war einfach faszinierend. Ich konnte das Buch nicht aus der Hand legen. Selten einen so spannenden deutschen Krimi gelesen."

Helene Faßbender, Reichartshausen

„… schön, dass ein Autor mal einen Krimi schreibt, der in heimischen Landen spielt und nicht in Großstädten."

Gertrud Schneider, Koblenz

„Ein Krimi mit Gefühl, geschickt und penibel recherchiert, hart an der Realität …"

H.-Fr. Hoffmann, Leverkusen

„Die Schilderungen sind außerordentlich realitätsbezogen und detailgenau und vermitteln selbst im fernen Bayern, außer der packenden Spannung, einen wirkungsvollen Eindruck von Land und Leuten zwischen Rhein und Mosel."

Uwe Moebus, München

„Genauigkeit der Recherche, Gefühl für das Regionaltypische und Gespür für die Charaktere vereinen sich in Baeckers Büchern. So entstehen folgerichtige, fesselnde und fantasievolle Krimis."

Dr. Ludwig Lamp, Augsburg

Bisherige Veröffentlichungen von Heinz-Peter Baecker:

Hunsrück-Krimis

„Herzflimmern in Simmern“
Kriminalroman, ISBN 3-922929-90-7

„Koblenzer Schängel jagt Hunsrücker Bengel“
Kriminalroman, ISBN 3-934524-06-0

„Die Mädchenleiche unter der Hunsrückeiche“
Kriminalroman, ISBN 3-934524-19-2

„Der Zirkusclown von Kastellaun“
Kriminalroman, ISBN 3-934524-27-3

„In die Falle gehen alle“
Kriminalroman, ISBN 3-934524-30-3

„Das Kleid der Lüge“
Roman, ISBN 3-935286-08-2

„Der Tod des Lächelns“ (Pseud. Peter Brighton)
Roman, ISBN 3-612-27445-7

„Schwarze Konten, Rote Köpfe, Gold’nes Schweigen“
Politsatire, ISBN 3-935286-04-X

„Heut’ fall ich über Linda her“
Satire, ISBN 3-935286-21-X